# UM CONSTRUTOR DE PONTES

# UM CONSTRUTOR DE PONTES

## *O legado e os segredos de um embaixador empresarial*

**Roberto Teixeira da Costa**

com seleção de artigos, apresentação e comentários de Antonio Carlos Seidl

alameda

*Grafia atualizada segundo o Acordo Ortográfico da Língua Portuguesa de 1990, que entrou em vigor no Brasil em 2009.*

Edição: Haroldo Ceravolo Sereza e Joana Monteleone
Editora assistente: Danielly de Jesus Teles
Projeto gráfico e diagramação: Fabrício Igbó
Assistente acadêmica: Tamara Santos
Revisão: Alexandra Colontini
Imagem da capa: Emilio Damiani
Ilustrações: Regi Aghata e Emilio Damiani

CIP-BRASIL. CATALOGAÇÃO-NA-FONTE
SINDICATO NACIONAL DOS EDITORES DE LIVROS, RJ

C875C

Costa, Roberto Teixeira da
Um construtor de pontes : o legado e os segredos de um embaixador empresarial / Roberto Teixeira da Costa ; com seleção de artigos, apresentação e comentários de Antonio Carlos Seidl. - 1. ed. - São Paulo : Alameda, 2020.
246 p. ; 21 cm.

Inclui bibliografia
ISBN 978-65-86081-10-7

1. Costa, Roberto Teixeira da, 1934-. 2. Crônicas brasileiras. 3. Economistas - Brasil - Biografia. I. Seidl, Antonio Carlos. II. Título.

20-63687 CDD: 869.8
CDU: 82-94(81)

ALAMEDA CASA EDITORIAL
Rua 13 de Maio, 353 – Bela Vista
CEP 01327-000 – São Paulo, SP
Tel. (11) 3012-2403
www.alamedaeditorial.com.br

**O construtor da ponte**

*Um velho que caminhava na estrada*
*chegou, numa tarde nevoenta e fria,*
*a um grande abismo largo e profundo,*
*por onde roncava uma corrente veloz, bravia.*
*O velho atravessou-a ao cair da tarde; o rio não*
*lhe metia medo.*
*Já seguro na outra margem, voltou-se para trás,*
*E construiu uma ponte sobre a feroz torrente.*
*"Oh! velho, disse-lhe um peregrino perto,*
*"estás perdendo a tua força construindo a ponte*
*E nunca mais passarás por aqui.*
*Atravessaste o abismo largo e profundo para que*
*construir a ponte ao anoitecer?".*
*O construtor levantando a cabeça branca, disse:*
*"Meu bom amigo, atrás de mim, seguindo-me os*
*passos,*
*vem um jovem de cabelos louros, que também*
*deve por aqui passar;*
*pode ser um grande obstáculo para esse esperan-*
*çoso moço.*
*Ele também terá de transpô-lo ao cair do dia.*
*Meu caro amigo; não é para mim que construo a*
*ponte, é para ele ...".*

William Allen Dromgoole (Tradução: M.F. Vianna)

# Sumário

Apresentação 11

I – Na esquina da Ipiranga com a avenida .. Niemeyer 19

Adotei São Paulo 23

O Rio e o Maracanã – 64 anos depois 25

Uma vitória dramática: Flu campeão? 31

Estava escrito: Flu campeão! 32

Noel Rosa de Vila Isabel 34

É apenas um susto 42

Crônica familiar aos 80 anos 44

II – Meus amigos imortais 49

O papel de Walther Moreira Salles no mercado de capitais 55

Octavio Frias de Oliveira: Um homem de visão 59

Olavo Setúbal: A arte de saber dizer não 61

Roberto Campos e Octávio Gouvêa de Bulhões: uma dupla de ouro 66

Lily Marinho: Uma grande Dama 68

José Luiz Bulhões Pedreira: Um amigo generoso sempre lembrado 73

Eudoro Villela: Um raro cientista e banqueiro 78

Ronaldo Nogueira: O paladino da abertura do mercado de capitais 79

Antonio Dias Leite: Um professor estadista da primeira qualidade 80

Fernão Bracher: Um belo exemplo de cidadania 82
Luiz Leonardo Cantidiano: Ações para o desenvolvimento econômico 84
A. H. Fuerstenthal: Os aforismos do Dr. Fuerstenthal 85
Antonio Delfim Neto: A parte sensível do corpo humano é o bolso 88
Jorge Paulo Lemann: Meu trainee de ouro 93

III - A elegância é fundamental: a felicidade passageira 97
O beabá da boa educação 101
Um convite à gentileza 104
Onde estão as boas maneiras? 106
É preciso respeitar a pontualidade 110
Baile dos (des)mascarados 113
A ética na teoria e na prática 114
Jornalismo e ética 119
A questão da autoestima 127
Otimismo dos brasileiros 129
Essa tal felicidade 131
Essa tal felicidade II 135
Essa tal felicidade III 139
A felicidade incomoda? 142
Lições para a melhoria da educação no Brasil 144
Educação como criação de cultura 146
Filantropia versus pilantropia 150
Teixeira da Costas's Laws 151

IV – O futuro do pretérito 157
O museu do futuro e o futuro dos museus 159
Museus ou centros de entretenimento 163
Shopping e o financiamento dos museus 170

A atratividade dos museus 175

V – Lições de um caixeiro-viajante 181

Integração econômica na América Latina 185

Mercosul - passado, presente e futuro 187

O debate sobre a globalização em Davos 190

Mercosul do Norte: uma réplica 192

A importância de coordenar nossos esforços de exportação 195

A dimensão das empresas na globalização 197

É preciso ampliar a nossa diplomacia empresarial 200

Política externa e papel dos empresários 207

As minhas primeiras impressões sobre o Vietnã 210

Os perenes desafios para a América Latina 215

O Brasil tem de descobrir o mundo 217

O pêndulo da América Latina 224

As relações internacionais e o papel dos empresários 228

*"One Belt, One Road"* - a tática da China na América Latina 231

Visão de um *visiting* scholar na Universidade de Columbia 234

Realismo esperançoso 238

Gratidão 241

Sobre o autor e o organizador 243

Referências 245

Regi Agatha

# Apresentação

*Na jornada da vida muitos atravessam a ponte errada, outros queimam a ponte certa e o resto tenta se virar numa canoa furada.*

Eugene Raudsepp

*Este livro apresenta uma coletânea de artigos e crônicas de Roberto Teixeira da Costa. Um dos pioneiros na construção do mercado de capitais do país, numa bem-sucedida trajetória profissional de mais de seis décadas, ao longo das quais participou da criação de instituições financeiras especializadas em análise e gestão de investimentos, compra e venda de ações, empréstimos e oferta de capital de risco, ele também se distinguiu pela fértil produção de livros sobre o seu papel na história do desenvolvimento do mercado de capitais brasileiro.*

*Aqui, nas páginas que se seguem, o que vemos, contudo, é a pena de um cronista eclético, que usa a sua experiência profissional e pessoal para contar para o leitor, com agudeza e perspicácia, de maneira divertida, com humor e ironia, histórias diversas que vão muito além do mundo das finanças. Roberto Teixeira da Costa é uma figura singular entre os empresários de seu tempo. Um economista, banqueiro e executivo com talento para a crônica jornalística sobre fatos curiosos e anedóticos do cotidiano, onde se destaca seu olhar aguçado para as relações humanas. Com a verve de frasista, aqui e ali, ele recorre a uma bon mot para ilustrar seus textos, admirador que é de renomados mes-*

*tres dos ditos espirituosos. Ao completar 80 anos, brindou seus amigos com essa saborosa boutade: "Fazer 80 anos é realmente uma experiência nova! O duro são as pessoas comentarem como estou bem! Será que imaginam que deveria estar mal!". Roberto Teixeira da Costa tem uma grande qualidade que os especialistas dizem que todo "homem de letras" deveria almejar, que é a de não se levar demasiadamente a sério, escrever com sutil autoironia. A arte de rir de si próprio, e com as idiossincrasias da vida humana, e o rigor com a pontualidade são traços britânicos de um carioca que adotou São Paulo.*

*Escritos com fluência e leveza, os textos deste "Um construtor de pontes – o legado e os segredos de um embaixador empresarial" foram selecionados de uma "pilha" de artigos de alta qualidade e versatilidade, inteligentes e bem informados, que foram publicados nos últimos sessenta anos em toda sorte de jornais, entre eles "Folha de S.Paulo", "Estado de S.Paulo", "Valor Econômico", "O Globo", "Gazeta Mercantil" e de revistas, nacionais e internacionais, sejam de atualidades, especializadas ou house-organs.*

*Esta obra seleta de um construtor de pontes transmite coloquialmente ensinamentos para as novas gerações, mostra o caminho das pedras e diverte o leitor. O leitmotiv é o protagonismo do autor na vida pública brasileira. Além do inegável prazer da leitura, há que se considerar o livro como um documento histórico. Em seus artigos, o autor, como testemunha sagaz, conserva o espírito de cada época, contando a história das últimas décadas de um século conturbado e dos primeiros anos de um novo século das comunicações sem fio, do smartphone e da internet.*

*A organização da obra, para a qual tive a honra e o privilégio de ser convidado, adotou o critério da divisão do farto material em cinco grandes temas. Sem preocupação de ordem cronológica dos escritos, estão presentes a paixão eterna pelo Rio de um devoto paulistano de sotaque carioca, o amor pelo Fluminense Football Club, por São Conrado e pelo Maracanã, onde assistiu in loco às duas finais de Copa do Mundo realizadas na Cidade Maravilhosa, com um intervalo de 64 anos; uma louvação à contemporaneidade das letras do cantor e compositor carioca Noel Rosa; o apreço aos amigos, seja por meio de perfis afetivos ou conversas póstumas, essas reminiscentes da prosopopeia machadiana.*

*Aqui estão também o rigor com a elegância, a educação, os bons costumes, a gentileza, a pontualidade, a ética, uma pensata sobre "essa tal de felicidade", um convite à filantropia empresarial, seguindo, simbolicamente, o exemplo dos grandes pescadores que, depois de pescar, devolvem seus peixes à água, e ainda, com a graça de um cronista à altura do "velho Braga", atualiza as Leis de Murphy com as suas preciosas "Teixeira da Costa's Laws".*

*Faz um convite ao debate sobre o museu do futuro e o futuro dos museus, em reflexões sobre quais são os limites da comercialização dos mitológicos "templos das musas", e, por fim, na pele de um viajante frequente, um incansável diplomata empresarial, fala, destacando o estado de espírito que imperava em determinado momento, de suas numerosas viagens patrióticas pelos quatro cantos do mundo para promover o Brasil como um porto seguro para investimentos estrangeiros no mercado de capitais e em projetos privados e públicos em busca do desenvolvimento do país.*

*Tenho exclusivamente referido ao mercado de capitais pois a ele me dediquei em três diferentes publicações:*

1. *Brazilian Experience in creating Capital Market in Brazil (1985)*
2. *Mercado de Capitais – Uma trajetória de 50 anos – Imprensa Oficial (2006)*
3. *Valeu a Pena – Passado, Presente e Futuro do Mercado de Capitais – FGV Editora (2016)*

*Roberto Teixeira da Costa nasceu no Rio de Janeiro em 5 de dezembro de 1934. Cresceu no bairro do Leblon e se formou em Economia pela Faculdade Nacional de Ciências Econômicas, da*

*Universidade do Brasil (hoje, Universidade Federal do Rio de Janeiro), onde teve como professores grandes referências do pensamento econômico brasileiro, entre eles, Octavio Gouvêa de Bulhões, Roberto Campos, Antonio Dias Leite, Paulo Lyra e Themistocles Brandão Cavalcanti; e compartilhou os bancos escolares com figuras que vieram a ter destaque na vida econômica pública e privada do país, tais como Maria da Conceição Tavares, Tomas Zinner, Carlos Moacyr Gomes de Almeida e Antonio Alberto Mariani.*

*Foi o construtor e o primeiro presidente da CVM (Comissão de Valores Mobiliários), criada em 1977, pelo jurista José Luiz Bulhões Pedreira, um de seus amigos inesquecíveis, à luz da americana SEC (Securities and Exchange Commission). Entrou na CVM a convite do então ministro da Fazenda Mario Henrique Simonsen, no governo militar do presidente Ernesto Geisel. Apesar de seu mandato ter acontecido durante a ditadura, Roberto conta que nunca recebeu nenhum telefonema de militar ou político lhe fazendo qualquer pedido. Em raro encontro com o general Geisel, o presidente lhe fez uma única observação: "Coisa que nasce torta no Brasil é muito difícil de consertar, portanto não faça concessões".*

*Foi também precursor da defesa dos interesses dos investidores minoritários e da utilização do mercado de capitais como fonte de financiamento das empresas, e fundador do CEAL (Conselho Empresarial da América Latina) e do CEBRI (Centro Brasileiro de Relações Institucionais).*

*Sua carreira teve início em 1956, como estagiário, na subsidiária brasileira do banco norte-americano Citibank, que tinha uma sólida presença no país e na América Latina, um emprego tido por quase todos como "seguro" e "para a vida". Quando dois anos depois, decidiu aceitar um convite do amigo Luiz Paulo Sampaio para trocar o "bancão" pela também norte-americana, mas pouco conhecida, Deltec S/A Investimento, Crédito e Financiamento, que era responsável pelo lançamento de ações de grandes empresas no mercado de capitais no Brasil, quase matou seu pai do coração. "Como assim, vai trocar o maior banco dos EUA por uma fábrica de geladeiras? Você tem certeza que sabe o que está fazendo?", protestou o engenheiro Nelson Costa, formado na Universidade de Michigan (EUA), e um torcedor fanático do América Futebol Clube. Mas como "seu" Nelson logo ficou sabendo, a Deltec nada tinha a ver com eletrodomésticos. A empresa teve importante papel na difusão do mercado de ações brasileiro, pondo fim à uma época em que as ações eram vendidas de porta em porta a investidores individuais Mais do que isso, a Deltec deu a Roberto Teixeira da Costa as ferramentas para a construção de uma carreira de sucesso no mercado de capitais. Ele participou da criação do BIB (Banco de Investimentos do Brasil), o primeiro banco de investimentos do país, fundado pelo conglomerado financeiro Unibanco, do qual foi vice-presidente. Esteve à frente da Brasilpar, marcando o advento da atividade de venture capital (capital de risco) no país. Compartilhou com colegas de primeira linha a experiência adquirida ao longo de sua trajetória profissional em mais de vinte e cinco conselhos de administração de empresas públicas e privadas, nacionais e internacionais, de serviços, industriais e financeiras, com destaque para os bancos Itaú e Unibanco (em momentos diferentes dessas instituições que acabaram de fundindo) e o grupo SulAmérica, onde esteve por mais de 20 anos.*

*2019 marcou o octogésimo quinto aniversário de Roberto Teixeira da Costa. Sem sentir o peso da idade, continua escrevendo regularmente, artigos e livros, abordando, com sagacidade e conhecimento, os grandes temas da atualidade; continua viajando para participar e fazer palestras em congressos e colóquios nacionais e internacionais; continua patrocinando ações filantrópicas, cuidando devotadamente de sua família e recebendo seus amigos comme il faut para jantares, com simpatia e jovialidade, e os melhores vinhos.*

*"Parar nunca!", exclama para quem se surpreende com o vigor de um jovem octogenário. E, para explicar o seu apetite pelo trabalho, foi buscar em seu baú de aforismos uma máxima atribuída ao magnata Warren Buffet: "Vou me aposentar três anos depois da minha morte!".*

*Antonio Carlos Seidl*

Abril de 2020

# I. Na esquina da Ipiranga com a avenida... Niemeyer

*"Não moraria em outra cidade que não São Paulo, onde vivo há muitos anos, mas preservo meu sotaque carioca e meu apartamento de frente para o mar em São Conrado...". Homem do mercado de capitais, é assim, com sua espirituosidade, que Roberto Teixeira da Costa, decano da confraria dos cariocas adaptados em São Paulo, faz uma operação de hedge para seu investimento domiciliar na Pauliceia.*

*A eterna carioquice de Roberto Teixeira da Costa foi aguçada numa certa noite paulistana de 2010, quando foi assistir à peça "Noel Rosa", no Teatro Brigadeiro, um dos ícones da teatrolândia de São Paulo. Tratava-se de mais uma das homenagens ao centenário de nascimento do "Poeta da Vila", uma referência ao bairro de Vila Isabel, da Zona Norte carioca, onde Noel nasceu, viveu, compôs 250 músicas, fez parte da boêmia e do berço do samba nos tradicionais botecos do Bulevar 28 de Setembro, amou, sofreu de amor e morreu, muito cedo, aos 26 anos.*

*A contemporaneidade das letras de um dos maiores sambistas do Rio de todos os tempos foi um aspecto destacado por Roberto Teixeira da Costa numa das crônicas deste capítulo. Mormente, a letra de "Onde está a honestidade?", uma carapuça para muita gente dos tempos atuais: "Você tem palacete reluzente. Tem joias e criados à vontade sem ter nenhuma herança ou parente. Só anda de automóvel na cidade... E o povo já pergunta com maldade: Onde está a honesti-*

*dade?" Para Roberto, não menos inspirada é a homenagem de Noel ao Rio de Janeiro. Com efeito, ele leva o leitor à década de 1920 para exaltar, nos versos de "Cidade Mulher", seu amor ao Rio: "Cidade notável, inimitável, maior e mais bela que outra qualquer. Cidade padrão de beleza foi a natureza que te protegeu. Cidade sensível, irresistível, cidade do amor, cidade mulher".*

*Mas a mulher de sua vida é de São Paulo, uma paixão que fez um carioca da gema ver a notória "terra da garoa" com outros olhos. "Minha adoção por São Paulo foi facilitada por Cacilda, que conheci em minhas idas ao Jockey Club de São Paulo, e que reencontrei no Grande Prêmio do Brasil, no Rio, em 1961, quando saímos para jantar. Na volta a São Paulo, começamos a namorar e nos casamos em abril de 1962."*

*Sem trair o Rio, Roberto Teixeira da Costa também ama São Paulo: "Malgrado todos os problemas que conhecemos, São Paulo oferece em contrapartida tudo o que buscamos numa grande cidade: vida cultural, amizades sólidas, gastronomia e serviços adequados".*

*A nostalgia do Rio de sua infância e adolescência e dos primeiros anos profissionais está presente nas crônicas por meio de lembranças, memórias e revelações. Do "Maracanazo", quando 13 de julho de 1950 no estádio do Maracanã viu o gol de Gigghia decretar a maior tragédia do futebol brasileiro, calando a festa do público recorde de 199.854 espectadores, "à saída, não se ouvia um suspiro, quando muito, os soluços de uma frustação coletiva", às idas saudosas ao Estádio de Laranjeiras, o campo do Fluminense, na rua Álvaro Chaves, ver jogar seu time do coração, e também as excursões aos campos mais longínquos do Olaria, Bonsucesso, Canto do Rio, em Niterói, Madureira, Bangu ... "Ir aos estádio à época era obrigatório! Como não tínhamos cobertura televisiva, acompanhávamos o time aonde fosse jogar".*

*O Fluminense comemora o centenário do Estádio das Laranjeiras em 2019. Foi oficialmente inaugurado em 11 de maio de 1919, então, o maior da América do Sul, com capacidade para 25 mil pessoas. Ele é personagem importante da história do futebol brasileiro e da cidade do Rio de Janeiro. Construído para a realização do campeonato Sul-Americano de 1919, foi o palco da primeira conquista da seleção brasileira (Marcos Mendonça; Píndaro e Bianco; Sérgio, Amílcar e Fortes; Millon, Neco, Friedenreich, Heitor e Arnaldo), e sua casa invicta de 1919 a 1932, período em que recebeu 18 jogos do Brasil, com 13 vitórias, 5 empates e nenhuma derrota. Foi o palco também, em 12 de outubro de 1931, da missa de inauguração do Cristo Redentor, uma das sete maravilhas do mundo moderno, que teve a presença do papa Pio XI ao lado de D. Sebastião Leme, arcebispo do Rio de Janeiro. O Estádio do Fluminense foi escolhido para a missa campal, porque de seu interior têm-se uma deslumbrante vista eterna para a estátua do Cristo Redentor, com seus braços abertos sobre a Guanabara, no alto do morro do Corcovado, a 709 metros do nível do mar.*

*Torcedor do Fluminense, desde a infância, morava com os pais e a irmã no Leblon, perto do estádio do Flamengo, onde ia com os amigos assistir aos treinos do grande rival tricolor. Certa ocasião, foi provocado e agredido, com uma rasteira pelas costas, por um torcedor rubro-negro. O treino foi paralisado, e ele socorrido por um dos maiores jogadores da história do futebol brasileiro: ninguém menos que Tomás Soares da Silva, o Zizinho, ídolo do Flamengo, Bangu, São Paulo e seleção brasileira, também chamado de "Mestre Ziza" ("A bola tem vida própria, ela gosta de ser bem tratada", dizia o "Pelé" de sua época). "Poderia tê-lo conhecido em circunstâncias menos dolorosas", recorda-se.*

*Cacilda e Roberto tiveram quatro filhos, que lhes deram seis netos, todos vivendo em São Paulo. Uma família unida que compartilha muitos bons, e alguns maus momentos, que os há quer queiramos ou não, com amor, harmonia e afeição. Um diálogo com Helena, uma das suas netas, ocorrido durante uma das frequentes tempestades de verão na fazenda da família no interior de São Paulo, deu ao vovô coruja a ideia para um artigo sobre a crise financeira mundial de 2007, publicado pela extinta "Gazeta Mercantil". Conta ele: "Eu estava brincando com minha neta Helena, quando fomos surpreendidos por trovoadas, relâmpagos e, em sequência, por uma queda de energia. Helena segurou minha mão, e ainda impactada, balbuciou: 'Que susto (na verdade, ela não pronunciou o S) vovô!'. Essa imagem foi recuperada em minha memória após os acontecimentos mundiais dos mercados financeiros que trouxeram grande sobressalto às autoridades financeiras mundiais, bancos empresas e investidores (...). Uma vez superada essa fase e feitos os ajustes de políticas monetárias compatíveis, a confiança gradualmente será restabelecida. Agora é melhor esperar o tormento passar (...). Quando a luz voltou e a tempestade passou, minha netinha perguntou-me se podia brincar lá fora. Espero que não tenhamos que esperar muito para podermos também olhar para fora e ver um céu menos cinzento e ameaçado".*

*Em "Crônica Familiar", que fecha esse capítulo, o patriarca compartilha com o leitor a alegria de comemorar seus oitenta anos com a presença de toda a sua clã: Cacilda, filhos, filhas, noras, genros e netos, somando 16 pessoas, em dois eventos, um em São Bento do Sapucaí (SP) e o outro em Barbados (Caribe). "Contrariamos o ditado que diz família unida, sim, reunida, jamais!"*

*Antonio Carlos Seidl*

## Adotei São Paulo

Em meados de 1959, eu chefiava o Departamento de Análise e Pesquisas da Deltec – empresa pioneira na área de investimentos e mercado de capitais –, trabalhando na minha cidade natal, o Rio de Janeiro. Certo dia, fui comunicado que deveria mudar-me para São Paulo onde seria concentrado o setor pelo qual era responsável. Como faltava um ano para a minha formatura, ficou acertado que a mudança ocorreria no final de 1960, quando receberia meu diploma na Faculdade Nacional de Ciências Econômicas.

Assim foi feito, e em 1º de janeiro de 1961 desembarquei em São Paulo e hospedei-me no Hotel Othon, vizinho ao prédio Conde de Prates no qual a Deltec estava instalada em São Paulo. Na época, o Othon era um dos bons hotéis de São Paulo e lembro-me que almocei uma feijoada paulista que ficou marcada em minha experiência gastronômica.

A vinda para São Paulo não constitui nenhum sacrifício. Muito pelo contrário! Já se percebia que o futuro reservava um espaço maior para São Paulo comparativamente ao Rio, onde os sintomas da crescente perda do status de capital federal para Brasília já se faziam sentir.

Do ponto de vista pessoal, sair do conforto de uma vida familiar, pois à época, com pouco mais de 25 anos, morava com meus pais, e iniciar uma vida nova representava um desafio e uma grande sedução!

Muito embora não tivesse relações de amizade em São Paulo, tive uma excelente acolhida de tios e de pessoas com as quais passei a me relacionar por razões profissionais. Diferentemente dos comentários que circulavam no Rio sobre o comportamento dos paulistanos, o que notei foi exatamente o contrário: acolhedores e simpáticos. Minha pronúncia carioca me identificava claramente e era motivo de boa receptividade. Até hoje continuo reconhecido quando começo a falar!

Rapidamente me adaptei a São Paulo e passei a visitar o que de melhor a cidade oferecia e a dar algumas escapadas ao Guarujá. Embora as minhas raízes cariocas estivessem presentes, nunca tive a postura de saudosismo. Minha adoção por São Paulo foi facilitada por Cacilda, que conheci em minhas idas ao Jockey Club de São Paulo e que reencontrei no Grande Prêmio do Brasil, no Rio, em 1961, quando saímos para jantar. Na volta a São Paulo, começamos a namorar e nos casamos em abril de 1962. Obviamente, casar com uma paulista bem relacionada e do setor cultural tornou minha adaptação extremamente facilitada e as saudades do Rio eram mitigadas com algumas escapadas de final de semana. Mantive meu apartamento no Rio, e sempre cultivei as amizades de infância e dos bancos escolares. Continuo torcendo e acompanhando o Fluminense!

Em 1997, quis o destino que eu regressasse temporariamente ao Rio. Fui convidado por Mario Henrique Simonsen para ser o primeiro presidente da Comissão de Valores Mobiliários (CVM) e colocá-la em marcha. Por razões políticas, decidiu-se que ela deveria ser instalada no Rio. Assim é que em fevereiro de 1977 voltei à minha terra natal, e a minha família me acompanhou em 1978. Morávamos em São Conrado, e meus filhos estudaram no Instituto Souza Leão, no bairro do Humaitá.

Ao final de 1979, dando por cumprida minha missão, decidi que deveria retornar ao setor privado. No início de 1980, com a família instalada no Rio, achei que deveria procurar algum desafio novo por lá. Após dois ou três meses de busca, não encontrando nada que me seduzisse, decidi voltar para São Paulo e estruturar a primeira companhia de capital de risco do Brasil – a Brasilpar. A família permaneceu no Rio e, em 1981, nos reunimos todos novamente em São Paulo.

Hoje, com quatro filhos e seis netos, todos vivendo em São Paulo, minha vida está concentrada aqui. Minha única irmã, Maria Lucia, por coincidência casou-se com um jovem advogado paulista e mudou-se para cá. Meus pais, igualmente, vieram e por aqui ficaram. Esperam-me no Morumbi, onde retardarei o máximo o dia de encontrá-los. Eis um resumo de como São Paulo me adotou e, hoje, não conceberia viver em qualquer outra cidade no Brasil ou no exterior que não aqui. São Paulo, malgrado todos os problemas que se conhece, oferece em contrapartida tudo o que buscamos numa grande cidade. Vida cultural, amizades, gastronomia e serviços adequados. Quanto mais conheço de São Paulo mais a aprecio. Tenho uma fazenda no Vale do Paraíba, da época do café, que restaurei e que me ajuda a carregar as baterias para a intensidade do cotidiano na capital.

(Nota do organizador: Roberto Teixeira da Costa voltou a morar no Rio, com a família, de fevereiro de 1977 ao fim de 1979, quando ocupou a primeira presidência da CVM, órgão cuja sede ficava na cidade).

## O Rio e o Maracanã – 64 anos depois

Estava no Maracanã em 13 de julho de 1950 assistindo à final da Copa do Mundo entre Brasil e Uruguai. Antes tinha ido com meu pai ao jogo Brasil x Espanha na saudosa geral, que nos separava do campo por um fosso, e de onde vibramos com a goleada brasileira por 6 a 1. Naquela altura, com 15 anos, o futebol era meu esporte favorito, e o Fluminense, desde então, o meu time do coração, apesar de meu pai Nelson Costa, ser torcedor fanático do América Futebol Clube e de me levar aos jogos de futebol e basquete dos "diabos rubros". Ele formou-se no Colégio Militar, que ficava no bairro do Andaraí, vizinho ao campo do América, e, de sua turma, foi o único a não seguir a carreira militar. Posteriormente estudou nos Estados Unidos, na Universidade de Michigan, onde se formou em engenharia em 1924, tendo trabalhado antes de regressar ao Brasil. Mas uma visita ao estádio do

Fluminense Football Club, na rua Álvaro Chaves, em Laranjeiras, foi suficiente para que me tornasse um tricolor de coração!

Morávamos no Leblon, na rua Amiris, hoje Desembargador Alfredo Russel, que liga a Visconde de Albuquerque à Dias Ferreira, perto do Clube de Regatas Flamengo. Nunca fui bom jogador! Físico franzino, asmático, o lugar que me ofereciam nas peladas, realizadas em frente ao quartel (até hoje existente), era de goleiro (frangueiro!). Os times se formavam com os moradores da favela chamada Praia do Pinto (que os saudosos cariocas, como eu, hão de lembrar-se ficava à direita da Bartolomeu Mitre). Meu dia de glória foi ser escalado para jogar com os alunos do Colégio Americano, que na época ficava na esquina da General Urquiza. Fiz sete gols! Os garotos americanos (ou filhos de) não eram bons de bola como, agora, os norte-americanos vêm demostrando.

Ir aos estádios à época era obrigatório. Como não tínhamos cobertura televisiva, acompanhávamos nosso time onde fosse jogar. Quantas vezes subi a Álvaro Chaves para ver o Fluminense jogar? Não seria capaz de me recordar! Mas fui também à rua Bariri, sede do Olaria Atlético Clube, berço do futebol de Romário, a Conselheiro Galvão, sede do Madureira Atlético Clube, a Niterói, onde jogava o Canto do Rio, ao Estádio Proletário, em Moça Bonita, campo do Bangu Atlético Clube. Também a Teixeira de Castro, em Bonsucesso, onde alguns primos moravam.

Diferentemente de hoje, não eram lugares perigosos e o esforço maior era de locomoção. Não existiam torcidas organizadas e não usávamos camisetas do clube que nos identificassem como seus torcedores. Também não ficávamos segregados. Podíamos inclusive nos sentar ao lado de um torcedor exaltado do time adversário, onde apenas precisávamos nos cuidar para não o provocar e muito menos aceitar provocações. Comparado aos dias de hoje, era tudo relativamente civilizado, a não ser num jogo com o Bangu, no Maracanã, onde um amigo torcedor do Fluminense que me acompanhava deu um pulo num dos gols, o que provocou uma reação violenta do banguense, mas que não chegou ás últimas consequências de uma agressão física. Ficou somente na parte verbal, e a intervenção da turma do "deixa disso". O mesmo aconteceu comigo em um jogo entre o Palmeiras e o Fluminense. Fizemos o primeiro gol e não me contive. Com a reação do Palmeiras fui obrigado a ouvir o que não queria. Como os campos eram pequenos, os impropérios aos juízes eram frequente, e a progenitora dos nossos bravos *referees* não eram poupadas.

Aqui relato um fato curioso e anedótico. Um companheiro de trabalho, parceiro na área de mercado de capitais, foi apresentado ao Ronaldo Cezar Coelho, também um profissional de investimentos. Não teve dúvida em lhe perguntar se ele não era irmão do juiz Arnaldo Cezar Coelho, então um de nossos mais reputados juízes de futebol. Quando Ronaldo confirmou, meu amigo não se conteve e disse: "Quero me desculpar-me por ter xingado tanto a senhora sua mãe!".

Voltando aos estádios, fora o Maracanã, que apareceu em 1950, nossos estádios maiores eram os do Vasco da Gama, o São Januário – onde vi pela primeira vez um time inglês jogar, o Arsenal; o estádio do Botafogo, em General Severiano; o estádio do Flamengo, na Gávea, que ficava a menos de 1.000 metros de onde morava. De vez em quando, íamos assistir aos treinos do Flamengo na beira do campo. Certa ocasião, provocado por um torcedor rubro-negro, que me deu uma rasteira pelas costas, o treino foi paralisado e fui socorrido pelo grande jogador do Flamengo, Zizinho, o "Mestre Ziza". Poderia tê-lo conhecido em circunstâncias menos dolorosas!

Mais tarde, quando mudei para São Paulo por razões profissionais, em janeiro de 1961, após a conclusão do curso de Economia, na rua Marques de Olinda, minha paixão pelo futebol e pelo Fluminense não esmoreceu. Quando indagado para qual time torcia, eu declarava ser Fluminense e imediatamente vinha a pergunta: "E em São Paulo?". Contestava que time de futebol é uma paixão pela qual você deve manter fidelidade às suas origens, e jamais cogitei ter outra opção que não fosse o FLU, que sempre foi também uma maneira de manter minha ligação sentimental com o Rio de Janeiro. Apesar de estar vivendo há muitos anos em São Paulo, não me sinto um paulista! O meu sotaque carioca me denuncia e faço questão de o preservar, bem como meu apartamento em São Conrado.

Voltando ao jogo do Brasil em 1950 e a ida ao Maracanã, o que me lembro, e muito bem, é que quando chegamos o Estádio estava completamente lotado! Com as bocas de acesso tomadas, fui sendo empurrado até poder vislumbrar o campo. A partir daí, fui transportado na horizontal com os meus saudosos 50 e pouco quilos, até encontrar um espaço onde pude assistir ao jogo. Recordo-me ainda que a seguir levei um prato de farofa pelas costas! O que ficou em minha memória foi o silêncio no final da partida, com mais do dobro de pessoas, que assistiram ao jogo final entre a Alemanha e a Argentina em 2014.

A pergunta que fica, e suas respostas dependerão de quem viveu as emoções do passado e de quem assistiu à vergonhosa derrota para a Alemanha, se a decepção foi maior em 1950 do que em 2014. Racionalmente, perder um jogo "em casa", como franco favorito, e quando o empate nos daria o primeiro título mundial, foi uma enorme frustação. O Brasil tinha feito campanha brilhante e perder não estava nos cálculos de ninguém. Festas e comemorações estavam programadas e o chope, gelado. Mas não foi vergonhosa!

Excesso de confiança, falta de humildade e subavaliação do adversário? Olhar aquele jogo como mera formalidade? Enfim, essa e tantas outras questões foram levantadas e o goleiro Barbosa, crucificado pelo gol de Gigghia. Mas os 7 a 1 de 2014 foram diferentes? Difícil comparar situações em épocas diferentes.

O que nos humilhou na derrota para os alemães foi o placar! (Somente quem não entendesse rigorosamente nada de futebol, poderia prever aquele resultado). Perder para a Alemanha não seria surpresa, e estava entre muitos que imaginavam que derrotar os alemães seria uma parada duríssima. Teria sido um acidente de percurso e deveríamos esperar melhores dias?

Acredito que não foi um acidente de percurso, mas algo bem complexo que temos de corrigir. Aqui não me parece o espaço para me alongar no assunto, mas o que quero, e sim devo deixar claramente registrado, é que o FUTEBOL (em letras maiúsculas) está intimamente ligado à vida brasileira. A *marca* Brasil está associada ao *futebol*, e essa marca se depreciará se não o recolocarmos no espaço que ocupou. Gostemos ou não, continuaremos a ser lembrados pelo futebol e precisamos conferir-lhe em nossa estratégia global a importância que merece. Não podemos e nem devemos deixar de ter o destaque que sempre tivemos.

Volto ao Maracanã 64 anos depois em 13 de julho de 2014 para assistir a final, sem a presença do Brasil. Não pisava no estádio desde a sua reforma para a Copa. A última vez que lá estive, em 2008, subi aquela rampa quando o meu Fluminense perdeu para a LDU do Equador nos penalties na decisão da Taça Libertadores da América. A tristeza dos torcedores foi algo comparável ao que me lembro da final de 1950!

O novo Maracanã é outro e quase não nos remete ao de 1950, a não ser pela sua estrutura circular e pelas rampas. Belíssimo estádio, compatível com a importância que o futebol tem em nosso país. No antigo, se bem me recordo, não tínhamos nas arquibancadas encosto nas cadeiras, e nas gerais assistíamos aos jogos em pé ou sentados em pequenos degraus na parte superior. Agora podemos apreciar o jogo com conforto!

Quanto à final, nossa torcida foi entusiasticamente favorável aos alemães! Parecia paradoxal: torcemos para o país que nos havia humilhado dias antes! Se houvesse coerência, deveríamos apoiar os argentinos para sermos vingados!

Tal atitude no campo futebolístico explica o comportamento dos torcedores, que foi aguçada nos últimos anos pelo comportamento econômico dos dois países. Apesar de todas as dificuldades que enfrentamos, nosso desempenho tem sido melhor que dos portenhos. A diferença entre os dois países vem se acentuando. Tive um laboratório privilegiado durante oito anos como presidente do CEAL (Conselho de Empresarial da América Latina). Mostramos maior vitalidade, e nosso mercado de capitais, com todas as imperfeições, atendeu melhor às nossas necessidades, além de contarmos com um sistema financeiro mais moderno e competitivo.

Portanto, as diferenças se acentuaram, e em alguns casos senti em Buenos Aires certa animosidade em relação à nossa ostensiva presença pela compra de empresas argentinas. Mas não é uma visão majoritária, e nos respeitam. Nossos vizinhos estão cada vez mais fechados e barrando nossas exportações, em razão de sua complexa situação.

Em minha opinião, a rivalidade no futebol e a tensão existente entre nossas torcidas podem refletir a percepção de que no geral, hoje, somos mais eficientes e empresarialmente mais agressivos.

Não posso deixar de mencionar que também existe grande rivalidade entre os times do Rio e São Paulo. Imaginava que o tempo faria tal rivalidade diminuir. No entanto, o que vejo periodicamente é uma disputa para quem está melhor num ou outro quesito. A questão da segurança é um deles. O tráfego recentemente surgiu, particularmente após as obras na cidade que colocam numa triste igualdade os deslocamentos urbanos nas duas cidades. Estou entre aqueles que acreditam que o Rio terá de se transformar em outra cidade.

Enfim, o mundo mudou dramaticamente em 64 anos. A globalização é uma realidade que vamos ter de conviver, e dela tirar proveito. O futebol não é exceção, e o que vemos hoje é um nivelamento entre os times de futebol, aqui e no exterior. Portanto, a presença numa liderança mundial no futebol vai requerer grande esforço de todos. Espero que tenhamos aprendido com nossos erros, e que devemos superar, lembrando a importância do FUTEBOL como marca que nos projeta.

No mais, o Maracanã continua sendo emblematicamente um dos maiores templos do futebol mundial!

*07.2014*

## Uma vitória dramática: Flu campeão?

Não foram nem um, nem dois, nem três, nem quatro e nem cinco. Foram ao todo oito penalties que decidiram a vitória do Fluminense sobre o Vasco no último sábado. Todos eles batidos com maestria, quer pelos poucos veteranos ou pelos muitos novatos. Mesmo com o goleiro vascaíno adiantando-se nas cobranças -na única vez que defendeu, o juiz ordenou a repetição-, uma atrás da outra, tivemos execuções impecáveis, terminando com a oitava pelo jovem Radamés, que saindo da base tricolor, com cabelo encaracolado e quem sabe com espinhas no rosto, jogava sua segunda partida no time principal.

O jogo havia sido igual, com o Fluminense melhor no 1º tempo e com o Vasco em recuperação no início do 2º tempo, quando empatou o jogo, levando à decisão por penalties. Como sempre acontece, o início das cobranças é precedido de grande confusão e muita agitação. Os jogadores de cada time se abraçam, se confraternizam e rezam, o que deve criar um problema sério para os santos, pois ficam numa posição difícil a quem ajudar. Romário querendo despedir-se gloriosamente dos campos cariocas, instruía e dava dicas aos seus companheiros, inclusive durante as cobranças. De nada adiantaram. Começaram as cobranças. Até a oitava execução é raro ver tamanha perfeição. Fiquei refletindo do jeito que as coisas avançavam, talvez o massagista, o médico e o próprio presidente seriam chamados a cobrar. Aliás, como dizia o lendário Neném Prancha "o pênalti é tão importante que só deveria ser batido pelo presidente do clube".

No caso do Fluminense e Vasco não foi necessário. Depois do Radamés marcar, o Juan do Vasco cobrar e Kleber defender, e quando o vascaíno de cabeça baixa dava as costas, eis que surpreendentemente o juiz manda repetir a cobrança, alegando que o goleiro havia se adiantado. Aliás, com o impedimento a questão da posição dos goleiros nos penalties é sempre interpretativa. Isso faz a graça do futebol, inclusive com confusão e indignação. Passada a surpresa, resignado Kleber volta ao gol e Juan bate de novo para nova defesa do goleiro. Final 8 a 7 e o tricolor está na final! Superamos os vascaínos que ultimamente estavam nos atormentando.

Lembrei-me de Nelson Rodrigues, o "Profeta Tricolor". Se estivesse entre nós, certamente escreveria uma de suas crônicas memoráveis, e diria que o Fluminense está com pinta de campeão carioca!

*23.05.2005*

## Estava escrito – Flu campeão!

Foi um jogo memorável para nenhum torcedor esquecer. Como convém a uma decisão, tivemos de tudo. A começar por um Maracanã lotado, com 70 mil espectadores, majoritariamente tricolores. No entanto com uma surpreendente presença de torcedores do Volta Redonda, certamente com muitos flamenguistas e vascaínos.

Quando se esperava um Fluminense arrasador, a exemplo do primeiro jogo, o que se viu foi o Volta Redonda abrindo o placar e tornando muito mais difícil a vida do Fluminense, que dominava o jogo, mas não conseguia vencer a barreira da defesa do Voltaço. Os contra-ataques não levavam perigo ao gol de Kleber. O jogo foi ficando mais dramático e era crucial para o Flu buscar o empate para começar o 2º tempo novamente em equilíbrio.

O Tuta, tal qual no primeiro jogo, fez um polêmico gol de empate. Como lembrava Nelson Rodrigues, jogo de decisão não estará nunca a salvo de críticas ao juiz e da fatores externos. No caso específico, havia circulado durante a semana que dois jogadores importantes do Volta Redonda mudariam de clube ao final do campeonato carioca e iriam se transferir para o Fluminense.

O mesmo Tuta, numa atitude estúpida e totalmente criticável, agrediu um adversário logo no início do 2º tempo, quase colocando tudo a perder, não fora a expulsão compensatória de um jogador do Volta Redonda alguns minutos depois. Novamente questionada a decisão do juiz, o fato é que logo depois houve uma falta no Leandro, que, se não fora a expulsão anterior, ela teria então acontecido.

Com dez jogadores de cada lado, o jogo voltou ao equilíbrio e o Fluminense continuou martelando até que Marcão, que simboliza o espírito de luta do time, desempatou com um belíssimo gol, dando-lhe merecidamente o reconhecimento de herói do Fluminense nesse campeonato.

O desempate tornou o jogo ainda mais dramático. Um gol de cada lado definiria o jogo e foi um período emocionante com oportunidades perdidas de lado a lado. Quando parecia que novamente caminharíamos para ganhar nos penalties, eis que num gol espírita, Antonio Carlos faz Flu 3 a 1. Foi um gol oportunista, marcado de costas, como olhando o placar, e com o goleiro não conseguindo segurar a bola. Estava impedido? Falha do goleiro? O fato é que estava escrito que o Fluminense conquistaria o seu 30º título de campeão carioca. Os anos de final 5 estavam nos dando sorte. Ganhamos também em 1975, 1985 e 1995! Não há o que contestar na vitória do Fluminense, que certamente mereceu a vitória e o campeonato. Enfim um jogo dramático, nervoso e polêmico como deve ser uma decisão, mostrando que os campeonatos estaduais não morreram. Tivemos de tudo, até um beijo de um jogador do Volta Redonda num jogador tricolor. Como diria aquele tricolor ilustre; no momento que somos campeões nada mais nos interessa, nem a eleição do papa.

*28.03.2005*

## Noel Rosa de Vila Isabel

Assisti recentemente ao musical "Noel Rosa – O Poeta, o Músico, Cronista de um Época", um tributo ao notável compositor e sambista carioca, no Teatro Brigadeiro, em São Paulo. Logo resgatei um CD que possuía com músicas dele gravadas por um naipe de grandes cantores da MPB, há mais dez anos. Comprei outros gravados no ano passado. O centenário de nascimento incentivou, com justiça, que vários de nossos cancioneiros também gravassem músicas de Noel. Para Millôr Fernandes, outro carioca de alta estirpe, Noel é um marco fundamental da música brasileira. "Letras de simplicidade absoluta, fazendo uso da palavra com propriedade extraordinária. Humor excepcional, espontâneo, sem armação. É a cultura popular autêntica", disse, certa vez.

Incrível a capacidade do poeta da Vila em compor. Morreu jovem, aos 26 anos, em 1937, vítima de tuberculose. Começou a compor aos 19 anos e deixou um legado de mais de 250 músicas. O que também chama a atenção é a contemporaneidade de suas letras, verdadeiros poemas que caem como uma luva em situação de nosso cotidiano, 75 anos após terem sido compostas.

O que dizer da beleza desse verso: "*Mas vou perguntar aos sábios se a mentira nos seus lábios é a verdade em seu olhar*". Ou então: "*Acaba mal quem é ruim, pois quem me fez chorar, hoje chora por mim. Quem ri melhor é quem ri no fim*". Ou ainda, da magistral "*Onde está a honestidade*": "*Você tem palacete reluzente. Tem joias e criados à vontade. Sem ter nenhuma herança ou parente. Só anda de automóvel na cidade... E o povo já pergunta com maldade: Onde está a honestidade?*"

Não menos inspirada é sua homenagem ao Rio na belíssima "Cidade Mulher". Curiosamente não é muito cantada quando se homenageia o Rio, mas tão bonita quanto tantas outras: "*Cidade padrão de beleza... foi a natureza que te protegeu*". E o contraste entre "Pra que mentir": "*Pra que mentir se tu ainda não tens esse dom de saber iludir? Pra quê?! Pra que mentir?*" e "Mentir": "*Saber mentir é prova de nobreza, pra não ferir alguém, com franqueza*".

Os que com ele conviveram alertavam para a facilidade com que compunha. Em suas letras podemos claramente perceber, desde então, a questão social evidenciada nos grandes contrastes entre pobres e ricos. Nesse grupo, encontramos as magistrais "Com que Roupa", "Palpite Infeliz", "Conversa de Botequim", "Pierrot Apaixonado", como também o é "Seja Breve" (mais apropriada do que nunca aos dias que hoje vivemos): "*Seja breve, seja breve. Não percebi por que você se atreve a prolongar sua conversa mole*".

Procurei fazer uma seleção de trechos de algumas de suas composições que não perderam sua atualidade. No entanto, ouvir suas músicas cantadas por seus grandes intérpretes da nossa MPB é obrigatório...

Divirtam-se

**Onde está a honestidade?**

*Você tem palacete reluzente*
*Tem joias e criados à vontade*
*Sem ter nenhuma herança ou parente*
*Só anda de automóvel na cidade ...*

*E o povo já pergunta com maldade:*
*Onde está a honestidade?*
*Onde está a honestidade?*

*O seu dinheiro nasce de repente*
*E embora não se saiba se é verdade*
*Você acha nas ruas diariamente*
*Anéis, dinheiro e até felicidade...*

*Vassoura dos salões da sociedade*
*Que varre o que encontrar na sua frente*
*Promove festivais de caridade*
*Em nome de qualquer defunto ausente...*

**Seja breve**
*Seja breve, seja breve*
*Não percebi por que você se atreve*
*A prolongar sua conversa mole*
*Seja breve! Não amole!*
*Senão acabo perdendo o controle*
*E vou cobrar o tempo que você me deve*

*A sua vida nem você escreve*
*E, além disso, você tem mão leve*
*Eu só desejo ver você nas grades*
*Pra te dizer bem baixinho sem fazer alarde*
*Deus lhe guarde (vá com Deus) (seja breve)*

**Quem ri melhor**
*Felicidade é o vil metal quem dá*
*Honestidade ninguém sabe onde está*
*Acaba mal quem é ruim*
*Pois quem me fez chorar hoje chora por mim*
*Quem ri melhor é quem ri por fim*

**Coração**
*Conheci um sujeito convencido*
*Com instinto de grandeza e instinto de nobreza*
*Que por saber que o sangue azul é nobre*

*Gastou todo o seu cobre sem pensar no futuro*

**Verdade duvidosa**
*Sofreste por mim cantando*
*Zombaste de mim chorando*
*Apenas pra me enganar*
*Mas vou*
*Perguntar aos sábios*
*Se a mentira nos seus lábios*
É verdade em seu olhar

**Com que roupa**
*Agora eu vou mudar minha conduta*
*Eu vou à luta,*
*Pois eu quero me aprumar*
*Vou tratar você com força bruta*
*Pra poder me reabilitar*
*Pois essa vida não está sopa,*
*E eu me pergunto com que roupa?*

**Feitio de oração**
*O samba na realidade*
*Nem vem do morro nem lá da cidade*
*E quem suportar uma paixão*
*Sentirá que o samba então*
*Nasce no coração*

**Meu barracão**
*Mas veio lá da Penha hoje,*
*Uma pessoa*
*Que me trouxe uma notícia*
*Do meu barracão*
*Que não foi nada boa*
*Já cansado de esperar,*

*Saiu do lugar*
*Eu desconfio*
*Que ele foi me procurar...*

**João Ninguém**

*João Ninguém*
*Não tem ideal na vida*
*Além de casa e comida*
*Tem seus amores também*
*E muita gente*
*Que ostenta luxo e vaidade*
*Não goza a felicidade*
*Que goza João Ninguém*

**Pra que mentir**

*Pra que mentir*
*Se tu ainda não tens*
*esse dom de saber iludir*
*Pra quê? Pra que mentir*
*Se não há necessidade de me trair?*
*Pra que mentir*
*Se tu ainda não tens*
*A malícia de toda mulher?*
*Pra que mentir se eu sei*
*Que gostas de outro*
*que te diz que não te quer?*

**Mentir**

*Saber mentir*
é prova de nobreza
*pra não ferir alguém*
*com franqueza*
*Mentira não é crime*

É bem sublime
*O que se diz*
*Mentindo pra fazer alguém feliz*
É com a mentira que a gente
*Se sente contente*
*por não pensar na verdade*
*O próprio mundo nos mente*
*E ensina a mentir*
*Chorando ou rindo sem ter vontade*
*E se não fosse a mentira*
*ninguém mais viveria*
*por não poder ser feliz*

**Palpite infeliz**
*Fazer poemas lá na Vila é um brinquedo*
*Ao som do samba dança até o arvoredo*
*Eu já chamei você pra ver*
*Você não viu, porque não quis*
*Quem é você que não sabe o que diz?*

**Cansei de pedir**
*Amar sem ter amor é um suplício*
*Você não compreende*
*A minha dor*
*Nem pode avaliar*
*O sacrifício que eu fiz*
*Para você ser feliz*

**Provei**
*Quem fala mal do amor*
*não sabe a vida gozar*
*Quem maldiz a própria dor*
*Tem amor, mas não sabe amar*

*Pra me livrar do mal*
*Você tem a minha ajuda*
*Sem pensar em trabalhar*
*Quem se zanga é que se muda*
*E eu já tenho onde morar*
*Nunca mais você encontra*
*Quem lhe faça o bem que eu fiz;*
*Levei muito golpe contra;*
*Passe bem, seja feliz*

**Boa viagem**

*Se não mandei você embora,*
*Enfim, foi porque*
*Me faltou a coragem*
*Mas se você vai dar o fora,*
*Então, passe bem,*
*boa viagem!*

**Pierrot apaixonado**

*Um grande amor tem sempre um triste fim*
*Com o Pierrot aconteceu assim:*
*Levando esse grande chute*
*Foi tomar vermute com amendoim*

**Rir**

Às vezes é um sorriso
*Que acompanha uma esperança*
*Outras vezes é um riso*
*Que provoca uma vingança*
*Meu juízo se revolta*
*Quando vejo alguém zombar*
*O mundo dá muita volta*
*Que zombou pode chorar*

**Cidade Mulher**

*Cidade de amor e aventura*
*Que tem mais doçura*
*Que uma ilusão*
*Cidade mais bela que o sorriso,*
*Maior que o paraíso*
*Melhor que a tentação*
*Cidade que ninguém resiste*
*Na beleza triste*
*De um samba-canção*
*Cidade de flores sem abrolhos*
*Que encontrando nossos olhos*
*Prende o nosso coração*
*Cidade notável,*
*Inimitável,*
*Maior e mais bela que outra qualquer,*
*Cidade sensível,*
*Irresistível,*
*Cidade do amor, cidade mulher*
*Cidade de sonho e grandeza*
*Que guarda riqueza*
*Na terra e no mar*
*Cidade do céu sempre azulado,*
*Teu sol é namorado*
*Da noite de luar*
*Cidade padrão de beleza*
*Foi a natureza*
*Quem te protegeu*
*Cidade de amores sem pecado,*
*Foi juntinho ao Corcovado*
*Que Jesus nasceu*

*21.06.2011*

## É apenas um susto!

No verão, as tempestades são frequentes principalmente no campo. No último deles, eu estava brincando com minha neta Helena, quando fomos surpreendidos por trovoadas, relâmpagos e, em sequência, por uma queda de energia. Helena segurou minha mão, e ainda impactada, balbuciou... "Que susto (na verdade, ela não pronunciou o S) vovô!" Essa imagem foi recuperada em minha memória após os acontecimentos mundiais dos mercados financeiros que aconteceram nos últimos dias, trazendo grande e sobressalto às autoridades financeiras mundiais, bancos empresas e investidores. Faz algum tempo que em meus comentários venho alertando para um processo de alta nos mercados, que no caso brasileiro já durava mais de cinco anos. Alimentava esse processo uma liquidez mundial que não parecia ter fim. A busca de ativos era uma consequência natural de operadores que não queriam deixar seus recursos desinvestidos.

Quando mencionava o aspecto especulativo de algumas dessas aquisições e de novos produtos alavancados financeiros que chegavam ao mercado, eu era costumeiramente confrontado com argumentos de que o risco era baixo devido à grande liquidez, que parecia inesgotável. Porém, a história vivida nos ensinou que o imprevisto sempre acontece de forma inesperada e a tão decantada liquidez mundial, depois da crise das hipotecas imobiliárias vivida pelo mercado norte-americano, evaporou-se como fumaça. Não fosse a maciça e agressiva intervenção dos bancos centrais dos países desenvolvidos, agindo de uma maneira articulada, suprindo o sistema financeiro de liquidez, teríamos tido uma crise ainda maior.

Também ficou evidenciado, uma vez mais, que apesar de os Estados Unidos estarem perdendo espaço relativo na economia mundial pela maior pujança da União Europeia, Japão, China,

Índia e Rússia, o que acontece no mercado norte-americano continua repercutindo com grande intensidade nos mercados mundiais e em outros centros financeiros, que apesar de maior musculatura, ainda não têm condições de atuar em invertendo tendências, ou até mesmo funcionando como fatores moderadores. Processos como esse que estamos assistindo em cada caso têm suas particularidades e não é difícil explicar como começou e sim tentar prever quando irá terminar.

Do meu ponto de observação, temos passado por várias crises de ajustamento, identifico no horizonte três possíveis situações daqui para frente: ajustes do tipo ladeira abaixo, escada rolante ou uma simples escada. No primeiro caso, a queda violenta pode provocar uma situação de pânico, como aconteceu no fatídico 11 de setembro, após o ataque às torres gêmeas. No reajuste tipo escada rolante, os preços da bolsa caem com pouco mais de velocidade e, consequentemente, encontram um ponto de equilíbrio mais rapidamente. Finalmente, há a descida por meio de uma escadinha mais suave, em que o período de busca de um novo patamar é mais lento, porém gradual. Aqui já passamos pelos três processos e o mercado ontem deu indicações de total descontrole e de uma reação exagerada ao quadro externo. Estaremos assistindo nos próximos dias uma prefixação dos preços dos ativos infláveis que foram pela abundância de liquidez. Quando esse novo patamar será encontrado, o que implicará numa sustentação e que atrairá de novo os investidores ao mercado, é que "o X do problema", como diria Noel Rosa, nosso grande sambista.

A dimensão das hipotecas não honradas no EUA não se afigura em um número que, dimensionado apropriadamente, não possa ser absorvido pelo sistema. A questão é se os seus detentores estão preparados para dar a necessária transparência a esses números. Uma vez superada essa fase e feitos os ajustes de políticas monetárias compatíveis (com possível redução de juros), a confiança gradualmente será restabelecida. No entanto, imaginar que voltaremos ao Nirvana anterior parece-me fora de realidade. Evidentemente, diante desse cenário, não dá para relaxar. Quem não ajustou inteiramente suas carteiras a esse cenário, agora é melhor esperar, se puder, o tormento passar. Também tenho dificuldade de imaginar que o lado real da economia não venha a ser afetado, levando-se em conta a repercussão nos consumidores norte-americanos e o fato de que a China, com uma inflação anualizada beirando 6%, talvez esteja forçada a aumentar os juros.

Quando a luz voltou e a tempestade passou, minha netinha perguntou-me se podia brincar lá fora. Espero que não tenhamos que esperar muito para podermos também olhar para fora e ver um céu menos cinzento e ameaçador.

*Gazeta Mercantil*, 17.08.2007

## Crônica Familiar aos 80 anos

Usando o pretexto de responder a um amigo que fazia um relato sobre 2014, fiz uma incompleta Crônica Familiar, que agora compartilho.

O ano de 2014 foi importante para a minha família, pois em 5 de dezembro mudei de década! Ao invés de uma grande festa, como inicialmente programamos, optamos por três eventos, sendo dois exclusivamente familiares: um final de semana no exato dia do meu aniversário no Bothanique, um hotel 7 estrelas em São Bento do Sapucaí (SP) e, depois, de 13 a 21 de dezembro, em Barbados, no Caribe. Consegui reunir nos dois eventos filhos(as), noras, genros e seis netos. Foi muito gostoso ter 16 pessoas nessa ocasião. Contrariamos assim o princípio: 'Família unida SIM – Reunida JAMAIS'.

Temos a vantagem de ter toda a família por perto e a Roberta que mora mais distante no Alto dos Pinheiros, fica a 20 minutos de minha casa. Cacilda está ótima, também com muitos projetos, inclusive na divulgação de um DVD e um livro sobre a Odisseia de Homero recitada por um rapper (Max D.O). Já pensou que bacana! Seu último livro, "Roupa de Artista – O vestuário na obra de arte", está esgotado.

Filhos e filhas – Maria Fernanda, João Mauricio, Rodrigo e Roberta – vão bem, trabalhando e cuidando dos meus netos (a mais velha tem 18 anos e o mais novo 4 anos, num total de 6, sendo 4 meninas e 2 meninos), saudáveis e estudiosos. Maria Luísa, a mais velha, entrou na Faculdade.

Quanto aos filhos, a Maria Fernanda (a primogênita) tem uma bem-sucedida carreira no Wisnet, sempre com uma agenda cheia para fazer seminários em empresas, chamados de *couching*, quando explica por que trabalham e para que trabalham. Casou-se novamente com um uruguaio da área de informática (muito simpático).

João Maurício e sua esposa Flávia são proprietários da Benchmark, conselheiros de investimentos, e ela também acumulando função voluntária na nova direção do MASP (onde também faço parte do seu Conselho). Rodrigo é um *private banker*, e a esposa Eliana faz doutorado em Ciências Biológicas na USP.

Roberta e seu esposo Paulo são bem-sucedidos empresários do Empório Alto dos Pinheiros. Descobriram o nicho das cervejas artesanais e, por dois anos consecutivos, foi escolhido pela "Veja" como a maior carta de bares de São Paulo. Virei apreciador de cervejas! Cacilda e eu temos uma participação. A "Exame" publicou excelente matéria a respeito. Voltando ao aniversário, o único evento coletivo foi um coquetel, no Rio de Janeiro, onde reuni a velha guarda de conhecidos, amigos e companheiros de trabalho.

Estou saindo de muitos compromissos onde minha contribuição de vários anos merecia renovação: Fundação Padre Anchieta (TV Cultura), Cinemateca e Sociedades Amigos da Cinemateca, BNDESPAR, Bladex.

Dedico minhas manhãs à SulAmerica e às tardes estou na BRIX. Continuo, todavia, com minhas ligações na área internacional com participação relativamente ativa no Foro Iberoamerica, CEBRI – Centro Brasileiro de Relações Internacionais, CEAL – Conselho Empresarial da América Latina, e no GACINT – Grupo de Análise da Conjuntura Internacional da USP. Mantenho também a presidência da CAM – Câmara de Arbitragem do Mercado - da BVM&F. Este ano regressei mais uma vez ao conselho do Interamerican Dialogue de Washington.

Tenho escrito regularmente. Os artigos que mais gostei foram os sobre o Maracanã e sobre a eleição da Dilma, que, acredito, você tenha recebido. Periodicamente edito o chamado Notas de Rodapé, que tem tudo boa receptividade, no qual saliento algumas notícias e faço comentários.

Para 80 anos não posso me queixar: vida cultural ativa, muitos filmes e procurando me manter atualizado. Tenho lido muito. Três livros que li nesse final de ano: 1) Tudo ou nada de Malu Gaspar (poderia ser "The Rise and Fall of Eike Batista"). 2) Matarazzo (Colosso) do Ronaldo C. Couto – 2 volumes, contando a vida do Conde Matarazzo e o império industrial. 3) 1889 – de Laurentino Gomes - antecedentes da Proclamação da nossa República e o que aconteceu após. Importante para entender o Brasil de hoje.

Como diminuir o ritmo? Não é fácil! Parar nunca! Acho que vou seguir um dos conselhos de Warren Buffet, ao menos a ele atribuído: *I'm going to retire 3 years after my death.*

# II. Meus amigos imortais

*Amigo é coisa para se guardar debaixo de sete chaves dentro do coração, mesmo que o tempo e a distância digam não, mesmo esquecendo a canção ...*

*Assim falam os versos iniciais da música do cantor e compositor Milton Nascimento, em parceria com Fernando Brant. Roberto Teixeira da Costa sabe muito bem disso. Passou a vida conquistando, com sua elegância e simpatia, amigos, muitos amigos, íntimos e profissionais – desde as pessoas mais humildes a próceres nacionais e internacionais. Ele os guarda todos do lado esquerdo do peito. Aqui, neste capítulo, o leitor vai conhecer alguns dos amigos imortais de Roberto Teixeira da Costa.*

*Um dos mais admirados é o empresário mineiro Walther Moreira Salles (1912-2001), criador do Unibanco, ministro da Fazenda e duas vezes embaixador do Brasil em Washington, chamado por ele de "doutor Walther", com quem trabalhou em dois projetos pioneiros: a formação do BIB (Banco de Investimentos do Brasil), um dos mais atuantes dessa modalidade no Brasil, e, mais tarde, na Brasilpar, a primeira empresa de venture capital do país.*

*"Estive intimamente ligado ao doutor Walther nessas duas atividades, que foram para mim momentos de convívio com uma das personalidades mais marcantes da vida financeira do nosso país, um líder sempre disposto a inovar, que, respeitando a opinião dos técnicos, nunca abriu mão de seu incrível talento para identificar boas causas e bons investimentos."*

*A Octavio Frias de Oliveira (1912-2007), publisher da "Folha de S.Paulo", e a Olavo Egydio Setúbal, (1923-2008), engenheiro, político (foi prefeito da capital paulista) e banqueiro responsável pela expansão do Banco Itaú, escreveu cartas póstumas. Na missiva ao "seu Frias", comenta a inauguração da ponte estaiada Octavio Frias de Oliveira, ligando as duas margens do rio Pinheiros, na altura do Brooklyn, que se tornou um cartão postal de São Paulo. "Não sei se você se deu conta que a sua ponte acaba desembocando na avenida Roberto Marinho! Terá sido de propósito ou mera coincidência? (...) Você o tem encontrado por aí? Ele deve estar contente com o sucesso do leilão das obras de arte da Dona Lily. Foi uma iniciativa da maior relevância que mostra o tino e a sensibilidade dela." Antes de se despedir do amigo, fez uma curta e perspicaz observação sobre o panorama econômico da época: "O mar não está para peixe, nem aqui e nem lá fora!".*

*Em sua epístola a Olavo Setúbal, ressalta que uma das características que aprendeu a respeitar no, agora, amigo celeste, foi o "saber dizer não, sem que os interlocutores saíssem ofendidos". Agradece também um ensinamento muito valioso para sua atuação na área de fusões e incorporações de empresas. "Aprendi com você, que juntar empresas com problemas não nos dá uma soma positiva, pois o menos com menos é igual a duas vezes menos". E se despede em tom jocoso: "Se encontrar o Walther (Walther Moreira Salles) por aí mande-lhe um abraço. Ouvi rumores que vocês estariam pensando em recriar o BIB. Acho que o tempo já passou!"*

*Do amigo Olavo Setubal, Roberto Teixeira da Costa recebeu uma herança em vida de valor inestimável: a apresentação de seu livro "Mercado de Capitais – Uma trajetória de 50 anos" (Imprensa Oficial, 2006), em texto datado de 8 de maio de 2006. O baluarte da criação do moderno Itaú, disse que a obra mostra como Roberto Teixeira da Costa foi "uma vocação empreendedora que, ao contri-*

*buir para a consolidação do mercado de capitais no âmbito de uma sociedade tão complexa e heterogênea como a nossa, abriu caminho para um sem-número de empreendedores e, por consequência, para o próprio desenvolvimento do país". O livro conta ainda com a introdução do ex-ministro João Paulo dos Reis Velloso (1931-2019) e a orelha escrita pelo economista Delfim Netto.*

*No artigo dedicado à "dupla de ouro", Campos e Bulhões, ressalta que os ex-ministros Roberto Campos (1917-2001), economista, diplomata e político, e Octavio Gouvêa de Bulhões (1906-1990), advogado e economista, seus professores na Faculdade Nacional de Ciências Econômicas, desempenharam papel da maior relevância com um conjunto de medidas legais que tiveram grande influência e repercussão no desenvolvimento do país e, particularmente, do mercado de capitais.*

*Roberto Teixeira da Costa também homenageia Lily Marinho, (1920-2001), "uma amiga de mais de 40 anos, que tinha o dom de fazer as pessoas se sentirem especiais". Para ele, "a grande anfitriã do Rio", que recebia sempre com a mesma fidalguia e classe na mansão do Cosme Velho, na zona sul do Rio, onde viveu por muitos anos com seu segundo marido Roberto Marinho, o dono das Organizações Globo.*

*A José Luiz Bulhões Pedreira (1925-2006), jurista, construtor da Lei das S/A, juntamente com o advogado Alfredo Lamy, agradece as lições e conceitos que "jamais serão esquecidos", destaca uma das experiências mais ricas de sua carreira que foi o lançamento de um novo produto no mercado de capitais, as debêntures, à época "quase um palavrão", e termina homenageando o saudoso amigo com a música de Tom Jobim e Vinícius de Moraes: "Se todos fossem iguais a você".*

*Entre os demais homenageados neste capítulo estão Eudoro Villela (1907-2001), médico, pecuarista e banqueiro, que, ao lado de Olavo Setúbal, ocupou um papel da maior relevância no lançamento das bases para colocar o que é hoje o Itaú Unibanco entre os grandes bancos nacionais e internacionais; Ronaldo Nogueira,(1938-2007), parceiro no lançamento do Fundo Brasil, um dos primeiros country funds elaborados para permitir a participação de investidores estrangeiros no mercado de capitais brasileiro; Antonio Dias Leite,(1920-2017), engenheiro, economista e professor emérito da UFRJ, que teve papel fundamental na construção da Hidrelétrica de Itaipu, "um dos melhores professores que tivemos num grupo de mestres de primeira qualidade na Faculdade Nacional de Ciências Econômicas"; Fernão Bracher (1935-2019), fundador do grupo financeiro BBA e ex-presidente do Banco Central, "um belo exemplo de cidadania a ser seguido pela nobreza de seu caráter e sabedoria de como utilizar recursos acumulados por sua competência empresarial em atividades que o país é tão carente"; Luiz Leonardo Cantidiano (1949-2017), especialista em investimentos em ações, "um profissional dedicado a todas as boas causas ligadas à promoção do mercado de valores mobiliários como indutor do desenvolvimento econômico"; A. H. Fuerstenthal, especialista alemão em recrutamento de executivos, e exímio aforista, também conhecido como Dr. Fuerstenthal ou Stan, parceiro no pioneirismo da CVM na introdução do sistema de escolha de gerentes e superintendentes por meio dos testes de avaliação psicológica.*

*Expressa ainda sua admiração pelo economista, ex-ministro da Fazenda e Planejamento e embaixador Antonio Delfim Neto, nascido em 1º de maio de 1928, em São Paulo, com quem manteve relacionamento profissional ao longo de sua carreira, "Delfim Neto, apesar de todas as controvérsias, sem sombra de dúvida, marcou fortemente com sua presença a história recente do Brasil, seja como acadêmico, seja como homem público, seja como consultor".*

*E last but not least, Jorge Paulo Lemann, nascido em 26 de agosto de 1939, no Rio de Janeiro, de quem foi o primeiro chefe, quando, nos idos de 1960, logo após se formar, foi aceito como trainee na Deltec, empresa pioneira em investimentos no país, onde, o hoje banqueiro e titular do Grupo G3, frequentemente citado como uma das pessoas mais ricas do Brasil e do mundo, aprendeu a ler balanços e avaliar investimentos. Feliz com a trajetória de sucesso atrás de sucesso de seu pupilo, Roberto Teixeira da Costa, comenta, com seu senso de humor: "Só lamento não ter cobrado a comissão de ter sido seu primeiro chefe!"*

*Mas antes de passarmos aos artigos deste capítulo, o leitor acompanhará uma calorosa e poética manifestação de amizade eterna. O caso é o seguinte: Roberto trocou com outro amigo histórico, o embaixador Marcos Castrioto de Azambuja, bem ao modo do início deste século, uma correspondência eletrônica. Achou em seus guardados e enviou para o diplomata um e-mail com uma cópia, agora escaneada, de um antigo "Fac-simile", o popular fax que vai aos poucos entrando para a história, no qual o então representante do Brasil na Argentina dirigindo-se à sua esposa Cacilda, lamentava, em verso, não poder deixar Buenos Aires para ir à festa de 60 anos do amigo.*

*"O evento é nacional e internacional*
*Como cabe ao homem do CEAL*
*Não poderei no dia deixar a Argentina*
*Levando flores, confetti e serpentina*
*(e como essa ausência me dói...)*
*Transmita a ele, Cacilda, aos sessenta,*
*que chegará, asseguro, fagueiro, aos noventa*
*as alvissaras do seu contemporâneo*
*Que é (pelo Rio) também conterrâneo*
*E que estaria aí se tivesse os vagares*
*Para escondido escapulir de Buenos Aires*

*Diga, enfim, a Roberto Teixeira da Costa*
*Que ainda não começa a descer a encosta,*
*Que tem pela frente, eu garanto, uma reta*
*Longa e fácil para seu folego de atleta."*

*Com a instantaneidade própria de um "papo eletrônico", o agora ex-embaixador respondeu de pronto a mensagem do amigo Roberto, que lhe perguntara: "Lembra-se? Quantas saudades. Não sei se ainda tenho o folego de atleta para chegar aos 90...".*

*Eis a resposta: "Que esplendida viagem pela vida a fora tem sido a nossa! Que impecável é a amizade que existe entre nós dois! Olho para trás com saudades e para a frente sempre com muita confiança e não pouca esperança. Continue, por favor, a guardar o registro do nosso trajeto e nas efemérides mande para este teu velho amigo papeis que são o registro dos melhores momentos do nosso convívio. Deus guarde você".*

*Um provérbio inglês do século 17 diz: The best of friends must part, we came not all together, and we must not go all together. (Os melhores amigos têm de partir, não viemos todos juntos e não devemos ir todos juntos).*

*Mas, a genialidade dos versos de Milton do Nascimento, carinhosamente chamado pelos amigos de Bituca, parece mais apropriada para o fecho deste capítulo.*

*... O que importa é ouvir a voz que vem do coração, pois seja o que vier, venha o que vier, qualquer dia, amigo, eu volto a te encontrar, qualquer dia, amigo, a gente vai se encontrar.*

*Antonio Carlos Seidl*

# O papel de Walther Moreira Salles no mercado de capitais

Tive o privilégio de conviver com Walther Moreira Salles (1912-2001) em dois momentos de minha vida profissional, podendo assim atestar a importante contribuição por ele prestada para que se desenvolvesse no Brasil um mercado de capitais que proporcionasse recursos de médio e longo prazo às nossas empresas.

Inicialmente, ele foi o catalisador na formação do Banco de Investimento do Brasil, um dos primeiros e mais atuantes a se organizarem sob essa nova modalidade tão logo foi promulgada a Lei do Mercado de Capitais em 1965. Até então não existiam bancos de investimento, e as atividades ligadas ao mercado de capitais eram desempenhadas por financeiras (companhias de crédito, financiamento e investimentos) e por corretoras de valores.

O BIB, como ficou conhecido, foi o resultado da união da Deltec (empresa pioneira na área de investimentos) com o Banco Moreira Salles (precursor do Unibanco) e com a participação da Brascan, grupo Caemi e Ibec, que havia lançado no Brasil o Fundo Crescinco – pioneiro nessa forma de administração de poupança.

Durante muitos anos, o BIB foi líder incontestável dos bancos de investimento no país, participando ativamente do mercado de *underwriting*, repasse de recursos externos, financiamento locais e administração de fundos e carteiras. Independentemente da sua importante contribuição para a criação de um mercado de capitais no país, dos seus quadros dirigentes saíram profissionais que vieram a ter participação decisiva na formação do conglomerado Unibanco, tais como Roberto Bornhausen, Tomas Zinner, Gabriel Jorge Ferreira e Israel Vainboim. O convívio com Walther Moreira Salles nesse período de 1965 a 1977, quando me desliguei do grupo para presidir a CVM (Comissão de Valores Mobiliários) revelou essa grande figura de financista, empresário, sempre disposto a inovar, prestigiando seus colaboradores e distinguindo-lhes com sua confiança e amizade.

Nesse período também foi possível constatar a grande presença internacional de Walther Moreira Salles. Quando daqui saíamos em nossas missões no exterior para promover aplicações financeiras no Brasil, seu nome nos proporcionava incrível receptividade em todas as portas que batíamos. Assim, não é de estranhar que o BIB/Unibanco tivesse assumido a liderança na colocação de "fundos de investimento", especialmente criados para receber recursos de capital estrangeiro destinados a aplicações em Bolsa.

Nossos caminhos se cruzaram novamente em 1980, quando voltei ao setor privado e redefinimos a Brasilpar como empresa de capital de risco, na qual o Unibanco tinha participação. Conhecidas como *venture capital* nos Estados Unidos, fomos aqui pioneiros no lançamento desse tipo de empresa que ganhou enorme divulgação e popularidade entre investidores, com desdobramentos como companhias de *private equity* ou fundo de companhias emergentes.

Graças ao apoio e determinação de Walther Moreira Salles foi possível realizá-la, tendo ele não apenas sido seu grande estimulador, como também tendo contribuído com recursos pessoais para sua viabilização. Foi mais uma atividade pioneira, que se é verdade não teve o êxito espetacular do BIB, serviu novamente como um grande aprendizado para outras atividades que se seguiram dentro dessa nova concepção, formando ainda quadros profissionais da maior qualidade. Sempre julguei que Walther Moreira Salles tinha o gosto e a predileção pelo *investment banking*, muito pouco difundido naquela época.

Registro assim com prazer esses depoimentos em atividades nas quais estive intimamente ligado com Walther Moreira Salles que foram para mim momentos de convívio com uma das personalidades mais marcantes da vida financeira do nosso país, um líder, que respeitando a opinião dos técnicos, nunca abriu mão de seu incrível talento para identificar boas causas e bons investimentos.

*28.02.2001*

*

## Uma decisão difícil

*Ao aceitar o convite do ministro Mario Henrique Simonsen (Fazenda) para ser o primeiro presidente da CVM, Roberto Teixeira da Costa enviou uma carta de agradecimento a Walther Moreira Salles, uma das personalidades mais marcantes do mercado de capitais do Brasil.*

"Ilmo. Sr.

Embaixador Walther Moreira Salles

M.D. Presidente do Conselho Diretor

Grupo Unibanco

Prezado Dr. Walther

Por razões que o senhor tão bem conhece, não pude recusar o convite que me foi formulado pelo ministro Mario Henrique Simonsen para presidir a recém criada Comissão de Valores Mobiliários, fato que me traz agora à sua presença para solicitar que meu nome não seja proposto como vice-presidente do Unibanco nas próximas assembleias.

Não foi sem hesitação e até mesmo dúvida que resolvi aceitar essa responsabilidade, que me afasta do convívio do grupo Unibanco onde passei os melhores momentos da minha vida profissional. Vivi como poucos, de 1966 até hoje, a existência do grupo Unibanco. Deixá-lo, como o faço agora, é como me separar de um pedaço da minha vida.

Sinto como se estivesse me separando de uma parte da minha família, de alguma coisa que ajudei a construir. Tivemos nossos momentos de dúvida, de hesitação e, (por que não recordar?), até mesmo de dificuldades, mas que, felizmente, foram transitórios.

Conforta-me pelo menos saber que saio num momento feliz do nosso grupo empresarial, onde nosso esforço começa a produzir resultados, e nos recoloca em posição mais próxima da que mereceríamos estar, e acredito tenhamos os requisitos e o dinamismo interno para continuar crescendo para consolidar nossa posição como um dos maiores grupos financeiros privados brasileiros.

Só deixo amigos no Unibanco, e levo comigo lembranças das mais agradáveis desse convívio e certamente entre elas sobressai com grande nitidez a sua figura de líder.

Respeitosamente
Roberto Teixeira da Costa

Rio de Janeiro, 18 de março de 1977"

*

## Um banqueiro construtor do Brasil

*Atento, como de hábito, ao que ocorre ao seu redor, Roberto Teixeira da Costa foi uma das primeiras pessoas a ler "Walther Moreira Salles – O banqueiro-embaixador e a construção do Brasil", biografia escrita pelo jornalista Luís Nassif, que foi lançada pela Cia Editora Nacional, em maio de 2019. E logo enviou uma resenha para seus amigos e ex-colegas no Conselho de Administração do Unibanco, onde trabalharam sob o comando de Walther Moreira Salles.*

"Acabei de ler no final de semana o livro do Nassif. Estava com certo preconceito por várias razões, e inclusive pelos percalços enfrentados e pela demora em sua divulgação. Mas confesso que a leitura foi fascinante pela parte que se refere ao Dr. Walther como homem público, suas entradas e saídas do governo, e o papel relevante que teve em nossas relações externas, principalmente com os EUA. Seu prestígio internacional, associado à sua sobriedade, fazendo contato com políticos e financistas, foram determinantes para o sucesso das negociações externas, não que sua atuação empresarial fosse menos destacada, mas que em geral já conhecia. Apesar do longo convívio de mais de vinte anos, desconhecia alguns detalhes de sua vida pessoal. Foram revelações interessantes e mesmo curiosas. Lendo o livro sua figura se enaltece por tudo que fez e representou, caracterizando uma outra época do nosso sofrido país."

*08.05.2019*

*

## Octávio Farias de Oliveira: Um homem de visão

*Carta póstuma a Octavio Frias de Oliveira (1912-2007)*

São Paulo, 11 de maio de 2008

Meu caro Octavio,

Não poderia deixar de comentar a inauguração da sua ponte que ocorreu com a pompa e circunstância merecida. Quem diria que você estaria, daqui para frente, sempre sendo lembrado através de uma das obras viárias de maior importância na América Latina?

No entanto, quantos passarão por esse viaduto sem se dar conta da importância que você teve na construção dessa grande cidade? Aí de cima você deve estar tendo uma visão privilegiada dessa obra. Particularmente de noite, com o jogo de cores, deve ser muito bonito, e o tráfego totalmente parado... Aliás, um dos prefeitos que dizia que São Paulo não poderia parar, deve estar aí constatando desse posto privilegiado que São Paulo de fato parou. São Paulo parou! Parou mesmo!

Não sei se você se deu conta que a sua ponte acaba desembocando na avenida Roberto Marinho! Terá sido de propósito ou uma mera coincidência? Lembro-me de um jantar na casa do Etchenique que, enquanto esperávamos o convidado de honra, o presidente do Banco Central do Brasil, vocês ficaram conversando por quase uma hora! Você o tem encontrado por aí? Ele deve estar feliz com o leilão das obras de dona Lily. Foi uma iniciativa da maior relevância que mostra o tino e a sensibilidade dela.

Votando à questão viária, os meus amigos do "Estadão" devem estar enciumados, pois o viaduto Julio Mesquita não tem a dimensão e brilho da Ponte Octavio Frias de Oliveira. Por falar em "Estadão", você deve estar lembrado do discreto almoço que tivemos no apart-hotel da rua padre João Manoel com o Juca (José de Carvalho) Mesquita em que pela primeira vez foi aventada a possibilidade da "Folha de S.Paulo" e o "Estado de S.Paulo" terem um sistema único de distribuição que alguns anos depois foi concretizado. Recordo-me também que o Juca, comentando a linha editorial da "Folha", recebeu de sua parte um comentário muito objetivo: "O Estadão ocupou todo o espaço de direito conservador. Temos de nos diferenciar".

Aliás, também naquela ocasião você opinou que a longo prazo não haveria espaço, nem mesmo em grandes praças como São Paulo, para coexistirem dois jornais do porte desses dois concorrentes. No entanto, surpreendentemente para muitos, a imprensa escrita tem dado mostras de grande capacidade de resistência. No entanto, creio que sua maneira de ver objetivamente as coisas continua válida.

No mais, por aqui o grau de investimento tão desejado e muito festejado, não trouxe a curto prazo o impacto que muitos esperavam. É a velha história, o mercado reage antes do fato. Enquanto isso, a estrela de nosso presidente continua brilhando, muito embora sem o fulgor do ano passado.

O mar não está para peixe, nem aqui e nem lá fora. A nossa mais velha e conhecida inflação, quer botar novamente suas manguinhas de fora! E os dólares estão sobrando...

A imprensa mundial continua nos dando excelente cobertura e não há como deixar de reconhecer que fizemos progresso. No mais, você continua nos faltando.

Saudades
Roberto

## Olavo Setúbal: A arte de saber dizer não

*Carta póstuma a Olavo Setubal (1923-2008)*

São Paulo, 10 de outubro de 2008

Meu caro Olavo,

Já se passaram mais de 40 dias desde que você nos deixou, mas parece uma eternidade.

Aqui na terra, estamos vivendo momentos muito difíceis com uma crise financeira de uma dimensão que creio que mesmo os mais pessimistas, ou seja, os otimistas desinformados, jamais poderiam prever na escala mundial em que está acontecendo. Assim, o tempo passa com tal velocidade que nem nos damos conta dos acontecimentos.

Creio que algumas vezes quando em nossos ricos diálogos periódicos, muito antes de termos um vislumbre claro de que algo mais sério estaria por acontecer, você com sua objetividade alertava para alguns exageros que estavam sendo praticados, principalmente nos chamados mercados desenvolvidos.

Sempre lembrava que em algum momento um processo corretivo iria ocorrer e uma fase de ajustamento teria de ser enfrentada. No entanto, nenhum de nós previu o caos que se instaurou nos mercados, com uma crise de confiança na escala que estamos presenciando.

Nos nossos encontros, verdadeiras lições de vida, ficava sempre o registro de sua clareza nas análises e a franqueza que, pessoalmente ou mesmo coletivamente, expressava seus pontos de vista. Sua visão racional não era turvada pela emoção que em muitos casos nos impedem de ter uma visão clara e tomar decisões que não sejam alinhadas com o que a maioria está nos impondo.

Admirava seu claro raciocínio, pois em minha vida profissional às vezes ficava em dúvida, quando certos parâmetros e referencias estavam sendo ultrapassados, se era eu que não estava sintonizado com os novos tempos. Será que estou desatualizado? Assim foi na crise nas bolsas de valores brasileiras nos anos 1970 e, mais recentemente, com os exageros cometidos mundo afora, e que por aqui em menor escala sempre aconteceram?

E não foram em poucas ocasiões, muito antes de ingressar no Conselho, ainda no BIB (Banco de Investimento do Brasil) e depois na CVM e Brasilpar, que fui ao seu encontro para ouvir sua opinião e conselhos. As trocas de artigos de jornais e revistas, que despertavam nosso interesse comum, quase sempre relacionados a temas políticos e relações internacionais, eram uma constante em nosso relacionamento. Posso afirmar que foram intercâmbios muito férteis.

Uma das suas características que aprendi a respeitar foi o saber dizer não. Os brasileiros, regra geral, ficam intimidados ao expressar uma negativa. Você conseguia fazê-lo sem que seus interlocutores saíssem ofendidos. Certamente, não é comum encontrarmos esse tipo de comportamento, pois muitas vezes procuramos contemporizar transmitindo ilusões que criam expectativas infundadas.

Com sua passagem pela Prefeitura, quando organizei os primeiros *road shows* de investidores estrangeiros ao Brasil, inclui em mais de uma vez uma visita ao seu gabinete. Queria que eles conhecessem de perto a visão de um engenheiro-banqueiro que havia aceitado o grande desafio de gerir uma cidade da complexidade de São Paulo. Os resultados sempre foram marcantes, pois você lhes transmitia a visão de um gestor apolítico que estava dando uma grande contribuição à nossa cidade, uma das maiores do mundo.

Lembro-me também que na Brasilpar fui convidado para entrar no conselho do Banco do Brasil, como representante da Previ. Fui consultá-lo e você aconselhou-me favoravelmente. No entanto, as condições que me foram sugeridas, não me pareceram atraentes e acabei não aceitando. Acho que foi uma decisão acertada.

Na fase Itaú, quando passei a fazer parte do conselho, nas nossas conversas, sejam no próprio banco ou em jantares com a Daisy,

Milu e Paulo Egydio, o tema político era predominante. Com a disciplina que você prezava, assuntos do banco não estavam em nossa agenda e deveriam ser conversados com o Roberto ou no conselho que você presidiu, o que eu plenamente concordava.

Como a maioria dos brasileiros, superada as justificadas reservas iniciais, você respeitava o nosso Presidente da República. Lembro-me do jantar na casa do Josué Gomes da Silva, quando você o Roberto e eu, com ele estivemos, e você com muita clareza expressou sua visão da importância do nosso relacionamento com os Estados Unidos.

Sou também imensamente grato pela apresentação que você fez para o meu livro "Mercado de Capitais. Uma trajetória de 50 anos". Certamente, essa chancela em muito valorizou meu trabalho.

Ultimamente, para minha tristeza, nossos contatos diminuíram, pois, compreensivelmente, não queria se expor, a encontrá-lo debilitado. Não pude, assim, materializar o convite para você jantar conosco na Barão de Capanema. Sei que seus últimos dias foram penosos e você, enquanto pode, resistiu heroicamente para ter uma continuidade de vida compatível com sua personalidade de enfrentar desafios. Quase que diariamente ligava para Mailde, para ter um boletim de sua saúde, quando não falava com o Roberto, Alfredo ou Milu.

Estava chegando a Belo Horizonte para uma reunião quando soube que você nos havia deixado e, pelo menos, os seus últimos momentos não foram prolongados desnecessariamente. Foi um pedido que fez questão de registrar. Não é comum as pessoas tenham essa lucidez em determinar esse comportamento, que não é fácil para quem vai cumpri-lo.

Seu velório, com as orientações que você havia deixado, foi perfeito e tudo transcorreu com muita dignidade e respeito. Sua missa de sétimo dia, na Catedral da Sé, foi uma cerimônia muito tocante. O coral, as palavras do cardeal, e principalmente da

Maria Alice, foram de muita emoção. Ela expressou com muita propriedade o significado de sua perda. Sem se deixar trair pela forte emoção que a todos contemplava, lembrou importantes passagens de sua vida e principalmente o pai que você foi.

Difícil imaginar que alguém pudesse ter formado uma família com os valores que você e a Tide educaram seus filhos para exercerem a liderança nos diferentes ramos em que tem participação marcante.

Daisy, por mais de uma vez, foi importante para consolidar essa ligação com seus filhos e sempre lhe esteve presente dando-lhe força nos momentos mais difíceis, sendo uma companheira inestimável. Estava muito abalada na missa, como seria de imaginar, e mais ainda quando ao final iniciaram-se as apresentações de pêsames. Ela, e todos da família foram atropelados por todos querendo aproximar-se para abraça-la ao mesmo tempo. Não encontramos ainda uma maneira mais racional e organizada de nos solidarizar com a dor de ver um ente querido partir, e tenhamos a disciplina de apresentar ou receber, os cumprimentos educadamente.

Talvez por essas e por outras é que sua missa de 30º dia tenha sido reservada somente para a família, e entendi claramente a mensagem.

Os registros e diferentes menções que foram feitos a seu respeito em vários artigos, foram na medida certa e com o devido reconhecimento ao que você realizou. Uma das características dos brasileiros é qualificar quem nos deixou, mas no seu caso específico foram muito apropriados.

Não posso deixar de registrar o acerto da escolha do Câmara Pestana para sucedê-lo. Certamente ele será um excelente presidente.

Olavo meu registro final é de reiterar a falta que você nos faz nesse momento difícil que estamos enfrentando e que já está trazendo sérias consequências para o lado real da economia. Não há como escapar e todos estamos conscientes que um preço será pago. Tenho falado principalmente com o Roberto. Obviamente, como não poderia deixar de ser, está muito preocupado com o quadro geral, mas tranquilo com a situação do banco e tendo de acompanhar essa situação a cada minuto, pois o quadro vem se alterando com grande velocidade.

Quanto mais os governos agem para sanear a situação, os reflexos no mercado têm efeito perverso. Transmitem a sensação de que mesmo com uma ação coordenada dos bancos centrais, o fator confiança não consegue ser imediatamente restabelecido. A bem da verdade, os efeitos práticos das medidas que estão sendo ou foram tomadas, não acontecem imediatamente. Levarão algum tempo para serem implementadas e, portanto, suas consequências serão postergadas.

Nesse meio tempo, apesar das palavras de cautela e prudência, o comportamento dos mercados em alguns momentos foi de pânico, operando com baixíssima ou nenhuma racionalidade.

Gostaria muito de ouvi-lo numa fase como a que estamos atravessando, na qual os fundamentos econômicos foram para o espaço. Provavelmente, você com sua visão crítica, nos transmitiria por um lado uma certeza de que o Brasil e o Itaú têm todas as condições de superar essa fase, mas que uma política conservadora teria de ser adotada, o que a administração do banco vem fazendo com muita propriedade.

No campo político, o céu de brigadeiro que reinou nos seis anos do presidente Lula mudou rapidamente. Durante algum tempo ele procurou mostrar que estávamos isolados da crise, mas com o agravamento da situação, teve de alterar o discurso dele. Resta saber como esse cenário irá afetar o quadro sucessório de 2010. O Banco Central vem atuando com muita propriedade, e na direção correta, de suprir liquidez ao mercado.

O quadro econômico-financeiro é de preocupação maior. A única certeza que tenho é que em algum momento o mercado vai encontrar seu ponto de sustentação. Não comungo do pessimismo de estarmos (economia de mercado) irremediavelmente condenados. É certo que o tempo de ajustamento será mais longo em mercado mais regulados (espero que sem excessos!).

Estou convencido que uma nova arquitetura irá estabelecer-se em bases mais sólidas e sem exageros e bolhas do passado. E nós do Itaú sairemos fortalecidos. A Milu teve a feliz ideia de convidar a Daisy para jantar na sexta-feira. Acho bom que ela possa aceitar. Será bom para ela e um grande prazer para nós!

Um saudoso abraço e até breve. Se encontrar o Walther por aí mande-lhe um abraço. Ouvi rumores que estavam pensando em recriar o BIB. Acho que o tempo já passou!

Forte abraço
Roberto

## Roberto Campos e Octávio Gouvêa de Bulhões: Uma dupla de ouro

Tive convívio com Roberto Campos em três momentos bem distintos de minha vida estudantil e profissional. Inicialmente, ele foi meu professor nas cadeiras de Moeda e Crédito e Conjuntura Econômica da Faculdade Nacional de Ciências Econômicas (FNCE), da Universidade do Brasil (rebatizada anos depois como Universidade Federal do Rio de Janeiro), de 1956 a 1961, que, na época, situava-se na rua Marquês de Olinda, em Botafogo. As aulas de Roberto Campos eram, certamente, das mais prestigiadas da Faculdade. Ele sempre chegava um pouco atrasado para o início das aulas e, consequentemente, avançava no horário do término. Porém suas aulas eram tão interessantes que não queríamos que ele saísse, mesmo vendo que o professor da aula seguinte aguardava impacientemente na porta querendo entrar.

E aqui quero deixar registrado que tivemos na FNCE excelentes profissionais que se destacaram não somente como professores como também na vida pública, tais como Antonio Dias Leite, que foi ministro das Minas e Energia; Paulo Lyra, presidente do Banco Central do Brasil; Octávio Gouvêa de Bulhões, ministro da Fazenda (pai de Miriam Bulhões, nossa colega de classe); Casimiro Ribeiro, diretor do Banco Central do Brasil, Themistocles Brandão Cavalcanti, ministro do Supremo Tribunal Federal, entre outros.

Já que citei destacados professores, também vale a pena citar aqueles que comigo conviveram na vida universitária, e com quem até hoje mantenho contato: Maria da Conceição Tavares, Carlos Moacyr Gomes de Almeida, Tomas Zinner, Mauro Laviola, Antonio Alberto Mariani, Maria Angela Abreu, Sérgio Balbuena.

Numa nova fase de minha vida, e já trabalhando no mercado de capitais, na pioneira Deltec e depois no BIB (Banco de Investimento do Brasil), criado durante a gestão de Roberto Campos no Ministério do Planejamento, voltei a conviver com meus mais destacados mestres dos anos acadêmicos.

Nessa época, a "dupla de ouro" (Octávio Bulhões e Roberto Campos) desempenhou papel de maior relevância com um conjunto de medidas legais que tiveram grande influência e repercussão no desenvolvimento do país e, particularmente, do mercado de capitais. Vale a pena destacar a lei nº 4.728, que provocou uma verdadeira revolução no mercado com diversas inovações, tais como a criação dos bancos de investimento e de desenvolvimento, as corretoras e distribuidoras de valores, as sociedades de investimento, os depósitos a prazo, com ou sem a emissão de certificados, a previsão legal de emissão de debêntures conversíveis em ações com cláusula de correção monetária e ainda a instituição de comissões consultivas do Conselho Monetário Nacional. Foram reformas fundamentais que até hoje são lembradas quando falamos da história do nosso mercado de capitais.

Finalmente, nosso convívio tornou-se profissional, quando, de certa maneira, passamos a nos ver como concorrentes. Isso em consequência de uma das inovações da antes referida Lei do Mercado de Capitais, que foi a criação dos bancos de investimento. A empresa da qual era diretor, Deltec, associou-se ao Banco Moreira Salles, também à Brascan, Ibec e Caemi, para fundar o BIB (Banco de Investimentos do Brasil), que mais tarde se tornou uma parte do conglomerado financeiro Unibanco. Pois muito bem, como BIB, devido à experiência da Deltec, éramos líderes da área de lançamento de novas ações de empresas no mercado, o que hoje chamamos de IPO's (iniciais do inglês *Initial Public Offering).*

Eu era o responsável pela área de investimentos, e um de nossos principais concorrentes, talvez o principal, era o Investbanco, liderado por quem havia sido meu professor. Mas foi uma concorrência no mais alto nível e, em muitos casos, dividimos a liderança dos investimentos.

Enfim, não poderiam ser melhores as memorias que tenho de Roberto Campos, com seu incrível conhecimento, senso de humor, coragem de assumir posições controversas para a época, mas que ele as defendia com sólidos argumentos e que se mostraram, com o tempo, proféticas. Nos dias de hoje fazem muita falta pessoas do calibre de Roberto Campos.

*11.2016*

## Lily Marinho: Uma grande dama

Conheci Lily Marinho há quase 40 anos. Na época, responsável pela área de investimentos do BIB (Banco de Investimentos do Brasil), que depois se transformou no Unibanco, supervisionava a carteira de Horácio de Carvalho, com quem ela era casada. Reunia-me periodicamente com ele no belíssimo apartamento da avenida Atlântica, no Rio de Janeiro. Lily raramente frequentava essas reuniões, mas, quando o fazia, irradiava simpatia.

Aos poucos, os compromissos profissionais tornaram-se um grande prazer. Foi em sua casa que fui apresentado ao vinho Château Haut-Brion, assim como ao Château d'Yquem. E nesse período, no dia do meu aniversário, fui surpreendido com um presente inusitado: um desenho de Portinari retratando Stalin (como membro do PCB ele fazia esses desenhos para financiar o partido) que guardo até hoje.

Lily o havia comprado em um leilão. Ela era uma assídua frequentadora de leilões e seu apartamento, assim como as fazendas, eram verdadeiras galerias de arte com objetos, mobiliário e pinturas de excelente gosto. Sobretudo, Lily tinha o dom de fazer as pessoas se sentirem especiais.

Horácio de Carvalho tinha sido sócio do banqueiro Walther Moreira Salles na Mineração Morro Velho, mais tarde vendida para Júlio Bozano. Amigos por muitos anos, Walther e Horácio estavam quase sempre juntos. Pela mão de Walther é que Horácio se juntou a ele e a um grupo de investidores na formação da Brasilpar, a primeira companhia de capital de risco (venture capital) no Brasil, em 1980, a qual presidi até meados dos anos 1990.

O casal levava uma vida reservada, pois se ressentia da trágica morte de seu filho, Horacinho, prematuramente desaparecido em um desastre automobilístico, em 1966, aos 26 anos de idade, em companhia da cantora Sylvinha Telles. Ele era um jovem que provocava a boa inveja nos seus contemporâneos. Sempre elegante, simpático, era um ícone. Ele e eu tínhamos uma paixão em comum: o turfe e os cavalos do Stud Guanabara. Roberto e Nelson Seabra, titulares do Stud, foram durante muitos anos os maiores criadores de puro sangue inglês e esse, aliás, foi um dos pontos que me aproximaram de Lily, com quem conversava sobre os temas preferidos de Horacinho. Adorava falar sobre o filho. A adoção de João Baptista, a quem se referia com muito carinho, foi a maneira encontrada para tentar preencher o vazio da perda de Horacinho.

Com a morte de Horácio, Lily passou a frequentar as reuniões do conselho da Brasilpar, substituindo-o. Acompanhava atentamente as discussões, não se furtando a observações pontuais. Lembro-me bem de que, numa das primeiras reuniões, ainda de luto, Lily veio de carro do Rio com seu então fiel escudeiro Manoel, que continuou prestando grandes serviços a ela e ao João Baptista. Morando em São Paulo, não deixava de procurá-la quando ia ao Rio e ela correspondia sempre com sua forma peculiar de receber. Sempre inteligente e boa amiga.

Assim, acompanhei a distância o namoro e o casamento com o doutor Roberto, que obviamente teve grande repercussão. Recordo-me que, algumas semanas ou meses após, fui convidado para jantar no Cosme Velho em companhia de Mario Sergio Conti, então diretor de redação da "Veja". Segundo Lily, tinha sido ele um dos poucos a dar uma cobertura adequada ao casamento.

Nessa nova fase, nossos contatos tornaram-se mais escassos, por causa, inclusive, da venda da Brasilpar. Continuamos, porém, sendo periodicamente convidados em várias ocasiões para jantar no Cosme Velho e nunca deixamos de estar presentes nas comemorações do doutor Roberto, em dezembro.

Recebia sempre com a mesma fidalguia e classe. Foi certamente a grande anfitriã do Rio. Por lá passaram personalidades e empresários internacionais de maior expressão. Deixava todos muito à vontade e, com cada um, tratando de assuntos que lhe eram muito caros. O doutor Roberto e ela tinham muito prazer em mostrar os belíssimos quadros de sua coleção.

Sobre o piano de cauda que ornava o salão principal do Cosme Velho, encontravam-se fotos de família e de personagens que os anfitriões haviam recebido em sua casa, como, por exemplo, George Bush, a rainha Silvia, da Suécia, o rei e a rainha da Dinamarca, Tancredo Neves e dona Maria Letícia com Lily.

O que guardo melhor em minha memória foi a festa de réveillon na virada do século que ela e o marido organizaram na avenida Atlântica. No final, quando grande parte dos convidados já havia se retirado, os dois, de rostos colados, como debutantes, dançavam "Unforgettable" na voz de Nat King Cole.

Enfim, essa fase da vida de Lily com o doutor Roberto foi o que poderia se chamar de um reencontro para ambos de paz e felicidade. Difícil imaginar uma união na parte da vida em que os dois se encontravam que pudesse ser tão prazerosa.

No entanto, uma vez mais, o destino pregou-lhe uma peça com a perda do doutor Roberto. Desapareceu aquela alegria contagiante. Os filhos de Roberto que haviam sido solidários a essa união, lhe deram amparo. O carinho de João Roberto, José Roberto e Roberto Irineu foi fundamental para ajudá-la a vencer essa nova fase.

A preservação da memória do doutor Roberto foi certamente o projeto a que com mais afinco e determinação, a partir daí, entregou-se. Escreveu o livro sobre a vida em comum e participou ativamente do processo de lançamento, em sessões de autógrafos por várias capitais.

Conseguiu assim nova energia para perpetuar a sua memória. Mais de uma vez mencionou que não pouparia esforços no que estivesse a seu alcance para preservar suas realizações. Não queria que fosse esquecido.

Passou então a dedicar-se especialmente a netos e a visitar João Baptista, em Miami. Pensando neles, e bem aconselhada, tomou a decisão de dispor de praticamente todos os seus bens, em bem-sucedidos leilões e criar um *trust* para que seus descendentes não se ocupassem *post mortem* com esse encargo e responsabilidade.

Não se furtava a aceitar convites quando o objetivo era de alguma forma proporcionar ajuda a instituições e promover eventos culturais. Foi com esse objetivo que a convidei a visitar a Chácara do Céu (Fundação Castro Maya) em Santa Teresa, que terminou com um almoço em hotel do bairro A essa altura, embora com dificuldade de locomoção, não deixou de aceitar meu convite. Dispôs-se mesmo a organizar um jantar de adesões no Cosme Velho para arrecadação de recursos para o museu, que por outras circunstâncias acabou não acontecendo.

Visitei-a pela última vez em 2010, quando fui buscar minha esposa, Cacilda, por ocasião do almoço que ofereceu a Dilma Rousseff, então candidata. Fiz questão de cumprimentá-la e, apesar de estar em cadeira de rodas, mostrava-se confiante em sua recuperação.

A partir daí nos falamos por telefone algumas vezes. Edgar, seu mordomo (que o doutor Roberto deixou como herança) muito solicito e delicado, colocava-nos em contato sempre que podia e me manteve todo o tempo informado sobre seu estado quando adoentada. No último contato, cerca de dois meses atrás, portanto antes de sua internação, achei-a abatida e sua voz denunciava cansaço. Ainda assim, falou dos seus planos de celebrar 90 anos que, infelizmente, não pode completar.

Para diverti-la, selecionava algumas anedotas menos apimentadas com que ela sempre dava gargalhadas. Dizia: "Essa é muito boa!". Difícil de imaginar personalidade tão rica, cheia de vida e energia como Lily Marinho. O Rio que ela adorava certamente sentirá sua falta e principalmente seus familiares e amigos.

Foi a melhor expressão de uma beleza e cortesia tão escassos nos dias de hoje. Sua classe, elegância e fidalguia serão sempre lembradas. Por isso, faço este registro como uma modesta homenagem à inesquecível Lily Marinho.

*Poder/Joyce Pascowitch*

## José Luiz Bulhões Pedreira: Um amigo generoso sempre lembrado

Há pessoas que passam por nossa existência e não deixam marcas; é como se nunca as tivéssemos conhecido. Outras, ao contrário, serão eternamente lembradas por seu caráter, inteligência, brilho, generosidade e amizade. José Luiz Bulhões Pedreira certamente se classifica nesse grupo reduzido de amigos que sempre será lembrado.

Conheci-o através do Dr. Walther Moreira Salles quando da formação, em 1966, do BIB – Banco de Investimento do Brasil, predecessor na área de investimentos do que se tornou o Unibanco.

À época, era diretor de uma companhia de investimentos, a Deltec S.A. Investimentos, Crédito e Financiamento, pioneira no segmento de bancos de investimento no Brasil, e certamente reconhecida pela abertura do capital de muitas empresas. Posteriormente, ela associou-se ao Banco Moreira Salles (base do Unibanco hoje) para formar um dos bancos de investimento mais tradicionais e importantes do mercado que foi o BIB. A ele também se associaram na sua formação a Caemi, Brascan e a IBEC. José Luiz Bulhões Pedreira compôs o Conselho de Administração do BIB e foi fundamental em sua organização dos primeiros que foram constituídos após a Lei do Mercado de Capitais de 1965. Essa legislação trouxe marcantes modificações para a criação de uma estrutura funcional para o desenvolvimento do mercado de capitais.

José Luiz sempre teve atuação marcante naquele Conselho, pois com sua visão crítica, buscava identificar por meio de uma incrível capacidade de avaliação de cenários, os melhores caminhos que deveríamos trilhar para cumprir nosso papel de realmente atuar como banqueiros de investimento. Lembro-me muito bem de que já passados alguns meses após o início das operações, ele nos colocou contra a parede, num julgamento muito lúcido do que efetivamente o que o BIB queria ser: uma super financeira ou um efetivo Banco de Investimentos? Essa chacoalhada foi realmente um ponto de reflexão na vida do Banco, provocando grandes mudanças que o levaram durantes os anos seguintes à liderança do mercado.

Nosso relacionamento estreitou- se quando atuando pelo Banco de Investimento (era o responsável pela área de mercado de capitais do BIB), trabalhei diretamente com ele, que representava os grupos controladores da UNIPAR (Moreira Salles e Soares Sampaio) no lançamento das obrigações conversíveis daquela empresa. Foi uma das experiências mais ricas de minha vida profissional: conceber e viabilizar esse lançamento de US$ 10 milhões (hoje é uma cifra pouco relevante, mas não nos esqueçamos de que estávamos em 1971) até então era fato inédito no nosso mercado. Tantos foram os obstáculos enfrentados para colocar no mercado um título desconhecido (debêntures no Brasil à época era quase um palavrão) de uma companhia de participações numa indústria nascente (petroquímica), com somente uma empresa operativa e outras que iniciavam suas construções, só a criatividade de José Luiz, sua persistência e capacidade de trabalho podem explicar os resultados obtidos.

Lembro-me de incansáveis noites e madrugadas de trabalho, em seu apartamento no Leme, preparando a emissão e verificando seus mínimos detalhes. Abrir o capital sob a forma de ações não seria recomendável, pois as empresas ainda não eram rentáveis ou operativas. Bulhões Pedreira sugeriu lançar obrigações reajustáveis com um *warrant* que a qualquer momento, a critério dos investidores, poderia ser destacado e usado para conversão em ações. Com isso, teríamos um título de dívida acoplado a uma ação.

Não foi fácil vender esse conceito a um mercado sem qualquer sofisticação. Alguns bancos foram poucos receptivos e não quiseram entrar no contrato de distribuição. Lembro-me bem da visita que fizemos a Amador Aguiar (Bradesco) e Theodoro Quartim Barbosa (Comind) que não se interessaram e não acreditaram em seu sucesso. Depois de um mês de intensa atividade promocional (na época fomos inclusive até a TV Rio, no programa Maurício Cibulares), com campanhas publicitárias, firmamos um consórcio em US$ 10.000.000,00 (dez milhões de dólares americanos). Na época, um sucesso absoluto!

A Unipar continua atuando até hoje, com as mesmas características de sua criação. Assim, reapareceram as *debêntures* sob nova denominação, *obrigações reajustáveis* com correção monetária, que, na verdade, eram títulos de renda fixa protegidos da inflação.

A partir daí nossos contatos intensificaram- se e não mais se limitaram à vida profissional. Foram frequentes almoços e jantares, algumas visitas conjuntas a Nova York ele sempre acompanhado da Cema e eu por Cacilda que também tinha por ele grande carinho devido à sua cultura, interesse geral e principalmente por ser um *gentleman*, na verdadeira acepção da palavra.

Lembro-me de um domingo chuvoso no Rio quando, passando um final de semana matando as saudades, mergulhei numa das primeiras minutas da reforma da Lei das S/A em que José Luiz havia realizado em parceria com Alfredo Lamy. Não me esqueço do entusiasmo com que li aquele documento, antecipando a grande importância para a nossa vida societária. Não tive dúvida, mesmo sendo um domingo, em telefonar-lhe para expressar meu contentamento por aquela peça jurídica que marcou uma das etapas de evolução do nosso mercado de capitais, em conjunto com a Lei que criou a CVM, também com sua participação direta.

Mal sabia eu àquela altura que mais tarde estaria tão envolvido com aquela legislação após ter sido escolhido, e aceito, ser o primeiro presidente da CVM (Comissão de Valores Mobiliários). Coube-me assim a responsabilidade de implementar alguns dos aspectos inovadores daquela Lei, ao mesmo tempo que cuidava para que a organização do novo órgão regulador fosse bem alicerçada e resistisse ao tempo. Felizmente, olhando para trás, dou-me conta de que esse objetivo foi conseguido.

Mesmo tendo escolhido um jovem advogado, Jorge Hilário Gouvêa Vieira, para compor o colegiado da CVM, e que havia participado ativamente das discussões da nova Lei da S/A, os contatos com José Luiz eram frequentes para dirimir dúvidas e conhecer de perto alguns aspectos inovadores de uma legislação que com poucas modificações até hoje não perdeu a sua modernidade.

Certamente, a parceria bem-sucedida de Lamy e Bulhões Pedreira, com a benesse de Mario Henrique Simonsen e do presidente Ernesto Geisel foi da maior relevância para o desenvolvimento do nosso país.

Nessa, e em outras ocasiões, foi possível verificar sua incrível disposição de enfrentar desafios e seu espírito público. Apesar de alguns aborrecimentos e frustrações que sempre acontecem com todos aqueles que se dispõem a ajudar o governo, José Luiz abraçava esses projetos olhando exclusivamente o interesse público, não o confundindo jamais com interesses pessoais.

Lembro-me de um de seus pensamentos que até hoje uso com frequência: "Nosso empenho deve estar sempre voltado para preservar a empresa. É ela que cria riqueza, cria empregos e colabora para o desenvolvimento. Protegê-la deve estar sempre em primeiro lugar de nossas prioridades."

Quando dei por cumprida minha missão à frente da CVM ao final de 1979, e ainda indeciso de continuava no Rio ou se regressava a São Paulo, José Luiz, como sempre muito gentil e cavalheiro, cedeu-me uma de suas salas e um telefone no seu escritório. Foi uma ajuda importante, pois passaram-se dois meses até que me decidisse sobre o meu destino, que foi o de regressar a São Paulo e criar a primeira empresa de capital de risco do país, a Brasilpar.

Posteriormente, o mercado de capitais viveu uma outra séria crise em 1989 quando um megainvestidor provocou um efeito cascata devastador nas Bolsas de Valores, que mais tarde resultou no fechamento da Bolsa de Valores do Rio de Janeiro. Na ocasião, o ministro Maílson da Nóbrega, titular da pasta da Fazenda, criou uma Comissão de alto nível para estudar o desenvolvimento e a revitalização do mercado de valores mobiliários. Foi novamente uma ocasião para estarmos juntos, e na companhia de Mario Henrique Simonsen, Luiz Octavio da Motta Veiga, Affonso Celso Pastore, Sergio Augusto Ribeiro, Antonio Delapieve, Roberto Bornhausen, Jorge Gerdau Johannpeter e Roberto Faldini, propor uma série de medidas que beneficiassem o mercado.

Com minha volta a São Paulo, e menos frequentes idas ao Rio, além do fato de São Paulo não estar propriamente no seu roteiro preferencial, diminuíram nossos contatos pessoais. No entanto, quando o buscava, sempre era atendido com presteza e carinho. Nossos encontros eram calorosos e simpáticos.

Jantamos juntos com Cema no Cipriani uns dois meses antes de ele nos deixar. Visíveis eram os sinais do tratamento da moléstia que o vitimou, porém sua disposição era a mesma e não se queixava de nada. Falamos sobre diversos assuntos, inclusive sobre o governo do presidente Lula, quando José Luiz afirmou que ele havia superado suas expectativas.

Enfim, foi para mim um privilégio ter tido a oportunidade de trabalhar e conviver com ele, e principalmente, registrar importantes lições e conceitos que jamais serão esquecidos.

Ao terminar esse testemunho, lembrei-me de Tom Jobim e Vinícius de Moraes: “Se todos fossem iguais a você”.

## Eudoro Villela: Um raro cientista e banqueiro

Na história da evolução do sistema bancário brasileiro, que hoje ocupa espaço de grande relevância no cenário financeiro internacional, um lugar de destaque certamente está reservado a Eudoro Villela. Juntamente com Olavo Setúbal, lançaram as bases do que é hoje o Grupo Itaú Unibanco, não apenas por sua representatividade nacional, como também na América Latina e pelo merecido prestígio que desfruta no cenário mundial.

A figura de Olavo Setúbal, com sua personalidade exuberante e presença marcante na comunidade financeira e industrial, esteve associada à evolução do Itaú. Mas, certamente, Eudoro Villela ocupou um papel da maior relevância para lançar as bases para transformar o que é hoje o Itaú Unibanco entre os grandes bancos nacionais e internacionais. Essa combinação de talentos levou a que a dupla construísse os fundamentos do conglomerado financeiro.

Com formações totalmente distintas, os dois se complementavam de forma inegável. A visão pragmática de engenheiro de Olavo, com forte vocação a tomadas de decisões rápidas, aliada à do cientista Eudoro, que elaborava mais e refletia sobre possíveis consequências, criaram uma enorme complementariedade em momentos críticos do processo decisório das importantes fusões que se tornaram a base inicial do Itaú.

Como vice-presidente do Unibanco, e responsável pelas operações do BIB (Banco de Investimento do Brasil), que foi líder do mercado de novas emissões a partir de meados dos anos 1960 (particularmente a partir de 1967), pude participar de alguns encontros com Olavo e Eudoro para discutir possíveis emissões de capital que o BIB liderava e buscava participação representativa do Itaú na formação dos chamados consórcios de *underwriting*. A posição de Eudoro era mais reflexiva, com sua formação de médico, sempre querendo fazer o diagnóstico da situação antes de tomar ou recomendar a decisão.

Como Eudoro, um outro exemplo foi o de Pedro di Perna, companheiro inseparável de Walther Moreira Salles, que oriundo de uma casa bancária em Poços de Caldas, criara as condições para que o então Banco Moreira Salles se transformasse no Unibanco, que posteriormente associou-se ao Itaú.

Assim, caminhos paralelos com histórias que guardam alguma semelhança podemos constatar que, como na história um homem bem-sucedido, onde quase sempre há uma mulher no apoio, o mesmo poderíamos afirmar que uma combinação de formações e perfis podem criar as bases de uma associação bem-sucedida, como foi o destacado papel de Eudoro Villela para o Itaú

*02.2014*

## Ronaldo Nogueira: O paladino da abertura do mercado de capitais

Ronaldo Nogueira e eu nos conhecemos nos bancos da Faculdade Nacional de Ciências Econômicas, na rua Marques de Olinda, no Rio, onde formamo-nos em 1960. Tivemos entre nós colegas que ocuparam importantes posições na vida econômica, política e social do país, valendo lembrar os nomes de Maria Conceição Tavares, Carlos Moacyr Gomes de Almeida (fundador da Gafisa), Tomas Zinner (foi presidente do Unibanco), Antonio Mariani (Unipar), somente para citar alguns.

Também tivemos professores que se destacaram na vida política, tais como Roberto Campos, Octávio Bulhões, Antonio Dias Leite, Casimiro Ribeiro e Julian Chacel.

No entanto, meu relacionamento com Ronaldo se consolidou através do interesse que tínhamos pelo desenvolvimento do mercado de capitais. Essa paixão nos fez trabalhar em projetos ligados à necessidade de dotar o mercado de capitais com instrumentos que entendíamos ser fundamentais para o desenvolvimento do país.

Essa incessante inquietude nos colocou lado a lado em vários momentos, não só na lei nº 4.728 de 1965, como também na determinação de que seria fundamental criar mecanismos que permitissem a participação de capital estrangeiro no nosso mercado.

Estivemos juntos na criação do Brazil Fund, um dos primeiros *country funds* elaborados para permitir a participação do exterior em nosso mercado. Ronaldo fez parte de seu Conselho de Administração e eu, inicialmente, fiz parte do Conselho Consultivo com Chacel e Moacyr.

Mais tarde passei a integrar o Conselho de Administração e, portanto, trabalhamos em conjunto no melhor interesse dos investidores, o que trouxe bons resultados. Ronaldo também participou do conselho do Korea Fund, onde sempre teve atuação destacada.

A ele, certamente, devemos muito dos progressos registrados no mercado, particularmente nos anos 1960 e 1970. Trabalhar com Ronaldo sempre foi motivo de prazer e satisfação de juntar esforços para um mercado maior, dinâmico e ético. O mercado de capitais perde assim um de seus grandes defensores e promotores.

*27.10.2017*

## Antonio Dias Leite: Professor e estadista de primeira qualidade

Tive o privilégio de ser aluno de Antônio Dias Leite na Faculdade Nacional de Ciências Econômicas, da Universidade do

Brasil (mais tarde UFRJ – Universidade Federal do Rio de janeiro) onde me formei, em 1960.

Foi excelente professor de economia, e na época trabalhava com o professor Jorge Kafuri, na Ecotec – Economia e Engenharia Industrial S.A. Consultores, que se notabilizou por estudos macroeconômicos de grande alcance. Mais tarde, esteve na linha de frente da construção da Usina Hidrelétrica de Itaipu.

As aulas de Dias Leite, com sua voz de barítono, se distinguiam pela dissertação fácil devido a sua qualidade didática. Minha opinião era compartilhada por meus colegas, pois todos gostavam de suas aulas, sempre muito apreciadas.

Não estaria exagerando ao afirmar que Dias Leite foi um dos melhores professores que tivemos num grupo de mestres de primeira qualidade, tais como, entre muitos outros, Octavio Gouvêa de Bulhões, Roberto Campos, Casimiro Ribeiro, Julian Chacel e Themistocles de Brandão Cavalcanti.

Ao longo da minha vida profissional, tivemos outras oportunidades de estarmos juntos devido aos diferentes postos que Antônio Dias Leite ocupou em cargos do governo e do setor privado, sempre com muito brilho em sua longa carreira.

Reencontramo-nos em São Paulo em 2007 por ocasião do relançamento de seu livro "A Energia no Brasil", que havia recebido o Prêmio Jabuti em 1998. Ele me havia contatado em meados de 2007, expressando desejo de relançar seu livro em São Paulo. Na época, eu era membro do Conselho Consultivo da Comerc (Comercializadora de Energia Elétrica), que se prontificou a realizar um evento no restaurante Cantaloup, em setembro. Contamos com a presença de cerca de cem pessoas, quando o professor Dias nos brindou com uma belíssima exposição sobre o livro antes da sessão de autógrafos.

## Fernão Bracher: Um belo exemplo de cidadania

Fernão Bracher é mais um amigo que parte e que certamente deixará imensas saudades para todos aqueles que com ele conviveram. Tive o prazer de conhecê-lo imediatamente após minha chegada a São Paulo, em 1961, vindo do Rio de Janeiro, recém-formado em economia.

Um grande amigo, Eduardo Mariani, da família que controlava o Banco da Bahia, foi o responsável pela aproximação. Fernão era diretor do banco. Graças a ele, minha adaptação à São Paulo foi extremamente facilitada e ampliada mais à frente, após meu casamento com Cacilda em 1962, que havia sido contemporânea de Sônia na escola. As duas sempre se deram muito bem e a partir daí, nossas relações se estreitaram e tivemos uma convivência social muito agradável e fraterna. O mesmo entre nossos filhos e noras.

Mais tarde, em 1977, quando foi convidado a organizar e presidir o primeiro colegiado da Comissão de Valores Mobiliários (CVM), nossos contatos e ampliaram, pois na época Fernão era diretor da área externa do Banco Central, presidido por Paulo Lyra.

Graças ao apoio de Fernão, Sérgio Augusto Ribeiro e Ernst Albrecht foi possível um convívio amistoso com o Banco Central que, até a criação da CVM, era o responsável pela regulação do mercado de capitais. Muito embora, racionalmente, o Banco Central entendesse que deveria haver um órgão independente regulador do mercado de valores mobiliários, bolsões internos de certa resistência dentro da instituição apontavam um certo inconformismo com a criação da CVM. Assim, Fernão, Sérgio e Ernst, e obviamente Mario Henrique Simonsen, foram determinantes para que a nova autarquia ocupasse o espaço que lhe havia sido reservado.

Posteriormente, Fernão assumiu a presidência do Banco Central no governo Sarney, e nunca deixei de visitá-lo quando em Brasília. Aliás, os dirigentes do banco passaram a morar na Capital

Federal. Com o nosso retorno ao setor privado, nossos contatos se intensificaram, quando ele estava estruturando o BBA. Apesar de estarmos em campos diversos, mantínhamos contatos frequentes, seja nos sempre agradáveis encontros em sua casa, ou visitando-os na sua recém adquirida Fazenda em Descalvado, onde o capricho e o bom gosto do casal sempre estiveram presentes.

Sônia e Fernão eram perfeitos anfitriões e anualmente, no mês de dezembro, organizavam um evento natalino para filhos netos e amigos, que certamente marcaram época. Isso sem falar nos presentes de Natal e o mobiliário e jogos produzidos na marcenaria da fazenda que hoje nos relembram de sua generosidade.

Após a venda do controle do BBA para o Itaú, Fernão ainda manteve uma posição de conselheiro, antes de desligar-se totalmente e dedicar-se à família, à fazenda e à filantropia. Durante um bom período, já de volta ao setor privado, estivemos juntos em alguma agremiações como o CEAL (Conselho Empresarial da América Latina) e marcadamente no Conselho Consultivo da Degussa (hoje Evonik), onde íamos a reuniões periódicas em São Paulo e na Alemanha, e a oportunidade de um convívio muito agradável, também com Hermann Wever, que fazia parte daquele conselho.

Como continuei na vida empresarial por um período mais longo, nossos contatos se escassearam, mas sempre que nos encontrávamos era como se tivéssemos estado juntos na véspera. Anualmente, nos encontrávamos na Feira Literária de Paraty (FLIP), da qual era frequentador assíduo.

Acompanhei com admiração a postura de Fernão apoiando várias atividades educacionais e culturais, onde certamente marcou com sua personalidade e determinação o papel de grande relevância. Destaque para o Acaia, tocado no dia a dia com muito esmero e dedicação por sua filha Licó. Além disso, outra incursão importante na área educacional foi sua participação no Parceiros pela Educação, associado a destacados empresários privados.

Minha admiração por Fernão, por seu caráter, valores familiares, firmeza em suas convicções, já eram mais do que suficientes para respeitá-lo. No entanto, a sabedoria de como utilizar recursos acumulados por sua competência empresarial em atividades que o país é tão carente, mostra bem a nobreza de seu caráter e um belo exemplo de cidadania ser seguido.

Não é fácil definir o que seja um *gentleman*, mas certamente ele se encaixa em qualquer definição. Tive o privilégio de em minha vida profissional ter podido conviver com pessoas da competência e dedicação a belas causas como Walther Moreira Salles, Olavo Setúbal, José Carlos Moraes de Abreu e Fernão Bracher. Um verdadeiro privilégio.

Sua partida nos deixa um grande vazio.

*12.05.2019*

## Luiz Leonardo Cantidiano: Ações para o desenvolvimento econômico

A prematura perda de Luiz Leonardo Cantidiano foi, sem dúvida, muito sentida, não apenas por seus familiares, amigos, mas todos profissionais ligados ao mercado de capitais.

Foi exatamente nessa área que, identificados com a relevância da Bolsa *stricto sensu* ao mercado de renda variável, trabalhamos em vários projetos, seja individual ou institucionalmente.

Num país atingido pelo impacto devastador da corrosão monetária, ele foi dos poucos que continuaram pregando a necessidade de reativar o mercado de ações como alavancador do desenvolvimento econômico. Em todas as boas causas ligadas ao mercado de valores mobiliários, poderíamos contar com sua dedicação e colaboração, colocando sempre esse projeto acima de interesses pessoais.

Como presidente da CVM (Comissão de Valores Mobiliários), teve atuação destacada e reconhecida, como dos bons nomes que por ela passaram. Mesmo na fase final de sua incansável luta para superar uma grave enfermidade, nunca se furtou a continuar colaborando, sem queixar-se do penoso tratamento.

Maria Lucia foi companheira incansável, sempre ao seu lado, dando-lhe todo apoio e injetando determinação para continuar lutando, sem deixar que o desânimo prevalecesse. De onde estiver, pode estar certo que aqui continuaremos essa incansável luta pró-mercado. Que descanse em paz. Saudades!

*20.02.2019*

## Os aforismos do Dr. Fuerstenthal

Conheci o Dr. A.H. Fuerstenthal (1913-2009), ou Sten, como era chamado por seus amigos, em 1956, quando me submeti aos testes de avaliação psicológica para trabalhar no Citybank, no Rio de Janeiro. Eu havia ingressado na Companhia Nacional de Transportes Aéreos, quando vi numa segunda-feira o anúncio do escritório de A.H Fuerstenthal, a primeira consultoria de psicologia gerencial do país, e resolvi habilitar-me a fim de conseguir sua aprovação. Essa relação foi importante em minha vida profissional, pois possibilitou, mais tarde, trilhar novos caminhos na então pouco explorada rota dos investimentos e do mercado de capitais.

Quando iniciamos o trabalho de estruturar a CVM (Comissão de Valores Mobiliários), em 1977, lembrei-me da boa experiência com o Dr. Fuerstenthal, e o colegiado que presidia aceitou minha sugestão que não ocuparíamos nenhum cargo na estrutura da cúpula operacional da Comissão, antes que os candidatos fossem submetidos a testes pelo escritório do Dr. Fuerstenthal. Não só nos pouparíamos (os cinco membros do colegiado) de ter que rejeitar perdidos, como também poderíamos conhecer melhor o perfil das pessoas que iriam ocupar postos de gerência e superintendência. Vale lembra que em 1977, nessa autarquia, fomos pioneiros na introdução desse sistema de escolha que certamente nos poupou muitos dissabores.

Quando o trabalho da CVM foi elogiado, fiz sempre questão de referir-me ao criterioso processo de seleção que eu e meus colegas estabelecemos. Independentemente deste teste, os candidatos só foram aceitos quando obtiveram unanimidade de opiniões dos meus colegas da diretoria, depois da passagem pelos testes.

Fuerstenthal chegou ao Brasil em 1941, indo trabalhar no Departamento Médico da Panair, na área de avaliação psicológica do pessoal de voo. Muito embora nascido na Alemanha, transferiu-se para a Suíça onde formou-se em Doutor em Filosofia pela Universidade de Basiléia.

Jantamos no dia seguinte ao seu aniversário, quando completou 94 anos, em 2017. Com excelente memória e de grande lucidez, falamos sobre os aforismos de sua criação, que estavam para ser editados na Alemanha com versão em inglês.

Compartilho nesse espaço uma pequena seleção dos aforismos que me parecem os mais apropriados:

Política:

- A democracia baseia-se na transformação miraculosa de egomaníacos ignorantes em sábios e santos, assim que se aproximam de urnas eleitorais.
- A apropriação é um luxo dos pobres que finalmente acabará com os luxos dos ricos. Os últimos dos abastados não serão eliminados da existência pela reforma social e sim pela superpopulação.
- As revoluções consistem em derrotar pessoas superambiciosas que não provaram coisa alguma.

• Esquerdistas funcionam como baixistas: indispensáveis em fornecer o contraponto, mas incapazes de realizar sequer uma sinfonia por si mesmos.

• Os impérios dependem da sabedoria de seus governantes. Repúblicas dependem da virtude dos seus constituintes. Que a última seja mais fácil de encontrar do que a primeira, é um sonho democrático.

• Em tempos passados, os alquimistas prometiam criar ouro de materiais básicos e o público acreditava. Atualmente os políticos prometem criar empregos de dívidas e o público acredita.

• Classificar o Imposto de Renda como uma instituição de justiça social é como chamar as jiboias de sinceras por engolirem carneiros.

• No fim do capitalismo alguns poucos remanescentes serão mantidos vivos para assustar as crianças.

Religião:

• As formas inferiores da natureza são perfeitas, mas, quando o Todo-Poderoso chegou a criar o ser humano, ele aparentemente dispensou o controle de qualidade.

• Se o bem-estar material fosse uma chave para a felicidade, Adão e Eva jamais poderiam ter sido tentados pela fruta proibida.

Raciocínio:

• A vida e o amor começam com sentimentos. Quando o raciocínio entra em ação, é tarde demais.

• Maturidade significa ter finalmente encontrado uma maneira de concordar com a opinião majoritária.

- Os românticos primam por lembrar de coisas que nunca aconteceram.

Ética:

- A juventude é um benefício que ganha reconhecimento somente depois de ser perdida.

Negócios:

- Obter empréstimos é como dormir com os ursos: há um calor inicial, mas nenhuma certeza de se acordar vivo na manhã seguinte.

Para terminar, lembrei-me de dois aforismos que recentemente ouvi e que ficaram gravados:

- A velhice faz muito mal à saúde.
- A velhice é uma sequela da mocidade!

Pelo visto, realmente estou ficando sensível, finalmente, a questão do passar do tempo.

*05.05.2007*

## Antonio Delfim Neto: A parte mais sensível do corpo humano é o bolso

Recém-formado na Faculdade Nacional de Ciências Econômicas do Rio de Janeiro, cheguei a São Paulo em 1961, quando o Professor Antônio Delfim Netto já era um nome conhecido e respeitado.

Delfim Netto, também economista, foi bacharel da 3ª Turma da então Faculdade de Ciências Econômicas e Administração (FCEA), da USP, em 1951. Em 1952 era professor assistente e, em 1959, tornou-se livre-docente com um trabalho que o projetou: *O problema do café no Brasil*. Gradualmente foi ocupando espaço no mundo acadêmico, empresarial e político.

Em São Paulo, através da Faculdade, formou um grupo de economistas que também ganharam espaço político – e que, com grande destaque, lhe acompanharam mais tarde algumas funções públicas – como: Carlos Antônio Rocca, Carlos Viacava, Carlos Alberto Andrade Pinto, Adroaldo Moura da Silva, Paulo Yokota, Affonso Celso Pastore, Eduardo Carvalho, Flávio Pécora e Gianpaolo Falco. Viriam a ficar conhecidos como os "Delfim Boys".

Gostaria de citar mais especificamente três momentos em que mantive contato com Delfim Neto. Descrevo abaixo as circunstâncias em que esses contatos aconteceram.

Em 1971, iniciou-se o que muitos convencionaram chamar do 2º Encilhamento Brasileiro (o 1º foi durante o governo provisório de Marechal Deodoro da Fonseca, a partir de 1890, quando Rui Barbosa foi Ministro da Fazenda). O mercado de ações negociado em Bolsa subiu exponencialmente perdendo totalmente qualquer relação razoável no que se refere à rentabilidade das empresas. Abusos de toda sorte foram cometidos numa estrutura de mercado (instituições financeiras, intermediários e investidores) totalmente despreparada para estancar os desvarios que aconteceram.

Recebi então, na qualidade de gestor do Fundo Crescinco, um telefonema do Ministro Delfim Netto. Essa circunstância está descrita em meu livro "Mercado de Capitais - uma trajetória de 50 anos", conforme segue abaixo:

### O milagre brasileiro

*Inicialmente, o governo acompanhou à distância, mas depois começou a usar o crescimento do mercado de ações como fator de mudança do Brasil. Na realidade, o governo resolveu pegar uma carona nesse surto de crescimento da Bolsa, que se valorizou expo-*

*nencial e descontroladamente! Passou a fazer propaganda como a do Brasil Grande, do amor à pátria.*

*A partir do momento em que apareceram os sintomas de que a festa estava acabando, a atitude do governo de, ao invés de não se envolver, ao contrário, resolveram defender o que estava acontecendo, isso quando o mercado dava claros sinais que estava precisando se ajustar. Então, os únicos investidores no mercado com visão institucional eram os fundos de investimento, pois amealhavam a maior poupança individual. Mas, quando houve a reversão da tendência, eles não puderam atuar como investidores moderadores no quadro instalado de saída em massa do mercado de pessoas físicas.*

*Uma das características do fundo de investimento aberto é a estipulação em seu regimento de oferecer ao investidor liquidez em suas cotas ao fundo. A liquidez é obtida vendendo parte do patrimônio do fundo. Quando os sintomas de desconfiança no mercado surgiram, aceleram-se também os resgates, que nesse momento passam a superar as vendas de novas cotas.*

*O ministro da Fazenda Delfim Netto me ligou para perguntar: "Por que você está derrubando o mercado?" Eu era gestor do Fundo Crescinco (maior fundo de investimentos da América Latina), e respondi: "Ministro," – muito nervoso, já que ele era considerado o czar da economia. – "desculpe, mas sou só um gestor de fundos e faço aquilo que os cotistas determinam. Estou enfrentando um problema de resgates maiores que as novas vendas e, por isso, sou obrigado a vender." E ele me respondeu: "Ah, vamos ver isso."*

*A partir daí que o governo criou mecanismo em que a Caixa Econômica passou a comprar cotas de fundos para que tudo funcionasse como um mecanismo de sustentação. Achavam que esse processo de correção seria transitório, e o mercado iria retomar o seu crescimento e não estavam conscientes das distorções que estavam ocorrendo. Como se constatou, não há força econômica que possa querer segurar o mercado que busca um novo ponto de equilíbrio.*

Passaram-se anos até que eis-me então fazendo parte do governo do presidente Ernesto Geisel, ao aceitar o convite do ministro Mário Henrique Simonsen para colocar em marcha e presidir a CVM (Comissão de Valores Mobiliários), que havia sido criada pela lei nº 6.385, de 1976, e que representou um dos pilares da reconstrução do mercado de ações, devastado pelo debacle da Bolsa, antes referido. Outro pilar foi a reforma da Lei das S/A, lei nº 6.404, encomendada a dois grandes juristas, Alfredo Lamy e José Luiz Bulhões Pedreira, que veio dar maior proteção aos acionistas minoritários.

Entre as multiplicidades de organizar uma nova autarquia a partir do ponto zero, era necessário pensar em toda sua estrutura operacional. Assim é que, entre outras medidas, precisávamos providenciar um plano previdenciário para os funcionários que haviam sido selecionados através de concurso. Assim, apresentei ao Conselho Monetário Nacional, no qual a CVM tinha assento, um projeto que contemplava um plano de benefícios para os nossos funcionários.

Naquela ocasião, Delfim tinha assento no Conselho Monetário Nacional (o presidente era João Baptista Figueiredo) e, para nossa grande surpresa, pediu vistas ao voto encaminhado!

Mais tarde, ele nos esclareceu que nada tinha contra, especificamente, a CVM, mas que estava preocupado em dar um ordenamento a esse tema tão sensível, qual seja a questão previdenciária do funcionalismo público, a qual até hoje está na agenda dos temas político-financeiros.

Já em 2006, quando terminei o livro antes mencionado, procurei-o e fiz uma consulta se estaria disponível a escrever o texto das orelhas. Ele aceitou imediatamente e brindou-me com texto que guardo com muito carinho e cujo trecho principal reproduzo abaixo:

*Quando Teixeira da Costa começou a redigir suas reflexões sobre o mercado de capitais no Brasil, talvez não tenha percebido de imediato que estava recuperando a memória de todo um período decisivo na formação do mercado de capitais e do próprio desenvolvimento das bolsas de valores. Seu relato obedece a uma cronologia muito interessante, pois vem desde os tempos em que as ações de grandes empresas eram vendidas de porta em porta por agentes que percorriam de ônibus as estradas poeirentas do interior brasileiro até os nossos dias de vendas virtuais e das operações em tempo real nos mercados globais ligados via internet.*

*Roberto Teixeira da Costa foi testemunha e protagonista da história nesse meio século e nos conta passagens muito interessantes, como episódio do convite para presidir a CVM, na verdade uma intimação; em outro, desvenda nuances do relacionamento institucional entre o setor privado e governos no período autoritário. Ele confirma o princípio de não-ingerência do sistema de poder militar na administração econômica ao contar que nunca recebeu um telefonema sequer de autoridades das Forças Armadas para lhe dizer o que fazer ou não fazer, enquanto exerceu a presidência da CVM.*

*Pelo testemunho que nos dá de um período muito rico para o desenvolvimento do mercado de capitais entre nós e pela viva narrativa de episódios do nosso tempo, recomendo com muito entusiasmo a leitura do relato de Roberto Teixeira da Costa.*

Enfim, apesar de todas as possíveis controvérsias (comum e natural a quem tem ocupado os cargos que ele ocupou), Delfim Netto, sem sombra de dúvidas, marcou fortemente, com a sua presença, a história recente do Brasil, seja como acadêmico, de vasto saber e sólida cultura econômica e humanística; seja como um homem público, no Executivo e no Legislativo; seja, por fim, como consultor, com notável experiência acumulada, possuidor de uma respeitável coleção de livros sobre economia, antropologia, sociologia e matemática, doada à Universidade de São Paulo.

Chega aos 87 anos com incrível vitalidade, escrevendo regularmente para três veículos da mídia, palestrante muito requisitado, bem como consultor informal do governo. Além do mais, duas de suas características mais admiradas e realçadas são o seu senso de humor e o fato de ser um frasista emérito. Encerraria destacando três delas:

A parte mais sensível do corpo humano é o bolso.

Se o governo comprar um circo o anão começa a crescer.

O capital é uma água. Sempre fui por onde encontra menos obstáculos.

## Jorge Paulo Lemann: Meu trainee de ouro

Jorge Paulo Lemann, que conheço há mais de 50 anos – é isso mesmo! – costuma me apresentar, quando ocasionalmente nos encontramos, como sendo seu primeiro chefe! De fato, trabalhando na Deltec, onde comecei em 1958, uma empresa pioneira em investimentos no Brasil e na América Latina, recebi a missão de organizar um departamento de pesquisas, que serviria de base para a decisão de aplicações dos recursos dos fundos de investimentos administrados pela empresa.

A Deltec, entre outras empresas, tinha sido fundada pelo norte-americano Clarence Dauphinot Jr., sócio do Country Club, em Ipanema. Ele jogava tênis e lá conheceu o promissor Jorge Paulo. Dauphinot tinha entre outras características um talento para descobrir jovens profissionais com potencial e deve ter sido por essa razão que convidou Jorge Paulo para trabalhar na Deltec.

Jorge Paulo não ficou muito tempo conosco, mas o tempo suficiente para identificarmos seu talento na área de investimentos e sua vitalidade já era visível naquele tempo.

Posso afirmar que ele fazia tudo que lhe pediam corretamente e com esmero. Estamos falando de um tempo em que o Brasil precisava da criação de um mercado de capitais e a Deltec era uma excelente escola não apenas pelas informações que dispunha, mas também pelos contatos de alto nível nos bancos e empresas industriais e comerciais. Jorge Paulo deve ter se dado conta de que havia um enorme potencial nesse setor e saiu da Deltec para um voo solo. Nesse voo, certamente, enfrentou muita turbulência e alguns *cumulus nimbus*. Mas a máxima de que uma pessoa só aprende com seus erros é aplicável a ele, que alcançou um grande sucesso com o Banco Garantia, certamente uma instituição que definitivamente se destacou no mercado de capitais no Brasil. Daí em diante, a carreira de Jorge Paulo é amplamente conhecida e outros estão em melhores condições de contar os fatos notáveis que marcaram sua vida profissional. Uma de suas principais características, ao lado de seu amor pela sua família e pelo tênis, certamente é o tema da educação para o qual não mede esforços e dedicação de seu tempo para lançar e administrar projetos muito bem-sucedidos. Parabéns pelos seus 70 anos!

*São Paulo, 26.08.2009*

## III. A elegância é fundamental; a felicidade, passageira

*Desde sempre, Roberto Teixeira da Costa, um devoto da fineza, atua e trabalha de modo ativo pela causa da elegância nas relações empresariais e sociais. A boa educação, a gentileza, as boas maneiras, a pontualidade e a ética são temas constantes em seus escritos sobre a etiqueta empresarial. Aqui, nas crônicas deste capítulo, a cortesia e a distinção são exaltadas e a indelicadeza e a grosseria, condenadas. Com seu estilo coloquial, opina, com propriedade sobre as normas básicas de conduta no mundo dos negócios. A cortesia nada custa, mas vale muito.*

*Uma das coisas que mais o irrita é a falta de pontualidade, "o calcanhar de Aquiles do brasileiro". Ele diz que a difícil circulação nas grandes cidades se tornou um eterno pretexto aos "atrasados patológicos" e os "retardatários contumazes". "Creio que seríamos pessoas mais felizes se fizéssemos um esforço para respeitar horários. Não podemos, nem devemos supor que nosso tempo é mais precioso que o daqueles com quem agendamos um compromisso."*

*Tal e qual um verdadeiro britânico, Roberto Teixeira da Costa considera a pontualidade como a característica fundamental do mundo dos negócios. Curiosamente, a origem da muita vez citada pontualidade britânica é atribuída por historiadores a um francês: L'exactitude est la politesse des rois, teria dito o rei Louis XVIII (1755-1824), em resposta aos elogios pela exatidão com a qual comparecia a seus compromissos monárquicos. Contudo, para gáudio do Império*

*Britânico, Thomas Chandler Haliburton (1796-1865), escritor nascido na Confederação do Canadá (hoje, Canadá), que foi membro do parlamento britânico pelo partido conservador, cunhou a expressão Punctuality is the soul of business.*

*Um dos textos mais saborosos deste capítulo é intitulado "Baile dos (des)mascarados", no qual discorre sobre o que fazer ao encontrar alguém que você conhece, mas cujo nome não se lembra. E, entre outros, conta um causo hilariante ocorrido com Walther Moreira Salles, o seu amigo imortal "Dr. Walther". Durante uma recepção, o embaixador -uma pessoa extremamente reservada- foi saudado com muita intimidade por alguém que o chamava pelo primeiro nome: "Walther! Como vai você? Quais são as novidades?". Levou para casa uma resposta tão curta quanto grossa: "De novidade mesmo só essa sua intimidade". E nos dá uma dica preciosa: "Para evitar colocar os outros nessa mesma saia justa, mesmo quando estou certo de que a pessoa me conhece, vou logo dizendo o nome: Roberto Teixeira da Costa, como vai?"*

*O tema da ética, que esteve sempre presente com assiduidade em sua vida empresarial, é abordado aqui em dois artigos, um comentário sobre o livro "Ética e Conduta", de Mario Ernesto Humberg, "uma excelente contribuição para um tema de grande sensibilidade e atualidade", e um ensaio sobre jornalismo e ética. No primeiro, defende que os Códigos de Ética e Conduta não devem ser elaborados sem uma intensa participação dos diferentes segmentos da empresa, ou seja, eles não devem vir de cima para baixo, como uma imposição e sim com total participação de todos os seus colaboradores. E acrescenta que a ética e a conduta das empresas nos tempos atuais têm de conter medidas inequívocas de responsabilidade social. No segundo, faz observações profundas sobre a questão da ética na empresa jornalística, e, colocando o "chapéu de profissional da área de investimentos", diz que sempre lhe causou estranheza a ausência de empresas jornalísticas na relação das companhias abertas. "Mesmo entendendo as limitações constitucionais, venho insistindo que no nosso país a atividade da empresa jornalística deva ser gerenciada como qualquer outro negócio e que a busca resultados deva ser um objetivo permanente e a abertura de capital não deve ser desprezada, pois tornará a empresa jornalística mais transparente como é o caso, aliás, em vários países do mundo ocidental."*

*Roberto Teixeira da Costa discute também as questões da sobra ou da falta de estima, e o otimismo do brasileiro. Argumenta que a personalidade e o comportamento do brasileiro são uma boa discussão para as nossas elites acadêmicas e intelectuais porque há momentos em que nos sentimos ungidos pelos deuses e que "ninguém segura esse país", e em outros, somos tomados por total apatia, "uma onda de pessimismo predomina e não vemos futuro em nada".*

*Após homenagear seus amigos imortais, criticar o descaso com a etiqueta empresarial e discutir questões tais como a autoestima e a felicidade dos brasileiros, Roberto Teixeira da Costa trata em quatro artigos, com sutileza, de um tema filosófico: a dificuldade de quantificar a felicidade. O que é a felicidade? Consulta estudos e pensadores, tais como George Bernard Shaw, que com seu humor irônico, faz o seguinte comentário: "Uma vida inteira de felicidade? Nenhum homem conseguiria suportá-la. Seria o inferno!". Já o francês Jean Jacques Rousseau teria dito: "A felicidade consiste em um bom saldo bancário, uma boa cozinheira e uma boa digestão"; cita versos antológicos de Tom Jobim e Vinicius de Moraes sobre a curta duração da felicidade: "A felicidade é como a pluma que o vento vai levando pelo ar, voa tão leve, mas tem a vida breve, precisa que haja vento sem parar"; e oferece ao leitor a sua definição de felicidade: "O tema é filosófico, mas arriscaria dizer que a felicidade são momentos, e o nosso grande desafio é prolongar esses momentos".*

*Decano do mercado de capitais, ele indaga: "O dinheiro compra a felicidade? Haveria pessoas mais felizes entre os ricos do que entre os pobres?". E cita uma fábula:*

*Certo rei, muito rico e poderoso, foi acometido de grande enfermidade. Chamaram os mais competentes médicos que não conseguiram identificar a doença. Recorreram, então, aos sábios, que, depois de muita discussão, concluíram que o rei somente ficaria curado se vestisse a camisa do homem mais feliz que pudesse ser encontrado em seu reino. Após muita busca, o rei perguntou-lhes: – Encontraram o homem? – Não – foi a resposta. – E por que não? Indagou o rei. – Majestade – disseram eles – o homem mais feliz do seu reinado não tem camisa para vestir.*

*Roberto Teixeira da Costa também dá sua opinião sobre o desafio da educação no mundo. Membro fundador do movimento Todos pela Educação, ele destaca as conclusões de um relatório da consultoria internacional McKinsey, segundo as quais os principais fatores para o sucesso escolar de países como a Finlândia e a Coréia não são apenas o financiamento ou a infraestrutura, mas, principalmente, a capacitação e a valorização do professor. "Uma das principais características comuns aos países com os melhores resultados na educação é a qualidade dos professores, e a qualidade se dá à medida que a profissão é valorizada."*

*A educação financeira para investimentos em ações é abordada em artigo escrito com a colaboração de Ronaldo Nogueira e Luiz Guilherme Dias, no qual sugere a adoção de uma metodologia diferenciada de "aprender fazendo" para atrair e orientar as pessoas comuns a conhecerem melhor o mercado de ações, por meio do incentivo à participação regular em clubes de investimento educacionais, especialmente regulados e destinados a funcionarem como núcleos de treinamento e educação para a formação de poupança e investimento.*

*Em "Filantropia versus Pilantropia" critica a desonestidade e corrupção no manuseio de verbas públicas, dizendo que, enquanto um grupo representativo de empresários brasileiros se reúne para discutir projetos de parceria com o Estado para melhorar a edu-*

*cação básica, os "sanguessugas atacam". Os recursos que deveriam estar sendo canalizados para a população carente são apropriados por "intermediários inescrupulosos, inclusive políticos".*

*E, para fechar esse capítulo exemplar do ecletismo de um escriba de sua época, um artigo que é na forma e na essência um divertissement, as "Leis de Roberto Teixeira da Costa" ou" Teixeira da Costa Laws", inspiradas nas célebres Leis de Murphy, entre as quais a mais conhecida era: "Se alguma coisa pode dar errado, dará, e mais, dará errado da pior maneira, no pior momento e de modo que cause mais danos possíveis".*

*"Ser pontual no Brasil é quase uma aberração." Corolário: "Avise quando vai chegar no horário para não constranger os anfitriões, ou encontrá-los de robe de chambre."*

*Antonio Carlos Seidl*

## O beabá da boa educação

A julgar pelo entusiasmo com que a economia nacional tem sido retratada dentro e fora do país, poderia se imaginar que nossos empresários estariam demonstrando bons modos a seus parceiros comerciais, confirmando a imagem de cordialidade que costuma ser associada à personalidade brasileira. Ledo engano. Completados cinco anos desde que lancei o livro "Nem Só de Marketing... Postura e Comportamento no Mundo Corporativo" (Conex), escrito em parceria com Suzanna Sancovsky, percebo que pouca coisa mudou no que tange à etiqueta empresarial. Eis algumas situações que, assim como na época em que escrevi o livro, continuam me irritando.

A questão da pontualidade, calcanhar de Aquiles do brasileiro, certamente não teve progresso. Ao contrário: a difícil circulação nas grandes cidades tornou-se um eterno pretexto aos atrasados patológicos. Se o celular facilita ao menos que se avise do atraso, isso infelizmente não reduz o constrangimento de fazer os outros que chegam na hora prevista aguardarem os retardatários contumazes.

Outro hábito que parece ter saído de moda: dar uma resposta àqueles que lhe telefonam. Falar com certas pessoas que ocupam cargos importantes tornou-se um exercício de incrível paciência e menosprezo ao seu amor próprio. Algumas vezes, a tarefa mais árdua é vencer a barreira das SPAS – Super Poderosas Assistentes e Secretárias, que se julgam proprietárias da agenda da pessoa que você procura. Recentemente, tentei falar com um empresário vip de uma grande construtora, que me conhece há mais de 20 anos, para convidá-lo para um evento internacional. Não consegui ir além de sua secretária. Sequer foi possível adiantar o assunto para que ela lhe comunicasse, pois somente o faria se o recebesse por e-mail, e por seu intermédio. Passaram-se 30 dias sem resposta.

Ora, se alguém lhe procura, conhecido ou não, é porque tem algum assunto a tratar. O fato de estar viajando não deve ser motivo para não dar retorno. No mínimo, devemos ser avisados que a pessoa está no exterior e responderá aos telefonemas quando voltar. Quando não se pode atender, se deveria informar que o recado está anotado e será respondido assim que possível. Ou então que, para acelerar o processo, o assunto será direcionado a fulano de tal, que poderá atendê-lo prontamente.

Quando o fulano em questão detém um cargo no governo, nem se fala! Creio que foi o historiador americano Henry Adams que disse: *A friend in power is a lost friend* (Um amigo no poder é um amigo perdido). Não deixa de ser ao menos curioso que pessoas com tantas responsabilidades e ocupando posições destacadas não tenham se organizado para poder solucionar situações simples como essa com maior racionalidade – e, porque não dizer, educação.

Vale lembrar que o problema da falta de resposta não acontece só por telefone. O correio eletrônico virou outra fonte de desgaste. Quantas vezes algum assunto não obteve o desdobramento esperado porque seu interlocutor argumenta, depois de insistentemente cobrado, que não havia recebido o e-mail? É verdade que, em alguns casos, a mensagem pode mesmo não ter chegado às mãos do destinatário. Mas, convenhamos: não é a maioria. Eis um exemplo típico: não faz muito tempo, encaminhei um e-mail carinhoso a um amigo, que havia sido indicado para uma posição governamental de grande destaque. Estranhei que não houvesse reação alguma. Passaram-se alguns meses e essa pessoa ligou desculpando-se, porque o e-mail havia sido desviado por um técnico de sua instituição para a vala comum. Outro fato recente, este publicado no jornal "O Globo", relata o caso do presidente da Vale, Roger Agnelli, que já encaminhou três correspondências sobre uma proposta específica ao atual presidente da Petrobras, José Sérgio Gabrielli, e não obteve resposta até o momento. Se casos como esses ocorrem nesse escalão, o que esperar dos demais?

Fico me perguntando se por trás dessas atitudes mal-educadas está a dificuldade em dizer, simplesmente, NÃO. Quantas propostas são solicitadas em entrevistas de negócio quando teria sido tão mais fácil dizer NÃO ao seu interlocutor na hora? Muitas vezes o pedido de uma proposta é um pretexto para ganhar tempo e evitar a resposta negativa. Se é assim, está totalmente errado, pois se cria uma expectativa inexistente. Admitir que a falta de resposta seja um NÃO implícito parece-me uma maneira inadequada de tratar com terceiros.

Se me permitem, mais um conselho: ao receber um convite para uma ocasião em que não quer ou não possa comparecer, decline-o com a maior brevidade possível. Deixar pendente uma possibilidade que não existe também é falta de cortesia. Declinar um convite é tão importante quanto aceitá-lo. Afinal, quem o está convidando, por óbvias razões, quer ter uma confirmação ou uma negativa, para considerar alternativas, caso sua presença não seja possível. Deixar para responder na véspera do evento provoca uma situação delicada.

Que fique claro: entendo perfeitamente que pessoas que ocupam posições de projeção tenham que ter alguma parede de proteção. Mas é preciso ter um mínimo de sensibilidade para separar o joio do trigo. Se quisermos realmente nos firmar como *players* importantes no cenário econômico internacional, o mínimo de diplomacia empresarial é fundamental.

## Um convite à gentileza

Quem vem para festa? A pergunta que as crianças não param de fazer aos pais em dia de aniversário também não sai da cabeça de anfitriões e dos organizadores de eventos. Seria um problema a menos, em meio a tantos preparativos, se os brasileiros levassem a sério a frase ao final do convite - seja ela "RSVP" (abreviação para *Répondez S'il Vous Plaît*), "Confirme sua presença" ou "Solicitamos confirmar a presença". O ponto é: apesar da tão famosa cordialidade e amabilidade nacional são poucos os que realmente atendem ao pedido de confirmação.

Tanto é que assim foi criado até o conceito de RSVP ativo, algo só necessário no Brasil. Ele consiste em determinar que uma pessoa ligue para lembrar o convite e mostre que é necessário saber se o convidado poderá ou não comparecer. Normalmente, no caso de eventos corporativos, a resposta de gentis secretárias é: "Sr. Fulano ainda não decidiu". Fica a dúvida: ele realmente não resolveu ou secretária não sabe a decisão? Acredite ou não, existem ainda aqueles que dão ordem para a secretária sempre dizer que vão. Ou seja, os convites são sempre assuntos secundários. Outros tentam levar a sério, mas tão a sério que respondem quando realmente decidem: no dia ou poucas horas antes do evento. Obviamente, tem aqueles que confirmam e não vão; outros nada informam e aparecem. Há convidados que ainda dizem que vão levar a esposa e comparecem sozinhos e, finalmente, aqueles que dizem que irão sozinhos e aparecem com acompanhante. Parece inacreditável, mas também existem aqueles que tentam saber quem vai, quantas pessoas foram convidadas e todos os detalhes do evento para depois decidir. Ou ainda os que aparecem no início da festa e, após o coquetel, somem de soslaio, sem avisar e sem lembrar que são esperados à mesa de jantar.

Isso só acontece porque ninguém pensa na estratégia por atrás de um evento ou uma festa por menor que ele seja. Para ficar em uma lista básica: para quantos convidados o bufê deverá ser preparado? Qual o número de mesas e cadeiras a serem montadas? Quanto de bebida deve ser comprado? E, não menos importante do que tudo isso, como está a cabeça do anfitrião? Obviamente, entre a expectativa e a angústia de saber se o seu evento será um sucesso.

Alguns anfitriões reagem com rigor, outros se defendem com humor. Certa vez, Lily Marinho colocou um enorme leão de pelúcia na mesa principal para marcar o lugar de um importante empresário que confirmara sua presença e não apareceu. Walther Moreira Salles preferia deixar o lugar vazio com o nome da pessoa que confirmara. Olavo Setubal não deixou tirar o cartão de um importante convidado que deveria ficar sentado ao seu lado, argumentando que todos deveriam saber quem era o mal-educado que chegou, o cumprimentou, circulou no coquetel e desapareceu sem avisar.

Outro aspecto interessante da equação entre confirmação e comparecimento foi apontada por uma cliente habituada a promover eventos filantrópicos. No intuito de colaborar com a causa, empresas compram mesas para um jantar ou fileiras inteiras para concertos, por exemplo. Mas, na hora H, ninguém vai. A parte de levantamento de recursos até fica resolvida, mas os lugares acabam ostensiva e desagradavelmente vazios. O comprador se sente em paz com apoio dado e com sua consciência, mas não pensa no fiasco que é um evento com poucos convidados presentes - e que pode comprometer a arrecadação de recursos em novos eventos. Se a ideia é promover o bem, que tal começar pelas pequenas atitudes? Tenha sempre em mãos o telefone do seu anfitrião para avisá-lo de um eventual atraso seu ou mesmo um impedimento de última hora. Pode ter certeza de que ele agradecerá a gentileza.

## Onde estão as boas maneiras?

Algumas regras de procedimento, que me parecem triviais, frequentemente passam longe dos cuidados que empresários consideram relevantes para a produtividade de suas rotinas de trabalho. Contudo, deveriam ser observadas, sim - quando menos, por uma questão de civilidade.

Começando pelo óbvio: quem escreve para alguém busca algum tipo de contato e espera resposta. Por isso, tenho por hábito responder às mensagens que recebo, sejam as tradicionais ou as que chegam por correio eletrônico. Não há dúvida de que o e-mail permitiu maior facilidade na comunicação interpessoal e que possibilitou enorme ampliação nos contatos. No entanto, nunca se tem certeza de que a pessoa recebeu a mensagem, que pode ter sido misturada a outras que inundam sua caixa postal. Tenho insistido com a minha secretária para que peça sempre a confirmação de recebimento de e-mails.

Não se deve abusar do e-mail, também é óbvio. Constatei que, em algumas situações, colegas de trabalho que se sentam em salas contíguas preferem comunicar-se por correio eletrônico. É um absurdo – a menos que se queira deixar registrado algo por escrito. Nada substitui a troca direta de ideias.

*Répondez, s'il vous plaît* – pessoas em posições relevantes têm as mensagens de correio selecionadas por terceiros. É certo que algum critério de seleção exista, e caberá ao destinatário dizer a que tipo de mensagem gostaria de ter acesso, e de quem. Recentemente, enviei mensagem por e-mail a uma pessoa amiga. Era uma nota pessoal e carinhosa. Estranhei que não houvesse uma reação do destinatário. Passaram-se alguns meses e essa pessoa ligou, desculpando-se por não ter tido acesso prévio ao meu e-mail – desviado por um técnico de sua instituição para uma vala comum.

Outro tema sensível refere-se às chamadas telefônicas. É claro que muitas pessoas nem sempre podem responder a um telefonema. No entanto, a boa educação recomenda que o recado seja anotado e que se deixe clara a perspectiva de um retorno.

Em recente evento de que participei, tive que dialogar com um importante executivo europeu. Ele anotou o horário em que iria responder à minha chamada, como se fosse uma entrevista programada.

Aliás, dão bom exemplo pessoas com quem você não fala frequentemente e agradecem a resposta a um telefonema. Outro detalhe: quem faz a chamada telefônica deve estar na linha antes do interlocutor.

Existem secretárias que classifico como "superpoderosas". Assumem a função de selecionar os assuntos que podem ou não podem ser tratados com seu chefe. Quem já viveu a experiência de tentar falar com alguém sem passar pela secretária sabe muito bem do que estou falando. Depois de você declarar o nome, a pergunta seguinte costuma ser: "De onde?" Caberia responder: "Do Brasil..." Outra pergunta tradicional: "Qual o assunto?" Quando você responde que é particular, a curiosidade aumenta e vem a oferta "Posso ajudar de alguma forma?"

Segundo um amigo, com quem conversava a respeito, as assistentes das secretárias são ainda mais protetoras, e é preciso saber lidar com elas; caso contrário, você não terá sucesso no objetivo de chegar a quem pretende falar. Conheci o executivo de uma empresa de consultoria que, quando queria entrar em contato com uma pessoa importante, pretextava estar chamando de um lugar distante, fora de sua sede, para ver se tinha mais sucesso na busca de contato.

Mas gostaria de deixar registrada minha apreciação pelo trabalho que as secretárias desempenham. Em algumas situações, são assistentes fundamentais, que complementam o trabalho de seus superiores. Quando exercem poderes excessivos, isso provavelmente decorre de uma delegação que lhes foi concedida além da dosagem certa.

E há o celular. Sem dúvida, está aí uma grande facilidade, mas não se deve abusar. Não pode haver situação mais desagradável do que a interrupção de uma conversação ou de um almoço pelo toque do celular. Em reuniões de conselho, por exemplo, ou em eventos em que estejam muitas pessoas, o uso do celular deve ser terminantemente proibido.

A propósito de reuniões de conselho: devem começar na hora prevista e terminar também dentro de um horário predeterminado. Reuniões, para serem boas e efetivas, não precisam ser longas e cansativas; um limite de três a quatro é aceitável. Aliás, as reuniões têm que ter uma pauta claramente definida, previamente divulgada; um material de apoio à discussão sempre será interessante; e as intervenções devem estar programadas. Devem ser desestimuladas apresentações longas. E que não se exagere nos números. Destaquem-se os mais relevantes - preferencialmente, informados antes da reunião.

Quanto a discursos: a menos que você seja uma pessoa com largo treinamento e muita experiência de oratória, evite improvisar. O improviso acaba consumindo um tempo maior que o previsto e corre-se o risco de perder o auditório e não transmitir a mensagem. A única maneira de comunicar exatamente o que se quer, dentro de um tempo limitado, é não improvisar.

Quando alguém pede que um compromisso seja confirmado, não é por mero capricho. Uma programação com convidados exige um conhecimento exato de quem estará presente. Portanto, avisar da possibilidade ou não do comparecimento parece ser uma obrigação evidente. Impedimentos de última hora devem ser informados ao anfitrião.

Convites devem ser respondidos imediatamente. Vejo em muitos casos a insistência de secretárias em buscar uma confirmação, que às vezes tarda, inexplicavelmente. Quem convida quer ter uma confirmação, para considerar alternativas, caso sua presença não seja possível. Deixar para responder em cima do evento cria uma situação delicada para quem convida. Se não pode comparecer, mas julga que o evento é de seu interesse ou de sua empresa, pergunte se pode ser representado.

A pontualidade é assunto de todo momento, tanto no âmbito empresarial, quanto no governamental. Dificilmente, nas reuniões agendadas com autoridades, dos mais diferentes níveis, horários são respeitados. O que mais me causa espanto é que muitos acreditam que, por serem sabidamente muito ocupados, acham que seus atrasos serão desculpados.

É muito frequente ouvirmos as seguintes alegações para justificar o atraso para início de uma reunião ou seminário: "Vamos aguardar um pouco mais, para aumentar o quórum". Ou: "Com esse tráfego, é difícil as pessoas chegarem na hora." Os pontuais acabam sempre desprestigiados.

Coisa parecida acontece em eventos sociais. É muito comum que jantares comecem com até hora e meia de atraso. Nem é necessário mencionar como sofrem aqueles que tiverem compromissos profissionais logo cedo, no dia seguinte.

Creio que seríamos pessoas mais felizes se fizéssemos um esforço para respeitar horários. Não podemos, nem devemos supor que nosso tempo é mais precioso que o daqueles com quem agendamos um compromisso. A pontualidade, que já foi chamada de "a cortesia dos reis", hoje é um indicativo do bom desempenho dos estadistas.

*Valor Econômico, 02.04.2004*

## É preciso respeitar a pontualidade

Vamos tratar de um assunto que a todos afeta: PONTUALIDADE. Iniciemos falando dos contatos a nível governamental, seja federal, estadual ou municipal. Dificilmente uma reunião agendada com autoridades, nos mais diferentes níveis, horários são respeitados. O cargo pelo visto, confere aos seus detentores a prerrogativa de atrasar-se, e aos solicitantes que esperem ou se lixem. Assumem compromissos acima do que podem honrar e como sabidamente são muito ocupados, acham que os atrasos serão desculpados. Sempre apresentam como justificativa que foram chamados imprevistamente por uma autoridade superior e por esse motivo se atrasaram.

Não é só na área governamental que a impontualidade é campeã. É praticamente impossível que as reuniões empresariais aconteçam na hora marcada. Um atraso regulamentar de 15 a 30 minutos, faz parte do cotidiano de entrevistas, seminários, e de outros eventos. Parece que começar na hora seria um sinal de desprestigio. É comum ouvirmos dos organizadores frases como: "Vamos aguardar um pouco mais para aumentar o *quorum* ou "com esse tráfego é difícil as pessoas chegarem na hora". Com isso, aqueles que chegam na hora são obrigados a esperar pacientemente pelos retardatários!

Nos médicos e dentistas, com as claras exceções, então nem se fala. Com o pretexto de uma emergência ou de um paciente que não podia deixar de ser atendido, toda a agenda sofre enormes atrasos e os "pacientes" ficam acotovelados em salas de espera, folheando revistas ensebadas, que certamente não representam a sua opção de leitura, ou assistindo programas de TV, distantes de sua predileção, quando não participando de conversações do celular de uma outra paciente que absolutamente não lhe interessa.

Costumo ligar antes, para saber se a consulta está no horário (a iniciativa devia ser do médico e não minha), mas, mesmo assim, não funciona. Outro dia uma consulta marcada para 19h30, fui avisado para chegar as 20h30 e o atendimento foi as 22h15. Tinha outro compromisso, que fui obrigado a cancelar! Alguns médicos usam seu horário para bater papo ou até mesmo consultas profissionais não remuneradas.

E as recepções e jantares? Em geral marcadas para as 20h30, os convidados assumem que tem que chegar as 21h00. Quando o jantar é sentado, é impossível que seja iniciado antes das 22h00 e vai terminar as 23h30.

Resulta que: se for durante a semana, para quem acorda cedo, o dia seguinte está prejudicado! Lembro-me de uma recepção em uma residência que quando cheguei no horário previsto a anfitriã ainda circulava de *robe de chambre*. Chegar na hora é quase ofensivo. Ninguém quer ser o primeiro!

Aliás, não me parece civilizado que concertos e outros espetáculos noturnos, comecem as 21:00 e jogos de futebol 21:50! Quem aguenta horários tão subdesenvolvidos? Nas grandes cidades do mundo, os espetáculos, são marcados às 18:00 ou 19:00hs e quem puder irá jantar em seguida.

E o que dizer dos casamentos? Você pode estar certo que, um casamento marcado para 19:30, a noiva vai chegar 20h30! É a praxe e todos acabam acomodando-se a essa situação. Lembro-me que um amigo próximo, quando casou a filha, colocou em negrito no convite, que o casamento começaria pontualmente na hora marcada. E assim foi!

O grande vilão dos atrasos é o trânsito. Em parte, é uma justificativa válida, porém, nem sempre aplicável. Pensando nisso, é sempre bom programar deslocamentos com antecedência maior e definir o melhor roteiro. No tempo dos celulares, não há como desculpar-se dos atrasos, sem avisar se houve algum contratempo.

Não tente, porém inventar trajetos, pois se você não está acostumado, a inovação poderá ser custosa. Como o que aconteceu recentemente comigo, ao aventurar-me na Rebouças as 19:30. Um caos completo!

Classificaria os atrasados em 4 diferentes grupos:

1 – Os patológicos – Não conseguem jamais chegar na hora. Nos almoços ou jantares quase sempre chegam quando a sobremesa está sendo servida. Conheço pessoas que são incapazes de respeitar horários. Seria algo que agrediria a sua personalidade.

2 – Os pontualmente atrasados – São aqueles que partindo do princípio de que as reuniões, evento ou cerimônias sempre se atrasam, nunca chegam na hora prevista.

3 – Os circunstancialmente impontuais – Ficam constrangidos quando se atrasam, pedem milhões de desculpas e procuram, quando podem, avisar que vão se atrasar e as causas.

4 – Os ausentes – Eles simplesmente não chegam atrasados. Não comparecem e não dão satisfações. Criam grande constrangimento aos anfitriões ou organizadores. Eventos com lugares marcados são problemáticos. Pessoas confirmam presença e não aparecem, obrigando um enorme remanejamento. E há também aqueles que não confirmam e dão as caras!

Nas entrevistas que tenho participado fora do Brasil, as pessoas sem serem descorteses, vão diretamente ao ponto e provavelmente maximizam o tempo da entrevista com a maior objetividade.

*05.04.2011*

## Baile dos (des)mascarados

O que fazer ao encontrar alguém que você conhece, mas cujo nome não lembra? A cena é corriqueira: você se vê diante de alguém que lhe parece familiar, mas não consegue lembrar seu nome. Um constrangimento que toma proporções estratosféricas se a tal pessoa se aproxima para cumprimentá-lo. Enquanto conversam sobre amenidades que não denunciem sua memória falha, você escarafuncha desesperadamente os arquivos de seu cérebro em busca de alguma pista. E nada.

Pois é. Não pense que esse tipo de situação embaraçosa só acontece com alguns senhores ou senhoras desinformados ou desatentos. Quanto mais poderoso for o personagem, é de se imaginar que ele circule com maior frequência em eventos sociais ou de negócios em que rostos familiares pipocam por todos os lados. Haja memória!

Lembro-me, por exemplo, de uma dessas cenas envolvendo Walther Moreira Salles. Durante uma recepção, o embaixador – uma pessoa discreta e extremamente reservada – foi saudado com muita intimidade por alguém que o chamava pelo primeiro nome: "Walther! Como vai você? Quais são as novidades?". Pobre coitado... Teve de levar para casa a seguinte resposta, tão curta quanto grossa: "De novidade mesmo só essa sua intimidade".

A pergunta é: o que fazer? Ficar tentando adivinhar o nome do protagonista, confiando que a providência divina irá resgatá-lo dessa fria? Ou colocar sua reputação em jogo arriscando um nome (que, provavelmente, está errado)? Ou então simplesmente atirar pistas na conversa até que, como por um milagre, você descubra onde foi que conheceu o fulano?

Eu mesmo já enfrentei várias vezes essa incômoda situação. Numa delas, a pessoa em questão, percebendo que eu não conseguia identificá-lo, procurou gentilmente me localizar no espaço e no tempo. O pior é que, ainda com esse grande empenho, continuei sem saber quem era...

Não foi o que aconteceu comigo num jantar do grupo Odebrecht. No meio do evento, eis que surge um convidado que veio todo efusivo em minha direção: "Você está ótimo, Roberto! Há quanto tempo não nos vemos! Você não mudou nada...". Era Gilberto Sá. Confesso: reconheci a fisionomia, porém não tinha a menor ideia de quem se tratava. Mas, é claro, não queria ser indelicado. Resolvi fazer uma brincadeira com a minha memória falha: "Minha forma pode até estar boa, mas minha memória está uma... Não consigo me lembrar do seu nome...". Ufa! Garanto: foi melhor do que passar a noite inteira com um sorriso amarelo.

Bem, caro leitor, sinto informá-lo: não tenho uma receita de bolo para tirá-lo dessa enrascada. Há vários caminhos possíveis - todos eles um tanto sinuosos, mas o mais fácil e direto é mesmo assumir a verdade. Para amenizar, não custa tirar um sarro de si próprio (algo na velha linha, "acho que estou ficando gagá" ou coisa parecida), e então pedir, sem mais delongas, que a pessoa se identifique.

Outra opção, essa menos traumática, é circular entre os presentes encontrar algum conhecido que possa ajudar a resolver o enigma. E depois, como se nada houvera, voltar a falar com seu interlocutor, chamando-o pelo primeiro nome.

Para terminar, uma dica preciosa: para evitar colocar os outros nessa mesma saia justa, mesmo quando estou certo de que a pessoa me conhece, vou logo dizendo meu nome: "Roberto Teixeira da Costa, como vai?". Com um pouco de sorte, ela vai me responder com a palavrinha mágica.

## A ética na teoria e na prática

Neste artigo, vou comentar o livro "Código de Ética e Conduta", de Mário Ernesto Humberg. O tema da ÉTICA tem estado sempre presente com grande assiduidade em minha vida empresarial. Não indo à priscas eras, lembro-me que, quando dávamos os primeiros passos em 1980 na implantação da Brasilpar como companhia de capital de risco, deparei-me com uma insólita situação. No final do processo decisório de investimento de uma das companhias que analisávamos, fui procurado por seu maior acionista com quem negociava os termos de nossa participação, que alegou, com as margens justificativas, que a mesma tinha um caixa 2, mas não deveríamos nos preocupar, pois a mesma possuía uma contabilidade paralela devidamente "auditada"!

Obviamente, com a delicadeza que o caso indicava, desculpei-me e disse que não poderíamos continuar com nossa proposta! Isso levou-nos a estabelecer que, quando estivéssemos analisando alternativas de investimento e entrássemos numa fase negocial, deveríamos exigir que a companhia em análise subscrevesse um Código de Ética cujas bases fossem estabelecidas por nossos advogados, por meio de uma minuta padrão.

Também convêm não esquecer que o assunto Caixa 2 torna a empresa extremamente vulnerável. Como lembrava aquele experiente homem de empresa, quando a companhia tem Caixa 2, funcionários tornam-se sócios em potencial. Ou seja, fica extremamente dependente daqueles que internamente sabem de sua existência.

Isso me remete a outra experiência. O diretor comercial de determinada empresa do setor de alta tecnologia, dizia que todo mês tinha que levar uma valise com X em dólares para uma determinada pessoa, seu cliente! Quando tomamos conhecimento dessa situação, obviamente suprimimos imediatamente tal prática, sendo alertados que perderíamos negócios! Não foi surpresa que nada mudou e que os negócios desta fonte continuaram no mesmo padrão! Ficou evidente que aquela mala ficava dentro da própria empresa!

Ainda no conceito da ética, minha experiência como participante do Conselho Curador (Trustee) do International Accounting Standards Board, mais conhecido como IASB, ao discutirmos os padrões de contabilidade do sistema norte-americano, conhecido como FASB, e comparando-o com padrão, propusemos, o que hoje se tornou como o conhecido IFRS, vimos como a questão da ética estava presente. Enquanto o sistema europeu se baseia em princípios, ou americano em regras (*Principle X Rules*). Assim, dentro da lógica das regras, tudo que não está proibido é permitido! No entanto, o sistema europeu baseado em princípios, obriga a um julgamento de valor pois, ao conduzir a uma determinada contabilização deveríamos ter sempre em vista do que é eticamente defensável.

Num contexto global, temos que reconhecer que hoje o papel dos Códigos de Ética vem adquirindo um papel bem mais abrangente. Quando discutíamos no passado os conceitos de ética eles estavam intimamente ligados à maneira da companhia negociar, e de como tratar seus acionistas minoritários.

Nas empresas que atuei, e que continuo presente como participante de seu Conselho de Administração, sempre defendi um Código de Ética e de Conduta, que hoje diria estar quase que universalmente aceito. Hoje, quando falamos de ética temos que embutir a questão, por exemplo, da sustentabilidade. Ou seja, como eticamente aquela empresa se relaciona com seus diferentes públicos, onde se ressalta a questão do meio ambiente.

E não se pode discutir Ética sem discutir Valores. Em sociedades mais amadurecidas onde Valores estão baseados principalmente em sua cultura, os conceitos do que é certo ou errado estão mais arraigados. Na dúvida não faça: essa é a regra! Lembro ainda que na avaliação de governança corporativa nas companhias abertas os analistas saberão avaliar as que tem os padrões éticos.

No governo do presidente Fernando Henrique Cardoso, fui convidado a compor o colegiado da Comissão de Ética Pública que tinha como presidente advogado Piquet Carneiro, e nesse grupo se incluíam o advogado Miguel Reale Jr, Lourdes Souza e Celina Amaral Peixoto.

Foi uma experiência muito rica, na qual deixamos como legado nessa primeira fase da Comissão, o Código de Conduta do funcionalismo público que vigora até hoje e tem sido muito usado, e por que não dizer questionado.

E por último, antes de entrar propriamente no excelente livro de Mário Ernesto, gostaria de deixar registrado que os Códigos de Ética e de Conduta não devem ser elaborados sem uma intensa participação dos diferentes segmentos da empresa, ou seja, eles não devem vir de cima para baixo, como uma imposição e sim com total participação de todos os seus colaboradores.

O que dizer do excelente trabalho do Mario Ernesto Humberg? Longe de ser um Manual para criação de Código de Ética nas empresas, o livro não foi produto de um teórico e sim de alguém com larga experiência. Nada contra os teóricos, mas se pudermos associar a teoria à prática, tanto melhor!

Metodologicamente o livro está bem construído. Nada melhor do que começar com um pouco de história, onde Mario nos lembra de que as discussões de ética empresarial e a sua presença em apresentações, relatórios e projetos de empresas abertas, surgem na última década antes da virada do século.

Lembrar que ter implantado um Código de Ética não implica necessariamente evitar que muitas crises de mercado envolveram empresas que tinham esses instrumentos de conduta estabelecidos há bastante tempo em sua governança. O fundamental é pensar e agir eticamente. A palavra ética vem do grego "ethos", e significa modos de ser ou caráter. Na filosofia clássica, a ética não se resumia à moral, mas buscava a fundamentação teórica para encontrar o melhor modo de viver e conviver.

Nas crises ocorridas nos mercados de valores, principalmente nos Estados Unidos, valores culturais funcionaram como forte estímulo para que códigos de ética fossem implementados, com padrões de contabilidade e que controles mais rígidos fossem estabelecidos.

Mas como a vida nos ensinou, não basta estabelecer regras! O importante é saber cumpri-las! Como o livro nos aponta, os exemplos vêm sempre de cima. O topo da empresa é que tem que dar demonstrações cabais da ética do seu comportamento, caso contrário, acabará se transformando numa declaração de princípios e instrumentos de marketing.

No entanto, não fica qualquer sombra de dúvida, como ele alerta, que os códigos representam instrumentos fundamentais para que diferentes organizações adotem uma postura social e ambientalmente responsável.

O que não faltam são definições sobre Ética. Há tempos, em 1995, num seminário no qual foi expositor (Jornalismo e Ética), a melhor definição de Ética que selecionei para o encontro veio do Dicionário de Negócios, fortemente inspirado no Webster:

"Conjunto de preceitos morais que se devem observar no exercício de uma profissão, nos negócios, na administração pública, na política, normas a que se devem ajustar-se as relações entre indivíduos, grupos e membros da sociedade."

Creio que o livro de Mario Ernesto Humberg capta muito bem essas definições expostas com muita didática em seu trabalho. Um argumento individualmente muito explorado é que se você tiver um comportamento exemplar e seus concorrentes mais diretos não agirem da mesma maneira, você terá uma desvantagem competitiva. Creio que quem pensa assim e age contra padrões de ética terá vida curta. O autor cita apropriadamente um escritor indiano que nos fala do capitalismo consciente, que defendemos devemos defender incansavelmente.

Infelizmente Mario nos lembra da flexibilidade ética que deve ser tenazmente combatida. O capítulo sobre o relacionamento com os colaboradores no Brasil é muito rico e nos remete a uma visão histórica de sua evolução. Salienta, como dizemos, a importância de ouvi-los.

Não menos rica é sua abordagem aos problemas com a área política e governamental. Creio que nesse segmento, sabidamente, convivemos com um número expressivo de desvios de conduta numa escala assustadora. Será que sempre foi assim ou é agora que temos uma transparência que não tínhamos no passado? Ele nos cita algumas experiências vividas que nos obrigam a refletir.

Finalmente o livro termina com os oito passos para implementar um programa e Código de Ética. Acho que os ensinamentos que nos transmite são de grande utilidade e certamente todos aqueles que o seguirem, estarão trilhando um bom roteiro. Portanto, Mario Ernesto Humberg nos traz excelente contribuição com seu livro, que aborda um tema de grande sensibilidade e atualidade.

## Jornalismo e ética

O tema da ética é constante na vida cotidiana de todas as profissões. e na atividade jornalística não é exceção. Corretamente entendemos que estamos vivendo em nosso país um grande processo de mudança, onde a questão da ética sobressai com ênfase especial.

Começarei pelos dicionários, buscando a definição do que se entende por ética. Consultando três diferentes fontes, transcrevendo suas definições:

Dicionário Aurélio: Ética [fem. substantivado do adj. ético] S.f. Estudo dos juízos de apreciação que se referem à conduta humana suscetível de qualificação do ponto de vista do bem e do mal, seja relativamente à determinada sociedade, seja de modo absoluto [Cf. moral (1) e hética.]

Dicionário de Negócios: Ética. Parte da filosofia que estuda os valores morais e os princípios ideias de conduta humana; conjunto de preceitos morais que se devem observar no exercício de uma profissão, nos negócios, na administração pública, na política; normas a que se devem ajustar-se as relações entre indivíduos, grupos e membros da sociedade.

Webster's Dictionary – Ethic, Ethical a. relating to morals or moral principles. – ally adv. – s n.pl. philosophy which treats of human character and conduct, of distinction between right and wrong, and moral duty and obligations to the community.

A definição do Dicionário de Negócios, fortemente inspirada no Webster's, pareceu-me a mais completa, a mais abrangente:

"Conjunto de preceitos morais que se devem observar no exercício de uma profissão, nos negócios, na administração pública, na política; normas a que se devem ajustar-se as relações entre indivíduos, grupos e membros da sociedade."

Portanto, estamos discutindo que tipo de cidadão queremos ser – que redirecionamento dar à nossa vida, incursionando assim, na questão da moralidade pessoal. No coletivo, estamos colocando em discussão a questão da ética na vida comunitária. Dessa forma, a questão do comportamento individual, dentro de princípios éticos inquestionáveis, liga-nos diretamente ao conceito de cidadania, de que certamente nós brasileiros sentimo-nos por vezes carentes.

Quando tratamos do coletivo, é prudente e desejável que tenhamos relacionados alguns mecanismos de conduta que deverão nos ajudar em casos de dúvida.

Não é sempre que a questão do que é certo ou errado aparece com muita clareza na atividade cotidiana que exercemos, qualquer que seja o campo profissional em que estejamos atuando. Daí surgirem os chamados Códigos de Ética ou Códigos de Conduta que existem em empresas (em alguns casos mandatórios) ou de associações de classe (necessariamente não compulsórios, e menos detalhados) a que nos referiremos posteriormente.

Como colocou com muita propriedade o Diretor de Departamento de Ética e Direito de Informação da Universidade de Navarra, Carlos Soria, em entrevista ao "O Estado de S.Paulo", a ética está diretamente relacionada com a liberdade, muito embora o pesquisador diga que muitas vezes, o termo utilizado por censores ou ditadores (responsáveis pela ausência de liberdade), sendo por isso associado a luta pelo poder.

O que afasta o jornalismo da ética é a paixão informativa sem medida – os fins justificam os meios – e em qualquer atitude é permitida para se conseguir uma notícia. Isso nos remete a uma discussão interessante que é abordada por H. Eugene Goodwin no seu livro "Procura-se Ética no Jornalismo". Diz ele, com muita propriedade, que devemos discutir ao abordar a questão ética é o contraste e muitas vezes o conflito entre o jornalismo-profissão e o jornalismo-negócio:

"Ao contrário da maioria dos advogados e dos médicos, as pessoas que consideramos jornalistas-repórteres, escritores, fotógrafos, editores, diretores de reportagem e produtores de noticiário que escrevem e interpretam as notícias, são na sua maioria contratados. Não controlam, completamente, seus próprios métodos e produtos."

A questão da ética na empresa jornalística parece muito bem abordada. Colocando meu chapéu de profissional na área de investimentos por mais de 35 anos, causou-me sempre estranheza a ausência de empresas jornalísticas entre a relação das companhias abertas. Mesmo entendendo as limitações constitucionais, que causam dificuldades à emissão pública daquelas empresas. Venho insistindo que no nosso país a atividade da empresa jornalística deve ser gerenciada como qualquer outro negócio e que a busca de resultados deva ser um objetivo permanente e a abertura do capital, não deve ser desprezada, pois tornará a empresa jornalística mais transparente como é, o caso, aliás, em vários países no mundo ocidental. Imprensa pressupõe empresa jornalística sadia e forte.

Voltando a entrevista de Soria, diz ele não ser fácil falar sobre ética e decidir incorporá-la ao trabalho diário. "Há que ter paciência com a ética. Mesmo que a princípio não se perceba sua importância, a ética é sempre necessária e acaba se impondo." Citou pesquisa realizada nos Estados Unidos que indicou que a maioria dos jornalistas opta por adotar uma postura ética, baseando-se na credibilidade, no sentido de moralidade e na necessidade de informar o público. Diz ele ainda que quanto mais se melhora a qualidade de informação, mais se melhorará a ética. "Nenhuma informação que careça de ética pode ser considerada de qualidade." Dentro da mesma linha de raciocínio ele nos diz que "por trás de toda informação deficiente, há uma formação deficiente." Ele explica que a profissionalização não deve ser puramente técnica nem política – ela deve ser cultural e ética acima de tudo. Ligando-se a esse mesmo conceito, Goodwin no seu livro faz uma constatação interessante:

"Poderá parecer ao leitor acidental que algumas das organizações jornalísticas mais conhecidas e mais respeitadas dos Estados Unidos têm mais problemas éticos do que as menos conhecidas. Muitos dos exemplos de comportamento questionável, citados nesse livro, vêm da mais respeitada mídia. Parte da explicação para a abundância de violações éticas ou práticas marginais nas melhores organizações jornalísticas advém da sua visibilidade, da atenção que elas atraem dos vigilantes da imprensa. Uma outra explicação, porém, está na sua qualidade: ao procurar as notícias com mais agressividade, elas correm mais riscos e caem em mais problemas. As organizações jornalísticas que trabalham na faixa de segurança máxima e pouco mais fazem do que noticiar as informações que entram pela porta ou chegam pelas agências, essas quase nunca chegam a enfrentar problemas éticos convencionais. Mas elas cometem o maior pecado ético de todos: o de falhar no cumprimento de sua responsabilidade primária, de noticiar as informações e imparcialmente, acuradamente, agressivamente e de maneira tão compreensiva quanto possível.

Na minha opinião, os jornalistas mais éticos do setor são os que trabalham para organizações de qualidade, grandes e pequenas. Existem, porém, muitos jornalistas por aí que nunca tiveram a chance de aprender e praticar o bom jornalismo ético, porque trabalham para organizações nebulosas que cobrem as notícias superficialmente, que vivem adulando o poder nas suas comunidades e evitam toda a controvérsia. Se, como parece, a qualidade e a ética caminham de mãos dadas, então, no jornalismo terá que melhorar para se tornar mais ético."

O livro de Goodwin dá grande destaque aos códigos de ética no jornalismo e às questões relacionadas a conflitos de interesse. Segundo ele, essa questão é dos itens padrão desses códigos. Já em 1973 a ASNE (American Society of Newspapers Editors) afirmava que "os jornalistas devem evitar impropriedades e a aparência de impropriedades, assim como qualquer conflito de interesse ou aparência de conflito. Não devem aceitar nada, nem prosseguir com qualquer atividade que possa comprometer ou pareça que compromete a sua integridade."

Dentro dessa mesma linha a RTNDA (Radio TV News Directors Associated) estipula que "os jornalistas que trabalham em estações transmissoras de notícias devem governar suas vidas pessoais e as associações não profissionais de maneira a não colidir com suas atividades profissionais para que fiquem protegidos dos conflitos de interesse, reais ou aparentes."

Mais explícita é a referência do Código de Ética da SPJ (Society of Professional Journalists):

Ética: os jornalistas devem estar livres de qualquer obrigação que não seja a de atender ao direito público de saber a verdade. (...) Empregos paralelos, envolvimento político, cargos públicos e serviços prestados em organizações comunitárias devem ser evitados, se e quando comprometem a integridade dos jornalistas e de seus patrões, que devem conduzir suas vidas pessoais de maneira a se protegerem contra conflito de interesses, reais ou aparentes. Suas responsabilidades perante o público estão acima de tudo. Essa é a natureza da sua profissão.

Creio que uma vez mais vale voltar à entrevista de Soria. Além do aprimoramento profissional, Soria lista mais seis motivos racionais para se optar pelo trabalho ético. O primeiro deles é a manutenção da credibilidade. É preciso ter autoridade moral para apontar os erros alheios. O segundo ponto, que ele considera um tanto impuro, é a manutenção da própria liberdade. Soria diz que se os jornalistas não agirem eticamente, acabam minando a liberdade de imprensa e provocando reações do público e das autoridades, que irão exigir leis restritivas à imprensa.

Outro item é a consciência de classe. A ética auxilia a criação de uma entidade profissional. O quarto ponto da relação é a necessidade de existir uma ética comum aos três níveis de uma empresa jornalística: os donos, os gerentes e os jornalistas. O quinto motivo é a impossibilidade de o direito regular todos os aspectos da informação. A ética vai além do direito, tratando de sutilezas que passam despercebidas e têm relação com o bom senso mais do que com os fatos. Por fim, o sexto e último item é a época que em que estamos vivendo. Soria define a época atual como um tempo que perde o diálogo, mais que a coerção, a redução do autoritarismo, a pluralidade e as diferenças. É por isso que, para Soria, a época atual parece perfeita para o florescer da ética.

Uma vez definidas as razões do comportamento ético, Soria discute a necessidade de um código penal de princípios. Ele acredita que, mais importante que a adoção de um código comum são as iniciativas de pessoas ou empresas no sentido de discutir incorporar princípios éticos acordados entre as partes. "Um código geral de ética pode ter um valor de orientação, representando os compromissos que a profissão como um todo assume em relação à sociedade. Mas isso não significa que será seguido por todos", diz Soria. Ele acredita que muitas vezes os códigos de ética acabam sendo apenas um rol de generalidades, sem sustentação."

Apesar das suas ressalvas, não podemos deixar de tratar com grande simpatia os códigos de ética, que vejo como mecanismos importantes de auto-regulação. Nesse sentido, causou-me impacto positivo a leitura do documento publicado pelo "O Globo", intitulado "Objetivos, Princípios e Valores". Creio que iniciativas como essa, se já não o foram, deveriam ser acompanhadas pelos nossos principais órgãos de imprensa.

Não poderia terminar sem referir-me ao tema Imprensa X Mercados de Valores Mobiliários, o qual, por razões conhecidas, vem acompanhando de perto antes mesmo de nossas bolsas de valores tem tomado atual dimensão.

Lembro-me muito bem que, como seu primeiro presidente e, portanto, fundador da CVM, coube-nos ainda mal instalados no cargo, defrontar-nos com o chamado "Caso Petrobrás" em 1978, referente a divulgações pela imprensa da descoberta de poços de petróleo na Bacia de Campos.

Resgatando o longo relatório então preparado, vale destacar as aberrações no que toca ao papel da imprensa com relação à divulgação de fatos relevantes de companhia aberta que a seguir transcrevemos:

"A esse propósito, cabe comentar, alguns tópicos que os trabalhos de averiguação suscitaram:

1. Ainda é relativamente comum encontrarem-se notícias nos jornais envolvendo informações, dados e análises ou comentários sobre companhias abertas sem que a fonte seja fornecida. Para

efeito de credibilidade e avaliação da notícia, a citação da fonte é fator crucial para a orientação do investidor e do mercado;

É evidente que à CVM não cabe entrar no mérito de a imprensa indicar ou não suas fontes de informação. Em se tratando de notícias de fonte não sigilosa, a fonte deve ser citada e, no caso de informação de fonte confidencial, cabe verificar previamente possíveis interesses da fonte na divulgação da informação, tendo em vista o seu impacto sobre o comportamento do mercado. A CVM quer de todos os protagonistas do mercado uma atitude séria e responsável. A imprensa terá papel fundamental nesse processo e deve dar o exemplo, pois faz a opinião pública.

2. Por último, o mesmo zelo que a CVM recomenda aos administradores de companhias abertas no controle de operações com ações de sua emissão, por parte daqueles que tenham acesso a informações relevantes, deveria ser aplicado aos jornais, no que diz respeito à operações feitas pelos seus jornalistas que cubram noticiários referentes às companhias abertas.

Recomenda-se que os respectivos regimentos internos estipulem a obrigatoriedade de serem reveladas com a periodicidade necessária, aos setores administrativos encarregados da área de Recursos Humanos, as operações feitas com ações das companhias negociadas em mercado.

Desnecessário dissertar sobre os benefícios que esse tipo de controle trará à administração do jornal, criando um mecanismo que venha inibir a veiculação de notícias com intuito de favorecer jornalistas ou terceiros. "

Nesse aspecto, o código de conduta estabelecido pelo "Wall Street Journal", a que tivemos acesso, parece-nos o mais completo, pois inclusive toca no aspecto sensível, qual seja em que circunstâncias quem está lidando com as notícias pode operar no mercado em benefício pessoal.

Espero que este artigo tenha trazido alguns pontos relevantes na abordagem de tema tão relevante. Mais do que nunca em nosso país esse tema deveria merecer atenção geral dos interessados.

*05.01.1995*

## A questão da autoestima

Em reunião realizada em Lisboa no primeiro semestre deste ano (2004), ocasião em que estaveram reunidos representantes de diferentes países ibero-americanos, avaliamos a situação econômica, política e social de cada um deles. Foram apresentações sintéticas e muito objetivas. Despertou minha atenção o fato de que a visão externa sobre a situação brasileira, em termos comparativos, tinha uma apreciação melhor do que a que aqui fazemos.

Outro aspecto curioso foi o comentário de um respeitado líder empresarial português, que já ocupou importante posição governamental, sobre o que denominou baixa autoestima portuguesa (vale lembrar que esse evento aconteceu antes da Eurocopa). Como eu, outros escribas têm constantemente feito referência a esse assunto quando analisam a personalidade brasileira. Fascinou-me sua apreciação, pois identificava algo mais em comum entre Brasil e Portugal, e quem sabe encontrava as raízes do nosso próprio comportamento.

Pois muito bem, dias depois do encontro, leio em um jornal de Lisboa ("Público") uma interessante matéria, com o título "Se há alguma coisa de que nós precisamos é de menos autoestima". O articulista, Nuno Sá Lourenço, referindo-se à campanha publicitária independente "Portugal Positivo", lançada pela sociedade civil, fazia referência à palestra de um historiador, Vasco Pulido Valente. Convidado a dar uma visão histórica e sociológica sobre o tema, conduziu seus comentários exatamente no sentido oposto. Registrou que "os portugueses têm autoestima a mais. Isso porque, apesar de se verem como atrasados, embora andem a 200 anos a tentar imitar outros países europeus, nunca se consideraram culpados do atraso português. Começou por ser dos jesuítas, passou para os absolutistas, chegou aos comunistas, sobrou para os fascistas e acabou nos políticos".

Acrescentou depois que o problema de Portugal era o "fracasso da imitação". Como as tentativas de modernização não funcionavam, surgia a "obsessão" com o recomeço. Lembrou que cada governo e cada regime tentava sempre começar do zero.

Foi então que chegou a vez de analisar a iniciativa para a qual tinha sido convidado. Catalogou-a como "muito típica" e explicou por quê. A expressão "Portugal Positivo" era um "coloquialismo americano", ou seja, mais um modelo encontrado "lá fora"...

Recentemente, no Brasil, foi lançada a campanha para "resgatar a autoestima do brasileiro". Lançada pela Associação Brasileira de Anunciantes, com forte apoio do governo. Volta e meia o presidente Lula tem se referido ao tema, em diferentes ocasiões e pronunciamentos, como também fizeram outros participantes de governos anteriores.

Num livro que recentemente li, editado pela Edusp, de autoria de Fátima Marti Rodrigues Ferreira Antunes, "Com Brasileiro Não Há Quem Possa", é feita uma análise da identidade nacional através do futebol. Sempre analisei o futebol como um elemento de extrema importância na construção do significado de ser brasileiro. É importante laboratório, no qual, em uma escala menor, podemos avaliar nosso comportamento e nossas paixões. É famosa, por exemplo, a frase de Nelson Rodrigues de que personificamos o "narciso às avessas".

Há momentos em que nos sentimos ungidos pelos deuses e que ninguém segura este país. Em outros momentos, somos tomados por total apatia, uma onda de pessimismo predomina e não vemos futuro em nada.

Agora mesmo, na Olimpíada de Atenas, em agosto de 2004, tivemos mais uma demonstração desse comportamento: julgamos muito satisfatórios os resultados que lá obtivemos, sem nos darmos conta de que o investimento foi altíssimo e desproporcional ao que alcançamos. Falamos das injustiças e de não termos obtido melhores resultados por "falta de sorte". Será também um caso de excesso de autoestima?

Voltemos a Portugal. Será que temos algo em comum? Sobra ou falta estima? Eis uma boa discussão para nossos sociólogos, historiadores, psicólogos, elites acadêmicas e empresariais.

*Folha de S. Paulo*, 15.09.2004

## Otimismo dos brasileiros

Os brasileiros em geral são comparativamente bem mais otimistas que seus pares da América do Sul ou da América Latina. Lembro-me de que há alguns anos, quando escrevi um artigo sobre "Essa tal felicidade", baseando-me em estudos que procuravam medir a felicidade de diferentes povos, apesar do momento difícil que o Brasil vivia na ocasião, aparecíamos muito bem na fotografia. Certamente é uma de nossas características: somos um povo alegre e quase sempre cordial. Afinal, felicidade e alegria não estão dissociadas.

Nem mesmo com todas as dificuldades pelas quais todos passam ao viver em grandes metrópoles, como São Paulo e Rio de Janeiro, não perdemos nossa característica de alegria e bom humor, que também considero traço importante de nossa personalidade.

Almoço periodicamente no restaurante dos funcionários da SulAmérica, onde estou no Conselho de Administração, e reparo que principalmente as moças e as senhoras, quando em grupo, estão sempre conversando e sorrindo.

Essas reflexões introdutórias foram motivadas por reportagem recentemente publicada por esta Folha sob o título "Otimismo cresce e puxa investimentos". A reportagem, baseando-se em pesquisa de uma firma de auditoria e da CNI (Confederação Nacional da Indústria), indica claramente uma atitude otimista com o país em relação a 2010.

Essa expectativa de comportamento está lastreada no levantamento de empresários consultados, que esperam receitas crescentes em 2010 (na casa de 14%) e dos quais 90% indicam que vão ampliar seus investimentos. Essas perspectivas positivas estariam lastreadas na Copa do Mundo, nas descobertas do pré-sal e na economia interna, que vai ser o motor desse crescimento.

Numa análise que fiz dois meses atrás no Conselho Superior de Estudos Avançados da Fiesp sobre os desafios que o futuro nos reserva, fiz questão de salientar, entre os pontos positivos ali registrados com o progresso alcançado nos últimos 15 anos, o fato de a sociedade brasileira estar readquirindo seu amor próprio e sua autoconfiança.

Os antropólogos costumam lembrar que o Brasil viveu um período semelhante ao que estamos experimentando durante a chamada "era JK". Convém não esquecer que o surto provocado pela construção de Brasília e outras obras de grande porte foi o responsável pelo surto inflacionário que nos perseguiu por décadas. Portanto, sob esse aspecto, o otimismo atual tem bases bem mais sólidas e, certamente, o fator determinante, na minha opinião, é que o Brasil tem uma moeda. Sem moeda, não poderíamos ter uma visão de longo prazo, o imediatismo continuaria prevalecendo e poucos se arriscariam a investir.

Convivemos durante um longo período com uma série de artificialismos para combater a inflação e que, no tempo, mostraram-se problemáticos. Eram remédios que não curavam, mantinham o paciente vivo a custo de uma medicação dolorosa e que criava dependência, perpetuando a inflação. Portanto, ao final dos anos 1990, estava evidente que os brasileiros haviam esgotado sua tolerância e havia um consenso de que precisávamos recriar a confiança numa moeda. Essa percepção da sociedade, principalmente nas classes de menor renda, de que mecanismos artificiais não mais funcionavam foi essencial para estimular a busca de uma solução definitiva, que veio com o Plano Real.

Com uma moeda, política econômica conservadora e melhoria nos índices sociais, a nossa imagem no exterior foi gradualmente sendo alterada, o que serviu também no processo interno de retroalimentação de maior confiança -os resultados são visíveis.

Essa visão otimista não pode nos fazer deixar de enxergar os enormes desafios que temos pela frente, como a questão da educação, a reforma política, a sustentabilidade, o aumento da produtividade, a ampliação da taxa de poupança, o incentivo à economia do conhecimento e cuidar das reformas incompletas.

Olhemos, sim, o futuro com otimismo construtivo e aproveitemos 2010 para fazer as escolhas certas.

*Folha de S.Paulo*, 20.12.2009

## Essa tal felicidade

Trato do assunto que a jornalista Mara Luquet cobriu no seu provocativo artigo publicado no suplemento Fim de Semana do "Valor" de 22 de fevereiro, com o título A Felicidade à Venda por US$ 25 mil. Tema central: Quanto vale a felicidade! Os pesquisadores por ela citados fizeram duas constatações: o dinheiro compra a felicidade, mas ela não custa tanto quanto se pode pensar a princípio.

Estudos por ela consultados, indicam que a felicidade pode custar US$ 25 mil por ano. A correlação entre felicidade e renda, segundo aquela matéria, ainda é muito próxima no início, diminuindo à medida que a renda aumenta, até chegar a ser nula, quando a renda anual chega a US$ 25 mil. Há pessoas mais felizes entre os grupos mais ricos do que entre os mais pobres. Mas essa diferença não existiria nos grupos com renda anual acima de US$ 25 mil.

Sobre esse mesmo assunto, a revista dominical do New York Times publicou em 9/12/2001 matéria com o título: *Every happy country is happy in its own way.* (Todo país feliz é feliz à sua maneira). Começa por levantar um questionário sobre a dificuldade de quantificar a felicidade. Refere-se a seguir aos trabalhos de pesquisa que vem fazendo um cientista social holandês, Poot Veenhoven.

Gastou anos consultando pessoas em 82 países com questões do tipo: "Todas as coisas sendo consideradas, quão satisfeito você está agora com sua vida como um todo?" ou "Durante as últimas semanas, você em algum momento se sentiu no topo do mundo?" Após várias maquinações estatísticas e levando em conta fatores como a expectativa de vida e renda, ele chegou a números que variam de 1 a 10 indicando o nível de felicidade num país específico.

Os resultados são curiosos, os colombianos apareciam em 1997 com a taxa de 8,32 enquanto os suíços com 8,15. Os de Gana eram mais felizes que os norte-americanos (7,93 x 7,67) japoneses 6,72 e africanos do sul 5,59 e ucranianos 3,95.

O que explica as diferenças? Certamente a riqueza é um fator, mas não o único! A questão cultural pesa. Como as culturas hispânicas enfatizaram o orgulho pessoal, as taxas de satisfação são maiores em países da América Latina, apesar do seu nível de renda per capita baixo.

Acessei o site do World Database of Happiness para ver em que situação naquela estatística estávamos situados. Consegui localizar o quadro de onde aqueles números foram retirados. O Brasil aparecida com 7,26 (1996). Poderíamos nos comparar para o mesmo ano Chile (6,90), Índia (6,53), Finlândia (7,76), Venezuela (6,72), México (7,68), Turquia (6,20), Uruguai (7,07), Suíça

(8,15), Noruega (7,05), Polônia (6,46) e Espanha (6,61). Os estrangeiros que nos visitam (quando não são assaltados!) nos consideram um povo alegre e feliz!

Mas afinal, o que é felicidade? Fui ao dicionário Houaiss da Língua Portuguesa e transcrevo: qualidade ou estado de feliz; estado de uma consciência plenamente satisfeita; satisfação, contentamento, bem-estar; boa fortuna; sorte; bom êxito; acerto, sucesso; votos de feliz êxito; congratulações; felicidade eterna: bem-aventurança; salvação eterna.

Segundo Thomas Szasz – "The Second Sin" (1973) - "Felicidade é uma situação imaginária, anteriormente atribuída pelos vivos aos que morreram, agora atribuído pelos adultos às crianças e pelas crianças aos adultos."

Lembrei-me de algumas citações sobre o tema: "O dinheiro não traz felicidade daquele que não o possui." (Boris Vian). Bernard Shaw com seu humor irreverente nos dizia: "Uma vida inteira de felicidade! Nenhum homem vivo conseguiria suportá-la. Seria o inferno". O tema é mais filosófico, porém, arriscaria dizer que felicidade são momentos e o nosso grande desafio é prolongar esses momentos.

Ainda sobre a mesma questão, no último número da revista "Foreign Policy" (jan./fev. 2002) com o título "Globalization Last Hurrah", consta um subtítulo, "Globalization and Happiness", que indaga se a globalização faz as pessoas mais felizes. Não responde especificamente à pergunta, mas constata que países que têm maior porção da população que se considera como "feliz" ou "muito feliz", com um alto grau de satisfação com a vida, tendem a ser países globalmente mais integrados.

Esta medida de valor subjetivo do bem-estar, é parte de um estudo "World Values Survey" conduzido por pesquisadores em mais de 65 sociedades. Constata que a renda isoladamente não pode ser contabilizada pelo relacionamento entre globalização e felicidade. Os irlandeses seriam mais felizes que os alemães e os chineses do Taiwan seriam tão felizes quanto os japoneses, muito embora, estes fossem três vezes mais ricos.

No gráfico que ilustra o artigo, mostrando a correlação entre globalização e felicidade, o Brasil aparece nessa pesquisa de 1996 feita pelo Instituto de Pesquisa Social superando colombianos, peruanos e chineses. No topo do gráfico aparecem Irlanda, Suíça, Holanda, Suécia, Finlândia, Canadá e Dinamarca. Curiosamente, países de clima frio e de longos invernos. Por ele, Rússia, Romênia, Ucrânia, Argentina, Bangladesh e Índia teriam uma correlação mais favorável entre globalização e felicidade que o Brasil.

Atribui-se a Jean Jacques Rousseau a citação: "A felicidade consiste em um bom saldo bancário, uma boa cozinheira e uma boa digestão." Lembrei-me de um poema que Walther Moreira Salles enviou-me faz muito tempo e que guardei com muito carinho: "A Felicidade Deste Mundo":

"Ter uma casa boa, limpa e bem curada, / um variado jardim de canteiros / cheirosos, frutos, bom vinho, filhos pouco numerosos, / possuir só, sem alarde, uma esposa afeiçoada; / Não ter contas, amor, questões, demandas, nada / de partilha a fazer com parentes cuidosos, / com pouco se fartar, descrer dos poderosos, / seus desejos regrar por pauta moderada; / Viver tendo a franqueza e não tendo ambição, / Entregar-se sem pejo à sua devoção, / domar suas paixões, contê-las com acerto, / conservar a alma livre e o julgamento forte, / rezar o seu rosário enquanto medra o enxerto, / e esperar docemente em sua casa a morte." (Pantin (1520-1589) – tradução de Guilherme de Almeida).

E por que não transcrever parte da bela letra de "Esta tal Felicidade", de autoria de Tim Maia, grande compositor e cantor, prematuramente desaparecido?

"Já rodei todo esse mundo / Procurando encontrar / Um amor um bem profundo / Que eu pudesse realizar / Os meus sonhos de criança / Como todo mundo faz / De formar uma família / Como era a dos meus pais / Mas o tempo foi passando / E a coisa mudou / Solidão foi chegando / E se acostumou / E essa tal felicidade / Hei de encontrar / Mesmo se eu tiver que aguardar / Se eu tiver que esperar"

Nada melhor para finalizar do que nos lembrarmos de duas estrofes da belíssima música de Antônio Carlos Jobim e Vinícius de Moraes, "Tristeza não Tem Fim, Felicidade Sim!"

"A felicidade / A felicidade é como a gota / De orvalho numa pétala de flor / Brilha tranquila / Depois de leve oscila / E cai como uma lágrima de amor / A felicidade é como a pluma / Que o vento vai levando pelo ar / Voa tão leve Mas tem a vida breve / Precisa que haja vento sem parar"

Ao terminar, meus votos de felicidade para todos que tiveram a paciência de acompanhar-me nessa incursão. Confesso que foi um dos artigos que escrevi que me trouxe mais felicidade.

*O Estado de S.Paulo*, 17.03.2002

## Essa tal felicidade II

Em 17 de março de 2002, escrevi artigo com o título acima. Volto ao assunto pois o "Wall Street Journal" publicou matéria a respeito que apareceu transcrita na edição de "O Estado de São Paulo", de 14 de outubro de 2004. O título é bastante provocativo: "Dinheiro traz felicidade? Um reino pobre nos Himalais tenta provar que não".

Efetivamente a matéria relata o caso de um jovem de 25 anos nascido em Butão (reinado budista isolado na cordilheira do Himalaia) que preteriu um mestrado em filosofia em Cambridge, uma namorada e uma atraente oferta de trabalho em Londres por um emprego de US$ 120,00 mensais em sua terra natal.

Uma averiguação feita por seus colegas constatou que independentemente das melhorias no serviço público de saúde, na educação e proteção ambiental, o governo butanês tem buscado ativamente promover a felicidade, colocando-a no centro de sua estratégia de desenvolvimento, segundo Ron Coleman, diretor da GPI Atlantic, organização de pesquisa canadense sem fins lucrativos que estuda a qualidade de vida.

O bem-estar emocional é algo que para o rei do Butão, Druk Gyalpo Jigme Singye Wangchuck, tem buscado para seus súditos desde que assumiu o trono em 1972. O esforço foi formalizado em 1998, com plano batizado de "Os Quatro Pilares da Felicidade: desenvolvimento econômico sustentável, conservação do ambiente, promoção da cultura nacional e boa governança".

A "World Values Survey", um grupo internacional de sociólogos, lançou um relatório no ano passado que trazia um levantamento de felicidade por país, analisando o impacto de valores e crenças na vida política e social. Porto Rico é o país mais feliz do mundo, concluiu a pesquisa. O Brasil ficou na 32ª posição. Ronald Inglehart, presidente da "World Values", diz que há uma forte relação entre renda e felicidade, mas os países latino-americanos em geral se saíram melhor nesse índice do que seus níveis de renda fariam supor. Entre outros países da região o México ficou em 2º e Argentina, em 26º. Posso até entender por que no momento os argentinos não estejam mais felizes do que nós: depois da crise que passaram. Butão não estava entre os países pesquisados.

Essa colocação não está alinhada com pesquisa anterior que mencionei no artigo de 2002. Será que somos menos felizes do que éramos antes? Não creio!

Mas o foco atual em felicidade ainda está só num nicho. "Toda coisa boa é relacionada à prosperidade - a expansão do PIB" - diz Fred McMahon, diretor de comércio exterior e estudos da globalização no centro de estudos "The Fraser Institute", em Vancouver. "Consegue-se melhor sistema de saúde, o meio ambiente melhora, o tratamento infantil diminui e a democracia melhora. Portanto, se há algo global de que um país precisa para melhorar o bem-estar do seu povo, é fazer o PIB crescer, e os outros benefícios virão em seguida." Não creio que sejamos exceção a essa regra.

O que pensava Aristóteles a respeito? Ele afirmava que haveriam três formas de felicidade:

- a primeira seria uma vida de prazer e satisfação;
- a segunda uma vida como cidadão livre e responsável;
- e a terceira, uma vida como pensador e filósofo.

Enfatizava que, as três formas de felicidade deveriam simultaneamente estar presentes. Dentro dessa mesma abordagem gostaria de citar:

- Felicidade é saber aproveitar todos os momentos como se fossem os últimos.
- A felicidade não está em viver, mas em saber viver. Não vive mais aquele que mais vive, mas aquele que melhor vive, porque a vida não mede o tempo, mas o emprego que dela fazemos.
- Bertrand Russel nos ensinava que: "não possuir algumas das coisas que desejamos é parte indispensável da felicidade".
- Rui Barbosa, falando sobre o assunto, disse: "A felicidade está dentro de nós, foi-nos dada. A infelicidade está fora e somos nós que a vamos procurar".

Érico Veríssimo nos ensinava: "A felicidade é a certeza que a nossa vida não está se passando inutilmente."

- George Orwell resumia com o seguinte dizer: "Os homens apenas são felizes quando não assumem que o objeto da vida é a felicidade."

- Com muita poesia Jorge Luis Borges, o grande mestre argentino, registrou: "No passado cometi o maior pecado que um homem pode cometer: não fui feliz".

- Algumas perguntas, contudo, ficaram no ar. Eis aqui uma seleção dessas dúvidas para reflexão:

- Quantas felicidades poderemos ter?

- Será mais do que uma?

- Será que nossa vida pode ter alternância de felicidade e infelicidade?

Arriscaria dizer que felicidade são momentos e nosso desafio consiste em prolongá-los.

Fico com a sensação de que vivemos certos momentos que, somente à posteriori, nos damos conta de que eram momentos felizes. Lembrei-me então daquele dito popular: era feliz e não sabia! Os saudosistas acreditam sempre que no passado as coisas eram melhores do que são hoje. Mais do que nunca essa sensação é aplicável a fase de que estamos vivendo no país. Olhamos para trás e não nos damos conta do que já fizemos, de onde viemos e uns estamos. É verdade que vivemos num universo onde complexidades e dificuldades são notórias. Falta-nos ainda assim a confiança de encarar o que resta fazer com determinação e admitindo que vamos conseguir com esforço e persistindo nos objetivos. Quem sabe, um sentido exagerado de autocrítica nos inibe de dimensionar nosso incrível potencial.

De qualquer maneira, busquemos a felicidade dentro de nós mesmos, e acreditemos que o Brasil pode dar certo!

*18.10.2004*

## Essa tal felicidade III

Exatamente 10 anos atrás escrevi artigo sobre a felicidade publicado no "O Estado de São Paulo", no dia 17 de março de 2002. Volto ao assunto motivado por pesquisa da FGV recém divulgada, indicando que "Brasil é tetracampeão em felicidade".

Esse trabalho, em parceria com a Consultoria Gallup, entrevistou aproximadamente 200.00 pessoas em 158 países e indagou sobre a expectativa da felicidade das pessoas nos próximos cinco anos e no momento. Saímos vencedores nos dois quesitos. Após o Brasil aparecem: Panamá, Costa Rica, Colômbia, Qatar, Suíça e Dinamarca. Merece destaque que os países da América Latina aparecem muito bem situados. Certamente a questão climática pode ser lembrada!

A pesquisa brasileira indicou (e é um fato novo) que as mulheres são mais felizes que os homens. Marcelo Neri - da FGV - atribui o resultado ao fato que as mulheres conquistaram maior nível de educação nos últimos anos. Acredita que educação traz felicidade porque se traduz em renda e consequentemente em vida melhor. A partir de 1999 a média de educação feminina superou a dos homens. Entre 2001 e 2009 a renda obtida fora do trabalho entre os homens cresceu 21% enquanto o das mulheres obteve um incremento de 47%. Outra constatação da pesquisa é que as mulheres solteiras no mundo inteiro são mais felizes que as casadas até a chegada da velhice.

Em recente palestra de André Lara Resende no GACINT - Grupo de Análise da Conjuntura Internacional da USP, ele indicou que em sua lembrança, US$ 75.000,00 por ano para as áreas de maior custo de vida, era considerada pelos estudiosos, entre eles Kaheman, em seu livro "Thinking, Fast and Slow", como um valor referencial. Colocado em outros termos, acima daquela cifra, as pessoas não aumentariam sua felicidade.

Quando escrevi o artigo que fiz referência no início, referia-me à matéria da jornalista Mara Luquet, publicada em 22 de fevereiro de 2002, no "Valor Econômico", segundo a qual a felicidade poderia representar US$ 25.000,00 por ano. Os pesquisadores por ela consultados à época constataram que o dinheiro compra felicidade, mas existiria uma correlação entre felicidade e renda que é muito próxima no início e iria diminuindo na medida em que a renda aumentava e chegaria a ser nula quando a renda chega a US$ 25.000,00. Haveria pessoas mais felizes entre os grupos ricos do que entre os mais pobres? E o que é a felicidade?

Permito-me citar uma fábula: Certo rei, muito rico e poderoso, foi acometido de grande enfermidade. Chamaram os mais competentes médicos que não conseguiram identificar a doença. Chamaram então os sábios que depois de muita discussão concluíram que o Rei somente ficaria curado se vestisse a camisa do homem mais feliz que pudesse ser encontrado. Após muita busca, o Rei perguntou lhes: – Encontraram o homem? – Não, foi a resposta. – E por que não? Indagou o Rei. – Majestade, disseram, o homem mais feliz do seu reinado não tem camisa para vestir.

Em 2001 (também citado no meu artigo) a revista dominical do "New York Times" publicou matéria com o sugestivo título "Every happy country is happy in its own way", baseada numa pesquisa do holandês Rot Veen Hoven.

Os resultados da pesquisa indicavam que os colombianos eram mais felizes que os suíços! O de Gana eram mais felizes que os norte-americanos e que os japoneses. Naquela ocasião, consultei o site "World Database for Happiness" para nos localizarmos naquela pesquisa. Estávamos com o índice de 7,26 (1966) que era superior aos do Chile, Índia, Venezuela, Uruguai e Espanha, para citar alguns.

Como em 2002, não tenho a pretensão de ir longe demais nesse tema que tem sido objeto de estudo de filósofos, sociólogos e economistas. No entanto, comparando números recentes citados por André Lara Resende com os de dez anos atrás, o nível de renda que seria necessário para iniciar um período de indiferença aos ganhos anuais teria de ser multiplicado por 3. Excessiva simplificação? Não sei?

No entanto, se em dez anos tivemos sensíveis aumentos no bem-estar, diminuição de desigualdades e da pobreza, a qualidade de vida nas megalópoles sofreu certamente grande deterioração. Será que as pessoas que vivem fora das grandes cidades, são mais felizes?

Outra pesquisa interessante, é que envelhecer e estar com um peso acima do desejado não significa necessariamente estar associado o decréscimo mental do seu bem-estar.

Estudo feito pelo Warwick Medical School, da Universidade de Warwick (Inglaterra), analisou estilos de vida e padrões de saúde em uma outra amostragem de 10.000 pessoas nos Estados Unidos e Reino Unido e a conexão de saúde mental e física na qualidade de vida dos participantes.

O relatório constatou que as pessoas investigadas indicaram que melhoraram a qualidade de sua vida mental apesar de um decréscimo na qualidade física de suas vidas.

Pesquisas anteriores da mesma Universidade, feitas pelo professor Andrew Oswald, indicaram que os níveis de felicidade seguiam o padrão U, ou seja, que o ponto mais baixo estava no meado dos anos 40 e após o qual indicavam crescimento na medida em que as pessoas envelheciam.

Interessante registrar que para as mulheres nos Estados Unidos, baixo nível de exercício físico não tinha impacto em sua qualidade de vida mental, o que não era o caso para os homens, quando uma limitação na qualidade física dos exercícios tinha um impacto adverso na sua qualidade de vida. Em resumo, com o envelhecimento há uma deterioração óbvia da qualidade de vida, mas isso não afeta o seu bem-estar mental, que ao contrário se amplia.

E para terminar, listo algumas situações bem-humoradas que registrei:

"O segredo da felicidade é cair nas tentações".

"Paris na primavera é receita garantida de felicidade".

"Felicidade é ter boa saúde e má memória". Esta máxima é de Ingrid Begmann; com o que estou plenamente de acordo.

*17.03.2012*

## A felicidade incomoda?

Richard Fisher, que tive oportunidade de conhecer em Washington no 'Interamerican Dialogue" é hoje presidente do Federal Reserve Bank, em Dallas. É pessoa que aprendi a respeitar, pois tem sempre temas relevantes a debater. Recentemente, em um almoço na Câmara de Comércio, em Dallas, que debate assuntos tecnológicos, ele registrou um pensamento que nos obriga a reflexão. Declarou: "A inovação tecnológica constantemente desafia nossos modelos econômicos, implacavelmente inutilizando nossos manuais de operação, assim como os *downloads* de música por internet estão empurrando os discos para a lata do lixo. Temos que desenvolver o kit de instrumentos que precisamos para entender uma economia globalizada, orientada pela tecnologia".

Fisher foi amplamente positivo sobre o papel da tecnologia e, mais uma vez, abordou as virtudes da "criação destrutiva" na orientação do impulso econômico: "Inovações que criam novos mercados, dão impulso à produtividade ou cortam os custos e desempenham um papel significativo em estimular o crescimento econômico e também ajudam a manter um limite sobre a inflação."

Assim, diria que se essas evoluções no mundo da tecnologia efetivamente criam dificuldades para, baseando-nos em experiências vividas e situações passadas, fazer previsões de como as coisas irão acontecer no futuro. Muito embora as lições aprendidas não devam ser esquecidas, não podemos simplesmente fazer projeções acreditando que o que aconteceu em outras circunstâncias venha a se repetir com o mesmo formato. No entanto, como venho insistindo, um olhar cauteloso é sempre recomendável.

Essas reflexões que registro tem relação ao ocorrido em 19 de outubro de 1987, precisamente 20 anos atrás, quando a Bolsa de Nova York que teve uma queda de 20% no preço das ações do índice Dow Jones, e esse dia ficou gravado como sendo a "segunda feira negra" – Black Monday.

Difícil imaginar que haja nos dias de hoje uma repetição de um quadro como o de outubro de 1987, muito embora os analistas indiquem que a crise está relacionada à emoção humana, a ganância e o medo. Os fundamentos continuam presentes.

O psicoterapeuta Flavio Gikovate, numa entrevista à "Vila Cultural" em outubro de 2007, registrou um pensamento que, muito embora não se referisse aos mercados e às Bolsa de Valores especificamente, também nos obriga a pensar: "Quando falamos em medo, ele sempre é associado a algo ruim. No entanto, o maior medo do ser humano é a felicidade. Tenho a convicção de que a principal fonte de destrutividade que nos ameaça está dentro de nós. Quando a felicidade chega, o medo vem junto, parece que vai acontecer uma tragédia. Temos um mecanismo autodestrutivo que se ativa quando não aguentamos aquela cota de felicidade".

Será que o medo que vem junto com a felicidade de ver um mercado de capitais em plena volatilidade, e uma Bolsa com cinco anos de alta, que nos coloca numa posição defensiva? Estamos com medo de ser felizes? É a pergunta que deixo no ar!

*19.10.2007*

## Lições para a melhoria da educação no Brasil

A convite do movimento Todos pela Educação, do qual participo e que apoio desde sua criação, assisti recentemente a uma interessante apresentação feita pela McKinsey, prestigiosa empresa de consultoria internacional, sobre o desafio da educação no mundo e as características comuns aos sistemas que têm os melhores resultados.

As conclusões são extremamente provocativas e apontam como principais fatores para o sucesso escolar de países como Finlândia e Coréia não apenas o financiamento ou a infraestrutura, mas principalmente a capacitação e a valorização do professor.

O estudo começa comparando o investimento em educação feito por diversos países com os resultados obtidos nessa área. Os dados mostram que, apesar do aumento significativo de gastos dos países da OCDE (foram pesquisados: Bélgica, Reino Unido, Japão, Alemanha, Itália, França, Nova Zelândia e Austrália), os resultados estagnaram. Também nos EUA os resultados permanecem estáveis, apesar do aumento do gasto por aluno. Conclui-se, assim, que os bons resultados na educação não estão relacionados exclusivamente ao gasto na área. Investir é imprescindível, mas é preciso saber onde e como investir.

Outro ponto interessante se refere ao impacto das diferenças socioeconômicas nas habilidades dos alunos. O estudo mostra que o processo de aprendizagem começa antes mesmo de a criança entrar na escola, e fica claramente evidenciado que o número de palavras ouvidas pelas crianças de quatro anos irá fortemente impactar sua formação posterior.

Além do investimento e dos estímulos, o relatório da McKinsey analisa a infraestrutura escolar e afirma que 112 estudos examinaram os efeitos do tamanho de classe sobre o aproveitamento dos alunos e observaram um efeito não muito grande da diminuição do tamanho das classes. Esse aspecto realmente me surpreendeu, pois é muito repetido que o aumento das classes tem um efeito perverso no aproveitamento.

O que teve grande impacto no resultado dos países observados, e que é o ponto principal levantado pelo relatório, foi o trabalho do professor. Nas palavras dos pesquisadores, "as variações da qualidade dos professores" superam totalmente qualquer efeito da alteração do tamanho das classes.

E, partindo desse ponto, o estudo levanta quatro lições que poderiam ser consideradas para a melhoria da educação no Brasil.

1. A qualidade de um sistema educacional não pode ser maior que a qualidade dos seus professores. Uma das principais características comuns aos países com os melhores resultados na educação é a qualidade dos professores, e a qualidade se dá à medida que a profissão é valorizada.

Nesses países, ser professor é grande meta dos universitários, fazendo com que o processo de seleção para a educação básica seja extremamente concorrido e selecione os profissionais mais preparados. Na Coréia, por exemplo, os universitários que conseguem vaga para a educação básica estão entre os 5% com melhor desempenho na universidade. Na Finlândia, são parte dos 10% em melhores notas e, em Cingapura, dos 30%.

2. A única maneira de melhorar os resultados é melhorar a instrução. O estudo mostra que a melhora na qualidade dos professores pode ter um impacto substancial nos resultados dos alunos a curto prazo. Sistemas escolares excelentes atraem pessoas excelentes para os cursos.

3. Alto desempenho significa que todas as crianças devem ser bem-sucedidas. Os sistemas de alto desempenho pagam bons salários e não deixam que nenhum aluno fique sem aprender. A Coréia é um grande caso de sucesso. Segundo os pesquisadores, os melhores professores coreanos são direcionados para as escolas

com os maiores problemas e esse desafio é visto como forma de reconhecimento da capacidade desse professor.

4. Toda escola precisa de um grande dirigente. Além de bons professores, os sistemas de alto desempenho recrutam e formam excelentes diretores de escola. Cingapura é um bom exemplo.

Tomando conhecimento de tudo isso, fica a pergunta: - será que, no caso brasileiro, teremos condições de alçar um salto qualitativo na educação? Os resultados apresentados na última semana pelo Ministério da Educação, com a divulgação do Ideb (Índice de Desenvolvimento da Educação Básica) 2007, mostram que ainda há um longo caminho pela frente, mas que os bons resultados estão começando a aparecer. O país conseguiu não só superar as metas estabelecidas para 2007, mas também alcançar as metas de 2009.

Os bons resultados são fruto do alinhamento que vem ocorrendo no país, ao colocarmos o foco do trabalho no aprendizado do aluno, realizando avaliações e traçando planos de ação estruturados. E de um fator que vem ganhando força: a conscientização, por parte dos diferentes segmentos da sociedade, de que temos que juntar esforços para buscar resultados, crença absoluta do movimento Todos pela Educação.

*Folha de S. Paulo, 20.06.2008*

## Educação financeira como criação de cultura

Nas últimas semanas (julho de 2015) o tema da educação financeira foi discutido em dois interessantes artigos publicado no "Valor Econômico". O assunto merece reflexão pela grande importância como também para a realização do sonho da "Pátria Educadora" no país. Um dos artigos intitulado "Educação Financeira: reprovada" trata de uma profunda pesquisa realizada por três especialistas, colocando em xeque a tese que a educação financeira cria consumidores e investidores melhores. A conclusão indicou que "intervenções para promover a alfabetização financeira explicam somente 0,1% da mudança de comportamento, ou seja, o efeito da educação financeira sobre o comportamento é minúsculo, praticamente não tem resultado. E os efeitos são ainda mais fracos em populações de baixa renda".

Um segundo artigo intitulado "Educação sob Demanda" trata de um estudo a respeito da riqueza das famílias. A conclusão foi que "pessoas com maior conhecimento sobre finanças pessoais conseguem acumular mais patrimônio ao longo da vida porque planejam a aposentadoria de forma mais eficiente e desenvolvem melhor a capacidade para escolher investimentos mais rentáveis".

Uma terceira via de reflexão poder ser a "educação como criação de cultura". Neste artigo, para dar foco a essa discussão será abordado o tema educação para investimentos em ações, pois inexiste no Brasil, compatível com seu tamanho e necessidade, uma comunidade de investidores informados e consequentemente um mercado de ações que reflita o tamanho da economia e das reclamadas necessidades de recursos e liquidez das empresas.

Apesar do crescente declínio do papel do mercado de ações no Brasil, pouco ou nada tem sido feito para restaurar sua verdadeira função e importância no processo de desenvolvimento do país. Países em desenvolvimento, como a China, Índia, Coreia do Sul e Tailândia, onde há algumas décadas praticamente não existia um mercado de capitais, hoje contam com esse poderoso instrumento de crescimento.

A ausência de uma cultura de investimento em ações no Brasil se reflete no fato dos depósitos em caderneta de poupança e as aplicações em renda fixa serem as principais opções do mercado. Consequentemente, a maior parte dos brasileiros está alijada do processo de crescimento das empresas e do desenvolvimento do país. No Brasil, com uma população em torno de 200 milhões de habitantes, 27 milhões são declarantes de imposto de renda.

O número de investidores cadastrados na BM&FBovespa representa apenas 2% do número de declarantes, ou 0,3% da população, enquanto em mercados emergentes a participação alcança 5% e em mais avançados o percentual chega a 10% da população. Do total do volume negociado na Bovespa, menos de 10% é originado em transações de investidores individuais; em 2009 o percentual superava 30%.

A formação de culturas entre as pessoas é essencial desde o nascimento, num processo que evolui constantemente ao longo dos anos, começando nos próprios ambientes familiares e se desenvolvendo nas escolas, no trabalho e no convívio na sociedade, com respeito às regras e às leis. Recentemente vimos no Brasil a implantação de inúmeras "culturas" que antes não existiam: Proteção ao Consumidor, Proibição de Fumar em Locais Fechados, Lei Seca, entre tantas outras.

O processo de educação deve ser baseado em uma metodologia diferenciada de "aprender fazendo", objetivando atrair e orientar as pessoas comuns a conhecerem melhor o mercado de ações, através do incentivo à participação regular em "clubes de investimentos educacionais", especialmente regulados e destinados a funcionarem como núcleos de treinamento e educação para a formação de poupança e investimento. O clube tem a finalidade de apoiar o desenvolvimento sob a forma de um aprendizado coletivo e prático, como se fosse um "comitê de investimentos", cujos membros são os participantes cotistas do clube.

Através da metodologia do "aprender fazendo", o participante é motivado a se organizar em clubes de investimentos educacionais formados por grupos de 3 a 12 pessoas que se reúnem regularmente uma vez por mês (presencial ou online), sendo a primeira parte da reunião dedicada à educação, orientação e informações sobre o mercado de ações e a segunda parte dedicada à administração da carteira de investimentos. Esses clubes de investimentos educacionais deverão ter um conjunto de características próprias com motivações específicas exclusivamente destinadas à criação do hábito de poupar regularmente.

A gestão da carteira será exercida pelos próprios membros e a diversificação como prevista na Instrução CVM 494. O elemento principal de diferenciação desta abordagem em relação a outras iniciativas é a proposta do "aprender fazendo" como ferramenta de formação de uma nova cultura. Segundo o Institute for Applied Behaviour Services, dentre todas as formas de aprendizado, o "aprender fazendo" alcança uma taxa média de retenção de aprendizado de 75%. Outros processos como a leitura, os seminários e apresentações audiovisuais são comparativamente ineficientes.

O "aprender fazendo" em equipe nada mais é do que uma ferramenta de formação de cultura que evolui como um processo desde os ambientes familiares, nas escolas, no trabalho e nos ambientes sociais, com respeito às regras e às leis. A formação de uma cultura de investimentos requer um processo de orientação e disciplina, que motive a reflexão e a crítica, que estimule a interação social, mas também a pesquisa autodidata.

Seguindo o processo os participantes atuam em seu próprio ritmo, flexibilizam seu horário e estudam e se informam no momento mais adequado. Ao mesmo tempo se comprometem com a periodicidade das reuniões do clube e com a responsabilidade de contribuir para as decisões de investimento. A educação financeira na linha da formação de uma cultura de investimento requer, portanto, um processo permanente de orientação e disciplina.

(Artigo escrito em colaboração com Ronaldo A. F. Nogueira, que participou do grupo de trabalho que regulamentou a Lei do o Mercado de Capitais, e Luiz Guilherme Dias, consultor independente há mais de 30 anos no mercado de capitais brasileiro.)

*Valor Econômico* 15.07.2015

## Filantropia X Pilantropia

Vivemos numa sociedade de contrastes no chamado mundo capitalista. No Brasil, enquanto um grupo representativo de empresários se reúne para discutir projetos de parceria com o Estado para melhorar a educação básica, os sanguessugas atacam. Recursos que deveriam estar sendo canalizados em benefício da população carente, intermediários inescrupulosos, inclusive políticos, se apropriam de parcelas desses recursos em benefício próprio.

Nos Estados Unidos, um dos homens mais ricos do planeta, Warren Buffet, o legendário investidor de Omaha, que tornou a Berkshire Hathaway numa das empresas de maior sucesso da bolsa norte-americana, decidiu que nos próximos meses vai iniciar a transferência da parte principal do seu patrimônio, para a maior organização filantrópica do mundo, a Bill & Melinda Gates Foundation, que tem hoje um ativo de US$ 30 bilhões.

Para que se tenha uma ideia do porte dessa fundação, quando a nova doação for completada (dependerá obviamente da cotação das ações doadas), seu porte será comparável a empresas multinacionais como a Disney, Dell ou Honda.

A personalidade da Warren Buffet desde longa data vem sendo apreciada e suas aparições nas assembleias anuais da Berkshire Hathaway sempre atraíram multidões de investidores e analistas. No que toca a fortuna acumulada com a valorização das ações e sua relação com seus filhos, há vinte anos comentou: "Uma pessoa muito rica deve deixar para seus filhos o suficiente para fazer o que quiserem, mas o insuficiente para não fazer nada."

Andrew Carnegie, uma das maiores fortunas americanas e um dos seus filantropos mais notáveis, dizia que grandes fortunas que são acumuladas vindas da sociedade, deveriam em grande parte a ela serem revertidas. Muito embora no Brasil as causas filantrópicas estejam ganhando maior espaço e adeptos, elas são basicamente feitas por pessoas jurídicas em função dos incentivos fiscais.

Nos Estados Unidos em 2005, US$ 260 bilhões, foi o volume de investimento social e 2/3 do total vieram de pessoas físicas. É fundamental que, como na Educação, haja uma sensibilização crescente dos empresários para as desigualdades sociais e sua importante participação no processo. Assim como os grandes pescadores, que, depois de pescar devolvem seus peixes à água, deveríamos seguir esse simbólico exemplo.

*06.07.2006*

## Teixeira da Costas's Laws

Um caro amigo enviou-me uma atualização das Leis de Murphy. A mais conhecida delas, para quem não se recorda, era: "Se alguma coisa pode dar errado, dará, e mais, dará errado da pior maneira, no pior momento e de modo que cause mais danos possíveis". Ou então: "Um atalho é sempre a distância mais longa entre dois pontos".

Inspirado nela, e, também, em duas atualizações, resolvi registrar algumas das experiências vividas, que pretensiosamente resolvi batizá-las de "Leis de Roberto Teixeira da Costa", ou, Teixeira da Costa's laws:

1. Quando você está em cima da hora para um compromisso, todos os sinais estarão vermelhos! Quando você está com tempo sobrando, os sinais estão verdes!

□ Corolário:

- Não vale a pena passar o sinal vermelho para chegar a tempo. A reunião ou evento começará com atraso.
- Por mais atrasado que você esteja, tenha a certeza que alguém chegará depois de você.

2. Se você estiver com seu guarda-chuva, as chances de chover são mínimas. Se você não o levar, as probabilidades de chover são

maiores. Como lembrava o ex-premiê britânico, Harold Wilson: "Sou otimista, mas sempre carrego um guarda-chuvas".

3. Quando você estiver apurado para chegar em casa para ir ao banheiro, pode estar certo que o elevador irá parar em todos os andares antes do seu.

☐ Corolário:

- Nunca perca a chance de ir ao toillette! A próxima oportunidade pode demorar. Não subestime a lentidão do tráfego!

4. Por qualquer razão, quando você se atrasar para chegar ao aeroporto, o avião sairá no horário!

5. Quando você está sóbrio, sem ter bebido nada, não passará por nenhuma blitz da Lei Seca. No entanto, se você tiver tomado dois copos de vinho, pode ter certeza que encontrará ao menos uma delas.

☐ Corolário:

- Se beber é melhor não dirigir.

6. Quando você muda de pista na estrada, pois a que você estava não andava, pode estar certo que a pista para a qual você passou ficará parada.

☐ Corolário:

- A pista da esquerda é sempre a mais lenta. Os "roda presa" a utilizam.
- É melhor andar na pista do meio. Sempre terá a alternativa de ir para esquerda ou direita.
- Acostamento não é solução.

7. A probabilidade do retorno do telefonema de uma pessoa que você tem grande necessidade de falar acontecerá exatamente no momento que você não poderá atendê-la.

☐ Corolário:

- Não deixe de registrar quando estará disponível para o retorno da chamada.
- Quando você se esquece de deixar seu celular na função "Mute" numa reunião ou evento, pode ter certeza que irão retornar.

8. Realmente é preciso desfrutar de excelente saúde para fazer um "check-up".

9. Ser pontual no Brasil é quase uma aberração

☐ Corolário:

- Avise quando vai chegar no horário para não constranger os anfitriões, ou encontrá-los despreparados ou ainda de robe de chambre.

10. Nas festas, as melhores coisas sempre acontecem depois que você saiu!

11. Quando você sai do chuveiro e a toalha está no lado errado (ou oposto?), a chance de o telefone tocar é enorme.

- Caso acredite em algo que não dará certo, é melhor nem tentar!

12. Molho de salada e de spaghetti tem uma forte atração por sua gravata e camisa, principalmente as brancas.

☐ Colorário:

- Não se acanhe em pedir um babador no restaurante.

13. No Brasil temos pessoas honestas e muito honestas. O que as distingue é a compra de DVDs pirata.

- Não minta! Nem que você tenha boa memória!

14. Na dúvida cumprimente sempre. Não mencione o nome da pessoa a menos que esteja absolutamente certo de quem ela é.

☐ Corolário:

- Quando alguém lhe encara e lhe pergunta se você não se lembra quem ela é, melhor não arriscar!

15. Se ao encontrar pessoas que não lhe veem faz tempo, e dizem que você está ótimo, não as contrarie.

16. Quando o sinal de trânsito abre, e o veículo à sua frente não anda, pode estar certo que o motorista está falando ao celular.

□ Corolário:

- Fração de segundos é definida como tempo que separa a abertura do semáforo e a buzina do carro de trás! (Rubem Braga).

17. Quando estiver no exterior, nunca fale em português assuntos pessoais ou de negócios em ambiente com pessoas desconhecidas, a possibilidade é grande que outras pessoas no ambiente estejam familiarizadas com sua língua.

□ Corolário:

- A probabilidade aumenta quando alguma dessas pessoas é tema de sua conversa!

18. A menos que solicitado com muita veemência, jamais indique, médico, dentista ou medicamentos. O tiro pode sair pela culatra!

□ Corolário:

- O relacionamento com profissionais depende inclusive da empatia com o mesmo.
- No caso dos medicamentos, cada organismo pode reagir de maneiras diferentes a uma mesma medicação.
- Caso leia as bulas dos remédios irá constatar que as contraindicações são sempre mais enfatizadas do que seus benefícios. Não é à toa que os remédios são chamados de 'drogas'.

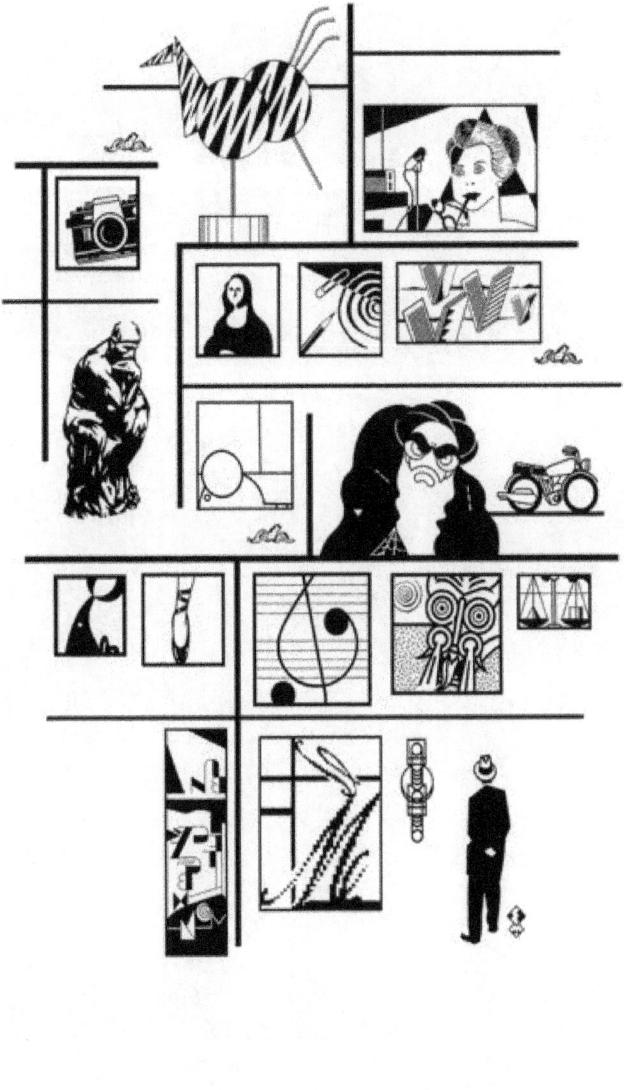

# IV. O futuro do pretérito

*Uma verdadeira exposição de finas obras de arte e antiguidades, própria das galerias mais exclusivas de Nova York, Paris ou Londres, mobiliário de primeira qualidade e, também, uma coleção sem igual de artesanato do barro, encanta e deslumbra os amigos sempre bem recebidos pelo casal Cacilda e Roberto Teixeira da Costa em suas residências na cidade e no campo. Em suas numerosas viagens ao exterior, esse fascínio pelas artes e pela História os levou aos mais importantes museus de todos os continentes. O interesse de Roberto Teixeira da Costa por museus foi aguçado com a sua participação por muitos anos no Conselho Deliberativo do MAM (Museu de Arte Moderna) de São Paulo e no colegiado do MAM, do Rio de Janeiro. E, também, do MuBE (Museu Brasileiro da Escultura e Ecologia).*

*Assim, passou a estudar detidamente o assunto, sobretudo o aspecto financeiro dos museus, não mais como um bem-informado diletante, mas como um especialista na discussão sobre o que o futuro reserva para os "templos do deleite".*

*Nos artigos que se seguem, Roberto Teixeira da Costa conclui que os museus do futuro vão se aproximar de um centro de entretenimento do "mais alto nível", apostando em tecnologia para atrair e entreter, mas sem se transformar num parque de diversões. A busca desse equilíbrio é o maior desafio a ser vencido pelos museus, pois não devem perder o seu sentido educativo e de centro irradiador de informação.*

*Os investimentos necessários para tanto, sobretudo em inovação tecnológica, trazem à tona a questão dos recursos. Para ele, o apoio oficial não é desprezível, mas "não parece fácil sensibilizar autoridades e governantes para liberar recursos escassos quando têm de enfrentar demandas sociais prioritárias". Por isso, os museus devem buscar cada vez maior parceria com os patrocinadores das artes do setor privado para diminuir a dependência dos cofres públicos.*

*Com um olho no futuro e um apelo por maior ousadia dos gestores, Roberto Teixeira da Costa chama a atenção para o fato de que a atratividade dos museus não se encontra mais exclusivamente em seu conteúdo, mas também em suas lojas, como exemplificam o British Museum, em Londres; o Metropolitan, o Museum of Modern Art (MoMA) e o Guggenheim, em Nova York; com uma incrível seleção de livros, objetos, artigos de vestuário e joias e, também, restaurantes de boa qualidade, com alguns deles se rivalizando com os melhores da cidade.*

*No caso específico do Brasil, reconhece que, com o quadro social tão repleto de desafios, parece fora de foco a defesa da alocação de recursos públicos para a atividade dos museus. No entanto, argumenta que, por tudo que leu e aprendeu a respeito, não há uma civilização importante onde o aspecto da cultura do seu povo não seja uma questão de prioridade nacional.*

*Depois de se definir como um "grande amante do futebol", Roberto Teixeira da Costa lamenta e critica a construção a custos estratosféricos de arenas para a Copa do Mundo de 2014 em cidades, onde certamente não haverá eventos futebolísticos, tais que justifiquem os altos investimentos. "Não teria sido melhor museus – como por exemplo, em Manaus, que nos remetesse à cultura indígena, ou, em Cuiabá, um museu do Pantanal?". Sem dúvida, um tema para reflexão.*

*Nas duas últimas décadas o número de museus no mundo mais do que dobrou. O número de visitantes dos museus nos EUA já supera o total de frequentadores dos grandes e badalados eventos es-*

*portivos e dos quiméricos parques temáticos. Para Roberto Teixeira da Costa, o Brasil não pode ir na contramão dessa tendência mundial para a guarda e exposição das coisas de tempos pretéritos. E faz um comentário lapidar: "Seremos mais respeitados e visitados não pelos nossos estádios, mas sim por nossos equipamentos culturais!"*

*Antonio Carlos Seidl*

## O museu do futuro e o futuro dos museus

Um dos painéis mais concorridos de que participei, dos vários que se realizaram simultaneamente em Davos, no World Economic Forum, realizado em fevereiro de 2001, tinha como tema "O Museu do Futuro". Meu interesse pelo assunto foi despertado pelo fato de que, recentemente, fui eleito para a presidência do Conselho Deliberativo do MAM/SP (Museu de Arte Moderna de São Paulo), a convite de Milu Vilella, para ajudá-la nesse grande esforço que vem realizando à frente do museu.

O moderador Lance Knobel, do Vesta Group, empresa de *venture capital*, de Londres, abriu a sessão, colocando em pauta três questões relevantes:

1. Como os museus, basicamente criações do século 19, irão sobreviver no século 21?

2. Será que seu papel estará reservado a fazer parte da indústria do entretenimento?

3. Será que a extraordinária arquitetura dos museus de hoje vai ofuscar seu conteúdo?

Essas questões foram debatidas por diferentes especialistas, sendo que o mais solicitado nos debates foi Thomas Krens, diretor do Museu Solomon R. Guggenheim, de New York, que recentemente esteve no Brasil. Assumindo o conteúdo como um dado, o museu do futuro, segundo ele, será delineado fundamentalmente pela tecnologia e pela arquitetura. Na visualização desses museus, ele usou a imagem de um triângulo que teria no seu topo as exposições. Abaixo, dez vezes maior estaria o catálogo, contendo informações adicionais que não podem ser apresentadas. O bloco abaixo, novamente dez vezes maior, irá conter os instrumentos e a tecnologia que permitirá aos usuários, acessar todas as informações relacionadas com a exposição. Ainda abaixo desse bloco, estará a Internet, dez vezes de novo maior, com um potencial ilimitado para mostrar continuamente vídeos, textos, fotografias e informações de arquivo. Perguntado se isto não substituiria o objeto atual no conceito de museu do século 19, sua resposta foi um categórico "Não!".

Os museus continuarão sendo territórios para um encontro com o objeto histórico. Nos sentiremos reconfortados ao saber que aquele objeto estava lá havia 2 mil anos, muito embora não possamos dizer se é uma boa reprodução ou uma falsificação.

Krens não acha que a arquitetura vá ofuscar o conteúdo. A função do museu é criar uma situação tal em que o público não se sinta tiranizado. Ele comentou dois casos clássicos, extremos, da arquitetura de museus: o labiríntico onde os visitantes, uma vez dentro, têm enorme dificuldade de encontrar a saída; e outro do tipo átrio, cheio de luz, que mostra aos visitantes que eles estão a alguns passos de qualquer exposição. A arquitetura, na sua opinião, deve ressaltar a experiência coletiva.

Rich Gold, gerente do centro de pesquisa da Xerox em Palo Alto, na Califórnia, portanto alguém de fora do meio das artes, indicou três diferentes tipos de museus: os museus do passado (que compreendem grande parte dos existentes); os do presente que incluem museus de tecnologia; e os do futuro, citando como exemplo o Epcot Center e a Disneylândia, entre outros. Em sua opinião, os museus do passado são "sobre nós mesmos", apresentando nossas experiências diárias e artefatos do cotidiano. O museu do presente será sob formas que não poderão ser copiadas (já que quase tudo poderá ser digitalizado) e finalmente, os museus do futuro, poderão ser, por exemplo, zoológicos com animais extintos ou com animais que os geneticistas queiram criar. Ao final, colocou a hipótese de que o museu do futuro, que todos vão querer visitar, será "o museu da simplicidade", o museu de muito pouco conteúdo e mais acessível.

Já Hans Obrist, curador do Museu do Progresso de Viena, disse que museus se situam sobre ideias que vão além dos objetos. Finalmente, Rem Koolhass, arquiteto holandês, afirmou que o Museu Guggenheim em Bilbao está tendo um efeito espetacular no mundo dos museus. Ele citou que um amigo seu em Roma indicou, para sua surpresa, que a cidade eterna precisaria de um museu que tivesse o mesmo significado que o Guggenheim teve para Bilbao. Mencionou ainda que o sucesso de alguns museus é tão grande que eles se tornaram um setor independente dentro da economia.

Nos debates que se seguiram, ficou evidente que o gestor do museu do futuro vai ter, cada vez mais, um perfil que se aproxima do CEO ou COO de uma empresa (principal executivo ou executivo chefe das operações). Ele deve ser mais um generalista do que um especialista.

Salta aos olhos que o domínio da informática deverá ter enorme peso, como também uma sensibilidade para o marketing. Evidentemente, isso não vai prescindir que os museus tenham uma excelente curadoria, extremamente bem preparada para atender as demandas de um público cada vez mais exigente e diversificado.

Quais as conclusões que um simples apreciador das artes poderia tirar desse provocativo debate e de outras conversas e leituras a respeito do museu do futuro? Fica claro que o museu como um espaço das elites está superado. Não precisamos ir a Nova York, Londres ou Paris para chegar a essas conclusões.

Basta ir num domingo ao Masp, Pinacoteca, ou ao MAM-SP

para fazer essa constatação e verificar que o perfil dos frequentadores mudou, não só pelas diferentes classes sociais que os visitam, como também por sua faixa etária.

A Mostra Brasil +500 talvez seja a mais clara demonstração desse enorme potencial de público que está ávido por novas descobertas, desde que seja suficientemente motivado, e que o conteúdo corresponda às suas expectativas.

Portanto, os museus vão ter que estar organizados para atender a essa demanda, desde que tenham, evidentemente, o que mostrar. Sim, vão se aproximar mais de um centro de entretenimento, mas de caráter cultural do mais alto nível, sem se transformar num parque de diversões.

Portanto, a busca desse equilíbrio vai ser o grande desafio a vencer, pois não devem perder o seu sentido educativo e de centro irradiador de informação. Sua diversidade deverá ser equilibrada para que tenham claramente definida a sua missão. No aspecto educativo, sua informatização vai ser uma grande tarefa a cumprir e que vai requerer recursos vultosos para que possam se equipar. Parece-me, assim, haver espaço maior do que existe hoje em São Paulo para que os museus escolham nichos específicos onde pretendem concentrar seus esforços. O aspecto de localização e da modernidade de sua arquitetura e instalações serão fatores marcantes, particularmente, para uma cidade como São Paulo, que cresceu em todas as direções. Assim, a proximidade dos centros de consumo e a facilidade de acesso por meios coletivos de transporte é relevante, além da itinerância das exposições e seu custo.

Esse e outros temas aqui levantados nos remetem à sempre presente questão dos recursos, que, por definição, não são suficientes para cobrir as despesas correntes, sem falar na necessidade de levantar fundos para os altos investimentos com que terão que arcar. Não parece fácil sensibilizar autoridades e governantes para liberar recursos escassos quando têm que enfrentar demandas sociais prioritárias. Os incentivos fiscais vêm desempenhando papel fundamental, muitas vezes questionados por aqueles que não alcançam os benefícios que trazem para a sociedade como um todo. Mas ainda são insuficientes e as pessoas jurídicas e mesmo pessoas físicas de mais posses precisam dar uma contribuição mais relevante (louve-se aqui o papel de algumas estatais e de multinacionais) e colher os dividendos dessa participação, cujo alcance vai ser percebido cada vez com maior nitidez.

É evidente que esse conjunto de circunstâncias vai exigir dos gestores dos museus, cada vez maior profissionalismo para realmente encontrar a combinação perfeita entre o que o público deseja e o que os patrocinadores estarão dispostos a bancar. É certamente, uma missão fascinante que temos pela frente.

*O Estado de S.Paulo, 25.03.2001*

## Museus ou centros de entretenimento

A prestigiosa revista inglesa "The Economist" publicou em sua edição de 27 de abril de 2001, um extenso artigo sobre museus, com o provocativo título *When Merchants Enter the Temple* (Quando os comerciantes entram no templo). Procurarei aqui fazer uma súmula do que mais relevante anotei daquele artigo e registrar algumas observações que me pareceram apropriadas.

O artigo começa salientando a boa fase por que passam os museus. Novos museus apareceram em diferentes lugares e os já existentes estão em expansão. As campanhas de levantamento de recursos nunca foram tão bem-sucedidas e o número de visitantes nunca foi tão grande. No ano passado, pela primeira vez, os museus norte-americanos atraíram 1 bilhão de visitantes.

Como consequência desse movimento, alguns museus estão se posicionando mais comercialmente. É certamente o caso do Tate Modern em Londres e do Guggenheim em Nova York. Isso, evidentemente, como já comentei em artigo anterior (O Museu do Futuro ou o Futuro dos Museus), leva à discussão sobre a extensão da comercialização e o seu impacto sobre a integridade dos museus.

Quais as técnicas comerciais permissíveis? Quais os limites? Teremos no futuro dois tipos de museus, aqueles dedicados aos objetivos educativos e outros seriam centros de entretenimento?

Algumas situações são citadas e exemplificadas. O famoso Louvre até 1993 era totalmente custeado pelo Estado. Agora precisa levantar externamente 30% do seu custo operacional. Para isso, o Louvre conta tão-somente com 4 profissionais dedicados à arrecadação de fundos, enquanto o Metropolitan de Nova York tem 40 e a Tate Gallery de Londres, 15.

Os museus europeus, muito embora dependentes de subsídios menos generosos do Estado, ainda são basicamente instituições públicas financiadas pelos contribuintes. Em sua maior parte, cobram ingressos baixos ou não cobram.

Do outro lado do Atlântico, como sabemos, as coisas são bem diferentes, já que os museus não podem depender do financiamento direto governamental. Porém, seus doadores são beneficiados de incentivos fiscais. Mesmo os museus norte-americanos mais tradicionais estão tendo de ajustar-se às novas circunstâncias de mercado e, portanto, tendo de acomodar patrocinadores e doadores aos novos tempos. Que tipo de acomodação proceder como vimos, é um debate intenso nos Estados Unidos e que se estende à Europa.

Certamente, um dos agentes para esse processo de mudança tem sido Thomas Krens, diretor executivo do Guggenheim, fundado em 1939. Seu objetivo inicial: "arte abstrata". Pinturas figurativas foram posteriormente incorporadas e nos anos subsequentes o museu passou a ter uma curadoria bem mais flexível. Essa flexibilidade tem sido levada aos limites por Krens, que há três anos mostrou uma exposição de motocicletas BMW e mais recentemente, em outubro, uma coleção de Giorgio Armani patrocinada pela revista "Style", que teria contribuído com US$ 15 milhões.

O Guggenheim tem boas razões para ser mais comercial. Sua dotação orçamentária cobre um ano das despesas operacionais, enquanto a do Metropolitan, 11 anos.

Além do mais, sua expansão para outras fronteiras vem exigindo recursos adicionais, muito embora saibamos que no caso brasileiro, pelo que se informa nos jornais, as prefeituras interessadas estão sendo solicitadas a cobrir o custo total do projeto de instalação.

Hoje, o Guggenheim, além da sua instalação original na 5.ª Avenida, tem uma sede no SoHo, além de Bilbao, Berlim (em parceria com o Deutsche Bank) e outro em Veneza. Preparam-se para abrir em Las Vegas, com duas salas de exposição em um hotel que teria gasto US$ 30 milhões para acomodá-las.

Sabemos também que estão muito adiantadas as conversações para instalar-se no Rio, no antigo cais do Porto. No entanto, seu projeto mais ambicioso será um terceiro museu em Nova York, no chamado Lower East Side, zona mais pobre da cidade. Para esse projeto, estimado em US$ 678 milhões, Thomas Krens conseguiu que Peter Lewis, um importante magnata da indústria de seguros, cubra um terço do seu custo. Eis aí uma pequena diferença de filantropia existente entre os Estados Unidos e muitos outros países, inclusive o nosso.

Em entrevista ao jornalista americano Paul Lieberman, do "Los Angeles Times", Krens comparou os museus de arte com parques temáticos. Observou que um museu sintonizado com os novos tempos precisa atrair o público com o que denominou de "cinco divertimentos". São eles: "Grandes coleções permanentes, grandes exposições especiais, grande arquitetura, oportunidades para comer e oportunidades para fazer compras." Com toda controvérsia em torno do seu nome, ele tem conseguido atrair o público para os seus museus. No ano passado, foram três milhões de visitantes. Quando os projetos em construção estiverem terminados, ele poderá chegar aos seis milhões, equiparando-se ao Louvre e acima do poderoso Metropolitan, de Nova York.

Outros museus americanos estão seguindo suas pegadas: mais de 20 instituições em construção ou expandindo sua marca. O Museu de Fine Arts de Houston, Texas, está mostrando uma exposição sobre Star Wars: A Mágica do Mito, que evidentemente não tem muito a ver com o seu propósito original.

No entanto, o Thomas Krens tem vários contestadores. Um dos principais é Philipe de Montebello, do venerável Metropolitan de Nova York, que advoga a forma tradicional de gerir museus. "Nosso propósito não é atrair multidões. Disney faz isso com muito mais competência." Ser um centro de entretenimento é algo que ele rejeita (muito embora já tenha feito algumas concessões como uma exposição de objetos de Jackie Kennedy). Em sua visão, o Metropolitan está numa posição privilegiada para que seus curadores possam explorar e reinterpretar as coleções de arte que foram a razão de ser do museu, no que tem uma posição privilegiada. Para isso contam com dotação de um quinto do seu custo anual da Prefeitura de Nova York. Outros museus da cidade, no entanto, como o Guggenheim, estão mais expostos às vicissitudes do mercado (Whitney e o MoMA, por exemplo). O preço do ingresso do Whitney é de dez dólares, bem mais caro que a entrada de cinema. As dotações cobrem no máximo 20% dos seus custos. Segundo a Associação Norte-Americana de Museus, que congrega mais de 2.000 instituições, somente 60% deles recebem suficientes dotações para cobrir seus custos.

Os museus também precisam expandir para que possam expor grande parte de suas coleções que ficam nas reservas técnicas e em alguns casos nunca foram expostas. É o caso do MoMa, que está construindo uma nova sede vizinha à sua casa atual, que dobrará seu espaço de galerias. Do custo total de US$ 700 milhões, conseguiram levantar, em dois anos, US$ 475 milhões!

Mas não pensem que as doações sejam assim tão abundantes. Nos últimos dez anos, elas começaram a diminuir, enquanto as receitas comerciais passaram a crescer. Segundo a Alliance for the Arts, que coleta informações sobre as artes em Nova York, as receitas oriundas das lojas de presente, aluguel de espaço, estabilizaram-se a partir de 1992, enquanto as contribuições corporativas declinaram 30% entre 1982 e 1998.

Os museus norte-americanos mostram uma preocupação quanto às políticas a serem seguidas pelo governo Bush. A dotação para o National Endowment for the Arts recebeu somente US$ 150 milhões (!) de fundos federais, o que os obriga a serem largamente dependentes da filantropia individual.

A questão tributária nos Estados Unidos é relevante para os museus. Eles se enquadram na categoria de organizações sem fins lucrativos, o que lhes dá isenção fiscal e os credencia para receber dotações filantrópicas. Suas lojas pagam um imposto que não está relacionado com a tributação das pessoas jurídicas normais. Eles temem perder esses status caso os museus passem a se comportar como comerciantes. Há também uma preocupação quanto ao término das isenções tributárias para as heranças e doações.

Doações filantrópicas são dedutíveis dos impostos sobre heranças, o que permite que pessoas mais ricas façam generosas doações filantrópicas ou para museus em vez de pagarem impostos na sua herança.

No entanto, o responsável pela parte ética da Associação dos Diretores de Museus de Arte insiste em regras que impõem autodisciplina, desconsiderando doações ou empréstimos que contenham exigências tais como de que maneira suas obras deverão ser expostas.

Das fontes já anteriormente indicadas, museus como o Whitney, além das receitas das lojas, cobram por exposições itinerantes, programas para seus associados, parcerias com empresas e o aluguel do seu espaço para festividades.

O artigo da "The Economist" faz referência final, aos museus britânicos, que estão sob muito menos pressão comercial que seus colegas americanos. São mais dependentes dos cofres federais, muito embora comecem também a responder às pressões do mercado.

Ainda assim, o British Museum recebe 70% dos seus recursos do governo e que era de 80% em 1993. Portanto, cobre o restante do seu orçamento com atividades comerciais, patrocínios e doações. Levantou recentemente US$ 150 milhões para uma nova ala, anunciada como sua mais bem-sucedida campanha de levantamento de fundos.

Os museus britânicos são financiados basicamente por um sistema de dois níveis: o governo federal apoiando 17 galerias nacionais e museus, enquanto os governos locais cuidam do restante.

Dois relatórios recentes salientam a importância do marketing para o sucesso de um museu. O primeiro caso é o Tate Modern, extensão do Tate Gallery, que foi aberta no ano passado. Receberam 4 milhões de visitantes adicionais. Enquanto isso, o número de visitantes aos museus regionais, financiados localmente, estagnou ou mesmo decresceu.

Um dos relatórios aponta que alguns museus regionais, por estarem subfinanciados e com carência de talento administrativo e de experiência, talvez tenham de cerrar suas portas. Um caso extremo é o renomado Victoria and Albert Museum (que recebeu um subsídio governamental de 24 libras por visitante, acima do que cobra por pessoa, que são 5 libras). É o maior subsídio per capita existente num país. Suas tentativas de até agora mudar seu perfil não foram bem-sucedidas.

O artigo termina dizendo que se os museus querem se expandir vão ter de persuadir seus visitantes a pagar, ou quem sabe, pagar mais para novos serviços. Precisarão de criatividade para atrair novos beneméritos, o que vai implicar necessariamente algum tipo de comercialismo. Mas, quem sabe, com um bom marketing poderão persuadir um contingente maior de pessoas a visitar grandes exposições. Segundo The Economist, exposições sobre motocicletas não são a única forma de atrair multidões.

Sob o mesmo assunto, a "Gazeta Mercantil", de 25 de maio de 2001, publicou artigo assinado por Ricardo Calil com o título Campeões de bilheteria e, com o subtítulo Com mais efeitos especiais do que conteúdo, museus americanos batem recordes de público.

Muito do conteúdo daquele artigo foi extraído da "The Economist", mas adicionaria algumas informações dignas de registro. Entre outras a citação de James Wood, diretor do Art Institute of Chicago. "Embora existam enormes pressões para os museus se tornarem mais competitivos, isso não significa que eles devam ter licença para tudo. No final, você tem de defender a qualidade do que está mostrando. E, se há dinheiro envolvido, isso fica mais difícil."

Lembra também o artigo (de uma forma talvez exagerada), que os museus, além de estarem ampliando seus espaços para exposições, também estão ampliando para áreas de lazer. Isso, para o crítico Hilton Kramer, significa que eles estão virando parque de diversões. "Como a maior parte do público americano não gosta de ver arte, os museus querem atraí-lo com outras atividades, como comer pipocas, tirar fotos ou comprar lembranças para a família." Cita também que oitros críticos acreditam que o impasse entre arte e comércio seja contornável. Aliás essa é a minha opinião. Reproduzindo as palavras de Roberta Smith, o "New York Times" registra que para ela, "o problema poderia ser resolvido com mais transparência dos museus e mais dedicação dos curadores".

Ao final da leitura desses dois artigos, focando nossa situação, não chego a conclusões diferentes das que havia relatado em meu artigo anterior. Apoio oficial não é desprezível, muito embora devemos buscar cada vez maior parceria com o setor privado, diminuindo a dependência dos cofres públicos.

Popularizar o acesso aos museus é importante sem, no entanto, eliminar suas características tradicionais e o segmento em que esteja atuando. Buscar receitas diversificadas sem que os transformem num "shopping center" é relevante. Não há mais espaço para gestões amadorísticas. É crucial ter curadorias de qualidade e exposições que possam atrair visitantes de todos os segmentos da sociedade. No caso brasileiro, vale mais uma vez ressaltar que os museus não devem perder seu caráter educativo. A criatividade nos seus programas é assim determinante do seu sucesso.

*O Estado de S.Paulo, 10.06.2001*

## Shopping e o financiamento dos museus

Para aqueles que durante suas viagens ao exterior incluem em seu roteiro visitas a museus, não é novidade a importância que suas lojas vêm adquirindo. Independentemente da dimensão do museu, elas são sempre encontráveis, ocupando espaço estratégico que dificilmente escapa ao trajeto dos visitantes. Inclusive, nos museus de maior importância e que contam com espaços nobres para mostras especiais, fatalmente na saída vai encontrar objetos e publicações que a elas se referem.

Como a atividade começou a representar importante fonte de renda para os museus e que os ajuda em alguns casos a custear boa parte do seu orçamento, concederam franquias ou eles mesmos operam lojas fora de sua sede.

Inicialmente, só vendiam produtos e publicações vinculadas às suas finalidades museológicas, mas com o tempo foram se tornando mais abrangentes e hoje oferecem uma variada gama de itens ligados, às vezes longinquamente, ao seu tema e ao seu acervo.

Para atrair maior clientela oferecem descontos aos associados do museu. Como as anuidades não são elevadas, particularmente para os residentes no exterior, dependendo do valor de sua compra, o custo dessa anuidade poderá ficar em conta para aqueles que visitam os museus com frequência e que têm custo do ingresso elevado. O Metropolitan e o MoMA de New York estão entre aqueles com maior custo de ingresso, que anda pela casa dos R$ 25,00!

*V*ale lembrar que os museus norte-americanos recebem significativas contribuições privadas e a de receitas da venda de serviços é maior em comparação aos museus europeus.

Os museus do velho mundo têm uma maior dependência de fontes governamentais para sua manutenção. Os ingleses contavam com uma maior contribuição de sua bilheteria, mas essa política está sendo alterada – conforme a matéria recente de Marcelo Starobinas, correspondente da Folha de S. Paulo em Londres.

O número de visitantes aos museus do Reino Unido dobrou com a adoção da entrada gratuita desde o final do ano passado. Dentre aqueles que cobravam ingressos e aderiram ao novo esquema criado pelo governo, o Victoria and Albert Museum, de Londres, foi o que teve maior aumento de público. A cobrança de entradas claramente restringia a visitação. Para compensar a perda da arrecadação de bilheteria, o governo do premiê trabalhista, Tony Blair, começou a destinar verbas provenientes da arrecadação dos impostos sobre circulação de mercadorias (VAT) à manutenção de museus.

Até novembro de 2001 um adulto tinha de desembolsar cinco libras para visitar o Victoria and Albert Museum, situado em South Kensington. Embora fosse previsível um considerável aumento de visitantes após a extinção da cobrança de ingressos, as autoridades britânicas celebraram os novos números como uma grande vitória, já que o turismo e a cena cultural viveram maus momentos no ano passado, no Reino Unido, em consequência de uma epidemia de febre aftosa e dos atentados de 11 de setembro.

Voltando à questão do shopping em museus, o "New York Times", de 10 de janeiro de 2002, cobriu o assunto com uma matéria bastante informativa. Aproveitando uma exposição de joias artísticas da Índia, o Metropolitan de Nova York vendeu pendentes de ametistas por US$ 35 mil e outras joias, variando entre US$ 2 mil e US$ 6 mil. Essas vendas superaram duas vezes o previsto, pois o comércio natalino de Nova York esteve longe de ser um sucesso.

Um levantamento feito em 1999 entre 1.800 afiliados à Associação Norte-Americana de Museus revela que as rendas provenientes das lojas de presentes e das publicações representaram 25,5% do seu total, enquanto o valor dos ingressos atingiu cerca de 20%. Os turistas são os compradores mais representativos.

Lojas de museu têm uma vantagem adicional em relação a seus competidores comerciais porque seus lucros estão isentos de impostos, desde que os artigos vendidos estejam de acordo com a missão educacional de sua coleção.

Mas, as linhas entre missão e comércio, frequentemente, se confundem. O Metropolitan, que começou vendendo reproduções de arte e publicações logo após a abertura de suas portas em 1870, vem aperfeiçoando a arte de vender a varejo. Hoje em dia opera lojas no SoHo, Rockefeller Center e no Aeroporto La Guardia e ao redor do país, além de diversas operações de franquia no estrangeiro, num total de 15 pontos-de-venda.

Em 2000, as lojas de presentes do Metropolitan realizaram vendas brutas de US$ 76 milhões, sendo que deste total, somente menos da metade é oriunda das lojas da 5ª Avenida.

O MAM-SP tem uma pequena loja no Ibirapuera e duas filiais, uma no Shopping Villa-Lobos e a outra no Higienópolis com espaço para exposições, além de um ponto-de-venda no Shopping

Paulista. Não representam ainda contribuição relevante para sua equação financeira.

Interessei-me mais diretamente pelas atividades e pelos aspectos financeiros dos museus quando passei a integrar o Conselho Deliberativo do MAM de São Paulo. É verdade que, anteriormente, regularmente atendia às reuniões de Conselho do MAM-RJ, onde também integro seu colegiado.

Em função desse interesse, escrevi no ano passado dois artigos a respeito dessa temática. O primeiro, "O Museu do Futuro e o Futuro dos Museus", a que me referi, publicado em 25 de março pelo "O Estado de S.Paulo", referia-se como o próprio nome indica, ao rumo que os museus irão trilhar no futuro. O segundo, sob o título "Museus ou Centros de Entretenimento?", publicado também pelo "O Estado de S.Paulo", está mais diretamente ligado ao que aqui abordamos. Alertava para as diferenças existentes entre o modelo norte-americano e europeu de custear os museus. Enquanto os primeiros dependem fundamentalmente do setor privado (bilheteria e patrocínios); no sistema europeu, os recursos são primariamente oriundos do setor público. Aliás, os comentários a que aqui me referi sobre as mudanças praticadas no Reino Unido nos obrigam a refletir.

Se numa sociedade que atingiu o nível cultural dos britânicos e com o nível de renda que desfruta, optou-se pela liberação do acesso gratuito, o que pensar para o Brasil?

É nesse contexto que se considera instalar o Guggenheim no Brasil, mais especificamente no Rio de Janeiro, sendo uma sucursal do Guggenheim de Nova York. A Prefeitura do Rio tem demonstrado forte interesse em ter aquela instituição na cidade, ocupando o píer da Praça Mauá, indiscutivelmente com grande potencial turístico.

O diretor-geral do Guggenheim, Thomas Krens, indicou que 1 milhão de visitantes pagantes por ano seria um sucesso e que

200 mil seriam insuficientes para manter financeiramente o museu. Sua opinião é que cada museu deve ser independente e sustentar-se com a sua própria bilheteria. Em Bilbao, o Guggenhein atrai 1,2 milhão de pessoas por ano. Porém, nunca é demais recordar que diferentemente do Rio, Bilbao na região basca da Espanha, era uma cidade sem nenhum atrativo turístico, certamente sem as características da nossa Cidade Maravilhosa.

O CCBB (Centro Cultural do Banco do Brasil), no Rio, registrou em 2001 público recorde de 739.000 visitantes durante dois meses para a mostra do surrealismo, porém, com entrada gratuita. Algumas outras informações estatísticas reveladas por matéria de "O Globo" em 15 de janeiro de 2002, são interessantes:

A mostra de Monet no MNBA atraiu 432 mil pessoas durante dois meses em 1997; a de Dalí, 245 mil durante dois meses em 1998; a de Rodin, 226 mil em 1996; no MAM-RJ, Picasso, em 1999, atraiu 136.500; e Camille Claudel, 120 mil, em 1997.

No primeiro semestre de 2001, o MAM-RJ teve média diária de 177 visitantes, o que dá cerca de 60 mil por ano. Já o MAM-SP atingiu a marca de 280.015 visitantes durante 2001. Essa proporção em relação ao MAM-RJ se deve também ao fato de que são realizados muitos programas educacionais durante o ano.

A Prefeitura do Rio de Janeiro está disposta a comprometer US$ 120 milhões para viabilizar a presença do Guggenheim no Rio. A pergunta que está na boca de todos que conhecem a penúria de recursos com que se defrontam os museus de todo o Brasil, e particularmente do Rio, é se existe uma justificativa real para disponibilizar tal montante em vez de apoiar financeiramente os museus já existentes? Nossas grandes cidades já dispõem de um acervo de museus de excelente nível e creio que o fundamental seja estimular maior frequência.

Parece fora de foco que com nosso quadro social tão repleto de desafios que não precisariam ser aqui listados venho defender a alocação de recursos públicos para atividades dos museus. No entanto, por tudo que li e aprendi a respeito, não existe uma civilização importante onde o aspecto da cultura do seu povo não seja uma prioridade. Criar mecanismos de acesso e popularizar a frequência aos museus, certamente, é importante etapa nessa direção.

*O Estado de S.Paulo, 27.01.2002*

## A atratividade dos museus

Uma reportagem da revista inglesa "The Economist" mostra a crescente importância de diferentes museus em todo o mundo. Com tantas novas formas para as pessoas ocuparem seu tempo, seja em casa ou mesmo na rua, chega a ser surpreendente como a visitação aos museus vem aumentando. O artigo "Templos do deleite" contém números marcantes: nas duas últimas décadas o número de museus passou de 23.000 para 55.000! O número de visitantes dos museus nos Estados Unidos em 2012 superou o total de frequentadores de eventos esportivos da *big league* e dos parques temáticos.

No Reino Unido, metade da população adulta visitou em 2012 um museu ou galeria de arte. Na Suécia, 3 entre 4 adultos visitam museus pelo menos uma vez ao ano. O Louvre, em Paris, recebeu mais de 10 milhões de visitantes em 2012, um milhão a mais do que no ano anterior. A China em breve contará com 4.000 museus.

Como explicar tal fenômeno? Uma das razões é que, ao aumentar o nível da educação, logo de novos protagonistas sociais, o interesse pela visitação de museus ampliou-se. O maior turismo mundial também ajuda nessa explicação. Os governos também têm se preocupado em ter museus que atestem sua evolução cultural e atraiam visitantes.

Estive recentemente em Doha, onde pude visitar o espetacular Museu de Arte Islâmica (MIA), com um projeto do grande arquiteto Pei. A atratividade dos museus não se encontra exclusivamente no seu conteúdo, mas também em suas lojas, como exemplificam o British Museum, em Londres, o Metropolitan, o Museum of Modern Art (MoMA) e o Guggenheim, em Nova York, com uma incrível seleção de livros, objetos, artigos de vestuário e joias de primeira qualidade, o que nos transmite a sensação de contribuir para a cultura. Isso sem falar em restaurantes de boa qualidade, onde alguns inclusive se rivalizam com os melhores da cidade no seu nível de preço.

Os museus podem também representar grande atratividade para cidades que não estariam necessariamente em roteiros turísticos, como é o caso do Guggenheim Museum de Bilbao. Estive em Madri há alguns anos e pegamos um voo de ida e volta a Bilbao só para visitar o belíssimo trabalho de Frank Gehry. Nos seus três primeiros anos de funcionamento foram arrecadados acima de 100 milhões de euros em impostos para o governo, o que cobriu os custos de construção.

Projeto também de grande dimensão político-cultural é o que está sendo construído em Abu-Dhabi, que contará com museus do Louvre e do Guggenheim na ilha de Saadiyat.

No Brasil, temos que nos orgulhar de Inhotim, em Belo Horizonte. Conta com 20 galerias com diferentes artistas de arte contemporânea, alguns deles com trabalhos exclusivos para o parque, que possui uma área de 2 mil hectares e belíssimos jardins. É um ponto de visita obrigatória de turistas nacionais e estrangeiros.

E outros museus pelo nosso país? Recentemente visitei o Museu de Arte do Rio (MAR), que me causou excelente impressão e tem tudo para se transformar em ponto de visitação obrigatório no entorno da Praça Mauá, que se tornará um importante polo turístico, assim como a Casa Daros, em Botafogo.

A nova sede do Museu da Imagem e do Som (MIS), em construção na Avenida Atlântica certamente será outra atração. Em

São Paulo o Masp, o MAM e a Pinacoteca são visitas obrigatórias. O número de visitantes em nossos museus também vem aumentando. A oferta de museus e galerias de arte em nossas maiores cidades é de muito boa qualidade!

Uma reflexão final que fica é se, em vez de fazermos arenas em cidades, onde certamente no futuro não teremos eventos futebolísticos que justifiquem seu investimento, não teria sido melhor museus - como, por exemplo, em Manaus, que nos remetesse à cultura indígena, ou, em Cuiabá, um museu do Pantanal? E olhe que esse é o comentário de um grande amante do futebol. Seremos mais respeitados e visitados não pelos nossos estádios, mas sim por nossos equipamentos culturais!

*O Globo, 09.01.2014*

# V. Lições de um caixeiro-viajante

*À parte de seu trabalho pioneiro na criação, difusão e regulação do mercado de capitais brasileiro, Roberto Teixeira da Costa se distinguiu como um arauto de seu país nos palcos das relações internacionais. Ao longo de mais de 60 anos visitou o exterior no que chama de diplomacia empresarial. Teve a oportunidade de ir a remotas paragens e a capitais de relevância no mundo dito desenvolvido para sentir o que se discute e se comenta sobre o ambiente para negócios e a atitude em relação ao Brasil. O protagonismo de Roberto Teixeira da Costa na diplomacia empresarial aconteceu com mais intensidade a partir do momento em que assumiu em 1993 a presidência do capítulo brasileiro do CEAL (Conselho Empresarial da América Latina), criada em 1990. Efetivamente, até meados da década de 1980, as suas atividades profissionais e interesses acadêmicos estiveram ligadas principalmente à área de investimentos e mercado de capitais.*

*A partir de então, adquiriu notável conhecimento nas relações internacionais com sua liderança no CEAL e no CEBRI (Centro Brasileiro de Relações Institucionais), e ainda no Foro Iberoamerica, além de ter participado do Interamerican Dialogue de Washington, do GACINT (Grupo de Análise da Conjuntura Internacional) e do Instituto de Relações Internacionais da USP (Universidade de São Paulo).*

*O exterior lhe abriu as portas em 1960, quando recém-formado, fez no dia 25 de fevereiro daquele ano, o discurso de encerramento do*

*"Student Leader Seminar in Economics", na Universidade de Illinois/ Wisconsin, em Madison, no Estado de Wisconsin- um seminário de vinte e cinco dias, criado para formar novos líderes empresariais. O evento coincidiu com a visita do presidente americano Dwight Eisenhower ao Brasil. "Ike", como o mandatário americano era conhecido, iniciou o périplo no país por Brasília, onde ao lado do presidente brasileiro, Juscelino Kubitscheck, lançou a pedra fundamental da Embaixada dos EUA na futura capital federal. Dias depois, o jovem Roberto Teixeira da Costa, em sua estreia em tribunas além-mar, destacou o compromisso dos dois países com a democracia e os direitos fundamentais dos homens. Aqui está um trecho traduzido de sua fala:*

> *"Na declaração conjunta feita em Brasília, que será a capital de meu país em 21 de abril, os dois presidentes reafirmaram o propósito de defesa das liberdades democráticas e dos direitos fundamentais dos homens, e mais que isso, que o grande desafio às aspirações dos povos das Américas é uma constante melhoria no padrão de vida moral e material. Um documento foi assinado por ambas as partes para enfrentar juntos esse desafio por meio de uma ação coordenada para a intensificação de medidas capazes de combater o subdesenvolvimento numa vasta área do continente americano. A melhoria do padrão de vida é um objetivo a ser alcançado pela crença na democracia, liberdade e autodeterminação dos povos. No que diz respeito aos estudantes brasileiros, somos soldados voltando revigorados à frente de batalha, com energia e uma nova disposição para nossos estudos que nos ajudarão a encarar esse o desafio."*

*Ainda em seus primeiros passos nos EUA, Roberto fez um mês de estágio no Capital Group, empresa gestora de fundos de investimentos, em Los Angeles, e depois participou em Nova York de um encontro na National Securities Analysts, a associação nacional de analistas do mercado de ações, uma experiência que lhe foi muito útil para a criação, como co-fundador, da Abamec (Associação Brasileira de Analistas do Mercado de Capitais), em 1965.*

*Desde aqueles primeiros anos da década 1960, viajou incansavelmente ao exterior, ora como representante das empresas para as quais trabalhava no mercado de capitais, ora como membro de delegações de empresários brasileiros em atividades de diplomacia empresarial. Para ele, os empresários brasileiros ainda são tímidos vendedores de seu país. Aqui neste capítulo, Roberto Teixeira da Costa analisa as possíveis razões a explicar o distanciamento dos empresários dos temas ligados às nossas relações com o exterior.*

*Para ele, estamos ainda longe de contar com uma estrutura empresarial compatível com a dimensão da economia brasileira e seu potencial de internacionalização. Cita como exemplo as reuniões do World Economic Forum, que se realizam anualmente em Davos, na Suíça, e que têm sido pouco frequentadas por brasileiros. A representatividade é deficiente, seja em qualidade ou quantidade. "Surpreende-me a falta de uma coordenação do setor privado, sem uma organização que possa aglutinar os interesses dos diferentes segmentos da atividade econômica, seja em foros nacionais ou internacionais. Com isso, tenho observado que nossas postulações nem sempre são bem orquestradas e carecemos de um melhor posicionamento estratégico", disse em artigo do ano 2000. (Nada mais atual).*

*O surgimento do Mercosul no princípio dos anos 1990 é visto como um divisor de águas da diplomacia empresarial brasileira, assim como a criação da OMC (Organização Mundial do Comércio), iniciativas que estão no centro dos grandes debates sobre o tema da globalização.*

*O legado de Roberto Teixeira da Costa para o desenvolvimento da diplomacia empresarial no Brasil pede uma melhor estrutura de representação, maior investimento em recursos humanos, treinamento e informações, criação de canais permanentes de intercâmbio, diálogo e presença mais representativa em foros internacionais.*

*Em sintonia com os novos tempos, aqui também estão as lições que Roberto Teixeira da Costa oferece aos seus leitores das viagens às novas economias emergentes da Ásia, nomeadamente ao Vietnã e o Camboja e à China. E nesse contexto, analisa os desafios para a nossa política externa e para a América Latina.*

*Ainda aqui, Roberto Teixeira da Costa divide conosco sua visão de um visiting scholar na Universidade de Columbia, em Nova York. Em fins de 2016, numa decisão que foi considerada por muitos como corajosa e ousada, ele aceitou um convite da famosa instituição acadêmica americana para um período de estudos de quatro meses, de setembro a dezembro. Uma experiência muito rica, marcada pela participação em uma gama de eventos do mais alto nível, com professores da própria universidade como também de visitantes.*

*Aproveitou também para dar tratos finais ao seu livro "Valeu a Pena! Mercado de Capitais, passado, presente e futuro", lançado em agosto de 2018, pela FGV Editora, e que contou prefácio do ex-presidente Fernando Henrique Cardoso, apresentação de Edemir Pinto, ex-presidente da BM&FBovespa, atual B3, e orelha de Jorge Paulo Lemann, empresário, titular do Grupo G3.*

*Os Estados Unidos viviam a campanha eleitoral que levou Donald Trump à Presidência do país. Durante esse processo, esteve em dois debates sobre as propostas dos candidatos presidenciais, o próprio Trump e sua oponente Hillary Clinton. Num deles, não houve qualquer menção ao Brasil e à América do Sul em termos de política externa. Foi, então, que fez uma provocação a um palestrante, que poderia vir a ser o chanceler de Hillary Clinton, perguntando-lhe se ele já teria ouvido falar de uma região chamada América do Sul. A resposta, que veio com um sorriso, foi: "We will talk about this in another occasion" (Falaremos disso em outra ocasião).*

*Veio a vitória de Donald Trump e com ela surgiram muitas dúvidas sobre as prioridades do novo governo da maior potência econômica do mundo ocidental. "Sua maneira de exercer o governo é tão paradoxal que fica difícil, mesmo para aqueles acostumados a avaliar os primeiros passos de um governante, o que irá acontecer", refletiu. E concluiu com um dito espirituoso de um colega mexicano nas reuniões do CEAL: Ahora que teníamos todas las respuestas, cambiaram las preguntas!*

*De Dwight Eisenhower a Donald Trump, de Juscelino Kubitschek a Jair Bolsonaro, Roberto Teixeira da Costa pontifica na análise das relações entre Washington e Brasília, com a autoridade e a sabedoria de um verdadeiro Embaixador com E maiúsculo. Se em 1960, em Madison, ele ressaltava a ação coordenada dos dois países para a intensificação de medidas capazes de combater o subdesenvolvimento numa vasta área do continente americano, em 2019, no âmbito da ..., Roberto Teixeira da Costa fez reflexões sobre o início do governo do presidente Jair Bolsonaro, dizendo a questão da confiança continua sendo fator crucial para a retomada dos investimentos e que projetar o comportamento futuro do governo pelos seus primeiros meses não parece razoável. "Muitos erros poderiam ter sido evitados, mas, muitos deles, em boa parte, podem ser atribuídos à inexperiência da nova equipe de governo."*

*Sem dúvida, embora se possa discordar, uma verdade, contrariando, assim, a máxima do escritor, político e embaixador inglês, sir Henry Wotton (1568-1639), segundo a qual "um embaixador é um homem honesto enviado para mentir no estrangeiro por seu país".*

*Antonio Carlos Seidl*

## A integração econômica na América Latina

Cerca de 120 líderes empresariais latino-americanos, incluindo representação de todos os países, e também da América Central (Costa Rica e El Salvador), estiveram reunidos em Brasília, de 31 de agosto e 1º de setembro de 2000, na XI Assembleia Plenária do CEAL (Conselho de Empresários da América Latina). Essa reunião aconteceu simultaneamente ao encontro convocado pelo presidente Fernando Henrique Cardoso com 11 chefes de governo da América do Sul. O México foi representado por um observador qualificado, indicado por seu novo presidente que toma posse em dezembro.

O CEAL criado formalmente em 1989, desde 1990 realiza anualmente uma Assembleia Plenária de seus associados (hoje são mais de 320), quando discute durante dois dias, temas ligados à integração entre seus países e à matérias de interesse comum para seus membros.

Portanto, a iniciativa de reuniões como a que foi convocada pelo nosso presidente, não podia deixar de receber apoio integral do CEAL e é de estranhar que não tivesse sido realizada no passado.

A troca de ideias, eleição de uma agenda comum para nossa região, busca de convergência em temas macroeconômicos e a intensificação do comércio e dos investimentos intrarregionais, só podem ser vistos com bons olhos pelos empresários, pois seus resultados serão extremamente benéficos.

A chamada fase de globalização que estamos assistindo, obriga a todos um grande esforço de convivência e a busca constante de uma maior integração que irá certamente favorecer a nossa região. Assim, os empresários dão seu apoio ao Mercado Comum do Sul (Mercosul); à Comunidade Andina das Nações (CAN); à negociação e implementação de Acordos de Livre Comércio entre os países e blocos da América Latina, assim como, com terceiros países ou com outros blocos; à constituição da Área de Livre Comércio das Américas (ALCA); à celebração de acordos de proteção recíproca de investimentos e de acordos que evitem a dupla tributação; à privatização dos setores da economia e a desregulamentação e liberalização dos mercados nacionais; aos esforços para o incremento da produtividade; e à extensão do regime da OMC para o comércio de bens de origem agropecuária.

Como medidas concretas, sugeriram: a implementação e utilização de mecanismos de solução de controvérsias comerciais e dos procedimentos de arbitragem e mediação privada; a facilitação dos negócios no plano intrarregional, com a redução de procedimentos burocráticos comerciais; a eliminação de barreiras fitossanitárias ao comércio intrarregional, através da criação de um órgão de controle e inspeção supranacional; a utilização de mecanismos de financiamento à produção que resultem em maiores facilidades ao comércio intrazonal.

O CEAL defende a participação do setor privado em projetos de infraestrutura que possibilitem o funcionamento eficiente de um mercado regional integrado.

No plano social, propõe o estreitamento da relação entre o setor empresarial e as organizações não governamentais de interesse social, cultural e educacional,

Os empresários do CEAL reafirmaram seu compromisso com os objetivos primordiais da existência do primado da Paz e do Direito, de ambientes de Segurança e de Estados Democráticos, condições estas necessárias para a estabilidade interna e para o Desenvolvimento Sustentável das sociedades da região.

*Schneider News, 10.2000*

## Mercosul – passado, presente e futuro

A ideia de uma Zona de Livre Comércio entre Brasil e a Argentina, que havia sido cogitada em diferentes momentos da história política desses países, foi oficialmente lançada em 1986 pelos presidentes Alfonsin e Sarney, com a adesão do Uruguai em 1989.

Posteriormente, o Paraguai solicitou a sua participação em 1991. Fatos marcantes para sua implantação foram os tratados de Assunção (1991) e de Ouro preto (1994), que definiram os novos contornos da associação, inclusive criando a tarifa externa comum a TEC que definiu a criação de uma união aduaneira.

Recebido no mínimo com um certo ceticismo pelos empresários e políticos dos quatro países, o Mercosul surpreendeu a todos por seu dinamismo.

Ajudado inicialmente pelo plano de convertibilidade adotado pela Argentina em 1992, que reativou a economia portenha e funcionou como forte indutor de importações, o comércio intrarregional deu sinais claros de crescimento.

Efetivamente, alguns empresários brasileiros descobriram o mercado argentino ou, em alguns casos, fomos identificados como uma confiável fonte de suprimento pelos nossos vizinhos. Quando este ímpeto inicial dava sinais de fadiga, foi a vez do Brasil em 1994, com a introdução do Plano Real, reativar a relação de comércio e também de investimentos recíprocos.

Com sinal trocado, agora eram os argentinos que ampliaram suas vendas no país, ajudados pela valorização do Real em relação ao dólar, passando desde então a acumular superávits comerciais.

Essa situação acabou mantendo-se nos anos seguintes, e o Brasil passou a representar 30 por cento do destino das suas exportações. Entre 1990 e 1998 o comércio dentro do Mercosul aumentou oito vezes, enquanto também se ampliava o comércio intrarregional, não na mesma proporção. Os bons resultados comerciais foram seguidos de investimentos recíprocos que superaram US$ 3 bilhões.

Esse sucesso inicial talvez seja uma das razões a explicar as dificuldades posteriores e que nos trazem aos dias de hoje. Não houve a continuidade de uma agenda que não só implementasse as medidas que foram acertadas em tratados ou reuniões multilaterais, como também não se buscou construir bases mais sólidas para consolidar um esforço inicial tão bem-sucedido.

A tão necessária busca de uma convergência macroeconômica, várias vezes anunciada como condição importante dessa consolidação não passou do plano das boas intenções. A ela esteve associada a questão da moeda única, defendida pelos argentinos e sempre recebida com reservas pelos brasileiros, que pela primeira vez aceitaram discuti-la em junho de 1999.

As crises externas vieram agravar ainda mais um quadro que na ausência de crescimento, o contencioso entre os países passar a ocupar espaço crescente na agenda dos diplomatas, não sendo raras as vezes em que os mais altos escalões, principalmente do Brasil e Argentina, tiveram de intervir para acalmar os ânimos e prevenir uma maior deterioração. As crises nos países asiáticos, e posteriormente na Rússia, afetaram fortemente os países chamados de emergentes, e o Brasil foi, como sabemos, atingido com substancial perda de reservas cambiais, reflexo do clima de desconfiança em relação à sustentação de nossa política económica, dependente da chamada âncora cambial.

É explicável que em situações de crise, as políticas de curto prazo sejam voltadas a correção de problemas conjunturais, esquecendo-se, ou dando-se menor ênfase, a questões estruturais. A situação intra-Mercosul veio, como seria de se prever, a agravar-se com a decisão do Brasil em janeiro de 1999 de não mais sustentar a política cambial de bandas, depois de perdas substanciais de reservas em curto espaço de tempo.

Não podendo realizar uma desvalorização competitiva, os argentinos notadamente naqueles sectores mais atingidos pelas exportações brasileiras, passaram a fazer uma enorme pressão junto ao seu governo para tomar medidas protecionistas e que acirraram o contencioso entre os dois países.

Em diferentes setores tais como o aço, calçados, têxteis, papel e celulose, e mais recentemente o setor agrícola, as crises se sucederam e em momentos de grandes tensões às autoridades diplomáticas silenciaram.

Os setores que se sentem ou estão em desvantagem competitiva, expressam publicamente seu descontentamento, enquanto aqueles que acreditam no futuro, atuam nos bastidores ou ficam silentes.

O fato é que este agravamento ocorreu às vésperas das eleições na Argentina, ajuda assim a explicar a dificuldade de um diálogo mais proveitoso. Se existe algum fato positivo a retirar desses meses de dificuldade, foi o surgimento do setor privado como mediador.

Foi graças a essa intervenção que por exemplo a situação calçadista, do aço e do setor papeleiro foi equacionada através do sistema de fixação de cotas. Essas dificuldades no relacionamento comercial, refletindo momentos de baixas taxas de crescimento nos dois países e alto desemprego não poderia ter vindo em pior momento.

Não é um exercício fácil, para quem se sente prejudicado, falar sobre um futuro mais promissor. O que ficou transparente na crise recente é que a percepção sobre a importância do Mercosul tem visões diferentes. A percepção argentina é que o mercado brasileiro é o que conta primordialmente.

A posição do Uruguai e do Paraguai não é diferente, pois é sabida a dependência de suas economias nas relações com o Brasil. Temos uma visão mais estratégica porque entendemos que numa economia mundial globalizada os blo,cos econômicos são forças dominantes. Somos mais fortes como Mercosul, que é inclusive valorizado externamente. Assim é que devemos empreender, setor privado e governo, um grande esforço para relançar o Mercosul.

*Portugal Brasil 01/02.2000*

## O debate sobre a globalização em Davos

A 30° Reunião de Davos realizada entre 27 de janeiro e 1° de fevereiro de 2000 a que assistimos, foi marcada por dois temas centrais: Globalização e o Impacto da Internet no Novo Milênio. No caso da globalização, o que esteve em discussão foi em que medida as políticas liberais que vêm sendo praticadas em maior escala nos últimos anos, no que se convencionou chamar de "consenso de Washington", acelerou as diferenças entre os países desenvolvidos e aqueles em desenvolvimento. Até a entrada em cena do Presidente Clinton, o que percebemos nas discussões que participamos foi o reconhecimento, principalmente europeu, de que algo precisa ser feito e urgentemente. A manutenção do "status quo" comprometeria inclusive a continuidade do processo, pois colocaria em risco o crescimento e geraria o aumento das tensões sociais e demandas, cada vez mais contundentes, como assistimos em Seattle. A presença norte-americana liderada por seu presidente, sem contestar as maiores desigualdades, foi marcada por um forte libelo contra o retrocesso, com a volta do protecionismo. O que é necessário, na visão americana, é destruir as barreiras ainda existentes e fortalecer as instituições multilaterais com regimes democráticos e boa administração econômico-financeira. A rodada de Seattle que terminou de maneira decepcionante deveria ser reaberta, e o fortalecimento da OMC é imperativo. Paralelamente, os Estados Unidos favorecem a criação de organismos internacionais que estejam focados e trabalhando em coordenação com a OMC nas questões do meio ambiente e trabalhistas.

A posição do presidente James Wolfensohn, do Banco Mundial, é reconhecidamente a favor da diminuição das desigualdades sociais, mas lembra que as diferenças sempre existiram e que Seattle serviu apesar do fracasso das negociações, para mostrar que as demandas, embora ainda difusas, são mais contundentes. Vamos trabalhar para que nas futuras conversações os nossos interesses possam prevalecer, particularmente no que toca ao fim das barreiras que dificultam a entrada dos produtos agroindustriais em alguns dos maiores mercados mundiais. Quanto à Internet, o que poderíamos resumir é em que medida sua popularização pode contribuir para os benefícios de maior equidade mundial. Até agora aqueles que podem utilizá-la são uma minoria privilegiada e o custo dos computadores e da comunicação limita o seu acesso àqueles que já têm maior renda. Foi muito interessante também a discussão entre os chamados *provedores* e aqueles que são *detentores do conteúdo*. A sensação que ficamos é que ainda há espaço para crescimento independente de cada segmento, sem que haja, necessariamente, novas operações de fusão como a da AOL com a Time / Warner.

*Perspectiva, 02.2000*

## Mercosul do Norte: uma réplica

A leitura do editorial "Mercosul do Norte", da "Folha de S.Paulo", de 26 de março de 2000, causou-me estranheza e surpresa. A estranheza provém do fato de uma série de informações ali constantes estarem equivocadas ou defasadas. A surpresa deriva das conclusões atingidas.

Em primeiro lugar, os dois vetores apresentados são definidos de modo imperfeito. Diplomacia presidencial não existe, conceitualmente. Existe, sim, a ação direta externa do mandatário-mor de um Estado, buscando aproximações com outros Estados -e esse foi o caso do Mercosul. O Mercosul não é resultado da diplomacia presidencial nem é hoje um projeto de governo. Trata-se de um projeto de Estado, comum aos quatro membros plenos. É dessa imanência que provém sua fortaleza e sua linha de continuidade. Uma ruptura ou um retrocesso do Mercosul poria em risco a estabilidade econômica e política dos contribuintes, pelo simples fato de representar o fracasso de um modelo bem-sucedido e autônomo de integração sub-regional. Em outras palavras: aos olhos da comunidade internacional, "aqueles latinos não conseguem mesmo fazer nada direito sozinhos".

Por outro lado, o vetor setor privado é uma realidade. O Mercosul econômico existe, seja para os investidores locais, seja para as transnacionais atuando na região. Para os empresários, o enfoque comercial é importante. No entanto importância maior têm os investimentos. O planejamento de investimentos considerando o espaço integrado do Mercosul está dado. Com ou sem governos, há um respeitável montante de capitais alocados para o Mercosul pensando no espaço integrado regional -e não somente voltado para o mercado do Brasil ou para o da Argentina.

Além disso, o editorial é extemporâneo: tanto na Argentina como no Brasil fatos e notícias da semana passada em diante apontam para uma mudança de atitude bilateral. O presidente De la Rúa acertou o rumo pró-Mercosul de sua gestão, afinando o discurso de sua equipe. O governo brasileiro nomeou um de seus mais experientes e respeitados funcionários, José Botafogo Gonçalves, embaixador extraordinário para assuntos do Mercosul. A criação do cargo por si só é sintomática da seriedade do governo brasileiro para com o presente e o futuro do Mercosul. As primeiras ações desse diplomata corroboraram as expectativas: o acerto do regime automotivo e a disposição de criar um tribunal de solução de controvérsias, durante encontro na semana passada em Buenos Aires, revolvem impasses que se arrastavam.

Já a partir de quinta-feira passada, o tom da imprensa argentina modificou-se. Os jornais do país, de quinta a domingo, davam conta de esclarecer a verdade da relação com o Brasil: não houve invasão de produtos brasileiros nem êxodo em massa de investimentos para o Brasil, após a desvalorização do real de janeiro de 1999. Editoriais e reportagens do "Clarín", "La Nacion", "Ámbito Financiero", "La Prensa", dentre outros, apontaram a firmeza do governo De la Rúa, pró-Mercosul; a positiva resolução das questões pendentes nas negociações recém-efetuadas; o exagero das alegações de certos setores, como calçados, frangos, siderúrgico; e o componente político doméstico, claramente apontando para um intento do Partido Justicialista, controlador do governo de Buenos Aires, de bombardear o equilíbrio do novo governo federal, da União Cívica Radical.

A reportagem comete, ainda, um exagero, ao referir-se à falta de comunicação entre o Itamaraty e os empresários. Um grande esforço vem sendo feito para aprimorar esse diálogo e progressos sensíveis têm sido alcançados. No âmbito do Mercosul, inúmeros encontros recentes juntaram representantes do empresariado e dos governos nacionais, e em todos eles o Itamaraty esteve presente.

As negociações em curso com o México -um país com o qual nossas relações foram virtualmente congeladas entre 1997 e 1998- foram retomadas graças à atuação do setor privado, em consonância com o Itamaraty. Essa atuação conjunta existe em todos os demais fronts de relacionamento econômico externo brasileiro: na OMC, com a União Europeia, na Alca. É certo que esse diálogo pode ser aprofundado e aperfeiçoado, mas é evidente a determinação da alta cúpula do Itamaraty em fazê-lo.

Existe hoje claramente consenso de que nos foros internacionais em que serão travados importantes debates sobre o comércio internacional a força de estarmos unidos em torno do Mercosul não é desprezível.

O governo brasileiro age bem ao concentrar esforços na manutenção do status quo e no aprofundamento e na expansão da lógica que inspirou o Mercosul. As condições micro e macroeconômicas e o momento político doméstico apontam e possibilitam concentrar baterias no front do comércio externo. É hora de impulsionar as exportações.

O Mercosul é instrumental para a consecução desse objetivo. Mas é apenas parte de uma estratégia, que deve contemplar a abertura de canais políticos e econômicos com outras regiões do mundo, alternativas aos Estados Unidos e à União Europeia. São regiões naturais de contato do Brasil o restante da América do Sul e, em menor grau, a América Central, o Caribe, o México e a África meridional. Parafraseando o intempestivo editorial, o maior perigo neste momento, como já se viu em outras situações de crise do Mercosul, é o de setores da sociedade brasileira tentarem obstar a saída pró-ativa do impasse com a desaprovação a iniciativas ainda mais ambiciosas, coordenadas com nossos parceiros e política, estratégica e economicamente acertadas.

*Folha de S.Paulo, 01.04.2000*

## A importância de coordenar nossos esforços de exportação

Participei recentemente (primeiro trimestre de 2000) de uma reunião de empresários que durante um final de semana discutiram formas de o Brasil ampliar sua atuação nas exportações. A principal sugestão foi a de criarmos no setor privado a Câmara de Comércio Exterior - CEMEX, que abrigaria todas aquelas instituições de diferentes grupamentos do setor privado que estejam ligadas ao Comércio Exterior, particularmente aquelas com maior ênfase na exportação. Foi muito bem recebida por todos presentes, inclusive por representantes do governo que estiveram naquele encontro. Aprofundando meu conhecimento nos últimos anos na questão dos desafios à exportação, surpreendeu-me a falta de coordenação do setor privado, sem uma organização que possa aglutinar os interesses dos diferentes segmentos da atividade econômica, seja em foros nacionais ou internacionais. Com isso, tenho observado que nossas postulações nem sempre são bem orquestradas e carecemos de um melhor posicionamento estratégico.

A CAMEX, que está agora nas mãos competentes do empresário Roberto Gianetti da Fonseca, é um foro governamental. O ideal seria que tivéssemos uma representação do setor privado naquele órgão interministerial. No entanto, funcionando também como árbitro em certas questões de comércio exterior, a presença do setor privado não é viável.

No entanto, nada impede que tenhamos uma representação que atuaria como um Conselho Consultivo, junto àquele órgão.

Por sua vez, os membros desse Conselho seriam indicados pela CEMEX e assim sendo, levariam quando solicitados, a posição do setor privado para as reuniões periódicas. Na CEMEX estariam representados a AEB, FUNCEX, as áreas internacionais das entidades de classe, a divisão internacional da CNI, e todas demais instituições que estivessem equipadas a contribuir para ampliar a posição do Brasil nos mercados externos.

O exemplo mexicano, em tal contexto, é bastante ilustrativo. Aquele país, ampliou sua presença no exterior marcadamente nos últimos 5 anos e deve ter ao final do ano em curso um comércio exterior que é três vezes o nosso.

Após décadas de economia fechada, com industrialização voltada para a substituição das importações e forte participação estatal na economia, o México iniciou um processo de abertura econômica e desestatização de empreendimentos produtivos na década de 80, cujo objetivo inicial foi o alcance da estabilidade macroeconômica, almejando o desenvolvimento social sustentado a médio e longo prazos.

Apesar de ser um país relativamente grande, a localização geográfica impõe ao México a condição de buscar entendimentos com a potência líder, os EUA. Esse entendimento foi consubstanciado pela vigência do Tratado de Livre Comércio da América do Norte, Nafta, em 1º de janeiro de 1994. O grande ganho do México obtido a partir da decisão de se proceder à abertura econômica e de buscar uma relação formalizada com os EUA decorreu da capacitação negociadora que os agentes econômicos mexicanos adquiriram. Governo e setor privado mexicanos tiveram que se preparar adequadamente para as negociações com EUA e Canadá, no âmbito do Nafta. Desenhou-se uma estratégia de organização do setor privado que prescindia das instituições formais, corporativas, cuja lógica burocrática cingia-se ao mercado doméstico.

Nesse esquema pontificava o COECE (Coordinadora de Organizaciones Empresariales de Comércio Exterior), cuja estrutura enxuta e flexível, atendia ao propósito de sua concepção: a articulação política interna ao setor privado e deste com o governo na preparação e na condução de negociações internacionais. Surgiu um esquema de atuação, o "cuarto al lado", que consistia na presença de um grupo técnico do empresariado junto ao local onde os agentes governamentais conduziam as negociações. Esse modelo foi reproduzido nas negociações com a União Europeia.

Essa capacidade de articulação e atuação externa conjunta governo-empresariado tem possibilitado ao México pôr em prática uma estratégia de inserção internacional em que pontificam os acordos de livre comércio (ALC) bilaterais. O México é hoje o país com o maior número desses acordos no hemisfério (pode-se postular que os mexicanos já tenham feito sua própria ALCA) e está por concluir um ALC com a União Europeia, além de sua participação na APEC.

O Brasil é o principal país de sua região, a América do Sul; é um país grande e que atua globalmente no comércio internacional, embora com participação reduzida. A experiência mexicana, originada da necessidade de negociar competitivamente com EUA e Canadá, pode muito bem servir de exemplo e modelo para a articulação governo-empresariado, condição necessária para a maior participação do Brasil nos mercados internacionais.

*USP – Carta Internacional, 04.2000*

## A dimensão das empresas na globalização

Em recente reunião com o ministro Alcides Tápias, quando se discutiu os grandes desafios da economia brasileira, lembrava a questão do porte das empresas que constituem o núcleo principal do nosso setor privado, comparativamente às multinacionais. A constatação não nos é favorável. Assistimos nos últimos anos em todo o mundo, um infindável número seja de fusões ou aquisições, formando grandes corporações em todos os setores de atividade, seja na área industrial ou de serviços, enquanto na nossa região essas operações são contadas a dedo.

Quais as razões a explicar que uma economia com o potencial da nossa, principalmente se considerarmos o Mercosul, ainda não tenha se posicionado mais agressivamente nesse processo universal? A recente fusão da Antártica e Brahma (julho de 1999), talvez seja a exceção a se registrar, e aqui, o que tem acontecido é a aquisição de empresas brasileiras, principalmente pelas multinacionais. Quais as resistências que enfrentam nossos empresários que, na maior parte identificam-se com os controladores, para não se unirem, preferindo vender as ações da maioria acionária para um estrangeiro? E por que a manutenção do controle é tão relevante?

Vejo duas razões principais a explicar esse quadro: uma é a natureza familiar das empresas nacionais, a outra é a dimensão do nosso mercado de valores mobiliários, reconhecidamente limitado quer para as emissões de ações ou de títulos de dívida de longo prazo. Temos aí, certamente um círculo vicioso: as empresas argumentam que não usam o mercado por sua diminuta escala. A baixa liquidez deprecia o valor relativo dos ativos nelas negociados. Por sua vez, os operadores de mercado e os intermediários financeiros em geral, argumentam que o mercado não se alarga pela insuficiente disponibilidade de ativos com liquidez realmente efetiva e que estejam disponíveis para os investidores em ações. A privatização que era vista como uma solução capaz de efetivamente alargar o mercado, tem se mostrado na prática aquém das expectativas. O aumento de ações colocadas à disposição dos aplicadores e o desdobramento verificado em alguns setores (principalmente telecomunicações e energia) foi sucedido por um processo de recompra por parte dos novos controladores, visando diminuir o custo de aquisições (o after market na maior parte dos casos, foi inferior ao preço de privatizações), com isso, buscando aumentar sua participação no capital total.

O mesmo fenômeno vem acontecendo com as empresas nacionais de capital aberto, cujo controle foi adquirido gradualmente ou por oferta pública, no mercado brasileiro. A lógica é a mesma. Não se constatam vantagens políticas em manter nesses casos o "status" de capital aberto, mesmo porque o custo de capital no nosso país é bem maior que nos mercados desenvolvidos. Assim manter a estrutura com acionistas locais a quem tenham que dar satisfações, lhes tira a liberdade de gerir a empresa de forma integrada, desejado pela controladora.

Os investidores institucionais (principalmente os fundos de pensão) que tomaram posições relevantes em empresas nacionais, também não tinham uma visão clara quando entraram nos leilões de privatizações, fazendo alianças circunstanciais que, mais tarde se mostraram problemáticas ou em alguns casos por participações cruzadas, até mesmo menos conflitantes.

Compondo esse processo, como já tivemos oportunidade de nos referir em outro artigo para a revista "Bovespa", aquelas companhias abertas que realmente querem e precisam enfrentar o desafio do crescimento, vêm optando por negociar suas ações no exterior, principalmente na Bolsa de New York, onde a grande liquidez existente cria condições para que suas ações tenham uma resposta nos preços dos seus ativos, mais condizentes com referências internacionais.

Quanto aos títulos de dívida de longo prazo, anos seguidos de inflação criaram uma mentalidade de curto prazo nos aplicadores, que deram clara preferência aos vencimentos mais imediatos. A concorrência do governo como grande tomador de recursos e sancionando taxas de juros que historicamente sempre foram muito elevadas, não permitiram também ao setor privado emitir títulos de longo prazo.

Convém também, não esquecer que as baixas taxas de crescimento da economia não vêm estimulando nos últimos anos que companhias brasileiras invistam para aumentar sua capacidade produtiva.

Portanto, é preciso que nossas autoridades e congressistas olhem com crescente atenção a necessidade de dotar o mercado de valores mobiliários dos instrumentos que permitiram a nossas empresas crescer, usando o mercado, e buscar a escala que o mundo globalizado está desvendando.

Vale por último lembrar que o grande fator a estimular o processo de aquisições e fusões nos mercados desenvolvidos foi o pagamento em ações e títulos da dívida da empresa incorporadora, ou daquela resultante do processo de fusão.

O BNDES pode ter a curto prazo um papel importante com os recursos que tem disponíveis para esse processo. No entanto, a solução passa necessariamente por um mercado forte, sadio e de porte para estimular investidores e empresas à utilizá-lo.

*Revista Bovespa, 05.2000*

## É preciso ampliar a diplomacia empresarial

A relação dos empresários brasileiros com a área externa, ou sua atuação na diplomacia empresarial, é recente, estando, portanto, ainda em fase de melhor estruturação. Quais as possíveis razões a explicar o distanciamento dos empresários dos temas ligados às nossas relações com o exterior? Sem querer ser exaustivo, poderia aqui relacionar alguns aspectos que, na minha percepção, são relevantes:

1. Vivemos até o início da década de 1990 em uma economia fechada. O protecionismo não criava condições estimulantes

para um maior relacionamento com o exterior. 2. Independentemente das tarifas elevadas, alguns setores especificamente foram vedados à participação do capital estrangeiro, inibindo assim um maior relacionamento externo. 3. A inflação esteve presente ao longo de boa parte das últimas décadas, o que criou uma geração de empresários obrigados a priorizar o curtíssimo prazo como mecanismo de sobrevivência. Internamente, o planejamento estratégico e uma visão externa não foram favorecidos. O dia a dia é que comandava a agenda empresarial. 4. O forte papel do Estado não abria espaço para uma maior atuação de interesses do setor privado na área internacional. Essa participação talvez estivesse mais ligada ao plano lobístico do que propriamente no sentido de investir recursos humanos e financeiros numa estrutura ligada ao setor externo. A exportação não constituiu atividade prioritária para grande parte das empresas brasileiras. 5. No campo das relações exteriores, o Itamaraty sempre soube zelar com muita competência por seu espaço, recebendo apoio empresarial, e não abrindo grandes oportunidades para um diálogo mais amplo com o setor privado fora da área comercial

Essa situação começou a alterar-se em meados da década de 1990, inicialmente focado pelo Mercosul e mais tarde pela ALCA. Talvez o Mercosul tenha sido assim, um divisor de águas, pois até então a diplomacia empresarial não tinha sido eficaz, se é que existia.

Efetivamente o que se comentou abertamente na época da assinatura dos Acordos que levaram à formação do Mercosul, seja inicialmente como uma Associação de Livre Comércio e posteriormente como União Aduaneira, é que a participação empresarial brasileira foi mínima. Empresários queixavam-se que conseguiam estar mais informados sobre o andamento das conversações por seus pares argentinos ou uruguaios do que por intermédio das autoridades brasileiras.

O entrosamento dos empresários da Argentina no período Menem e do México com seus respectivos governos foi muito mais intenso e estruturado do que no caso brasileiro. No caso do NAFTA, os empresários mexicanos tiveram uma atuação destacada em prol da assinatura do acordo. A matriz de informações montada para essa negociação permitiu constante troca de informações, facilitando um intercâmbio entre os negociadores oficiais e o setor privado, delimitando o que seria viável ou não, através da chamada "sala ao lado".

A iniciativa do NAFTA foi fortemente estimulada pelos empresários mexicanos que, inclusive, fincaram pé em Washington fazendo lobby junto ao Congresso Americano para que o acordo fosse aprovado. O mesmo esquema de atuação dos empresários repetiu-se no Tratado de Livre Comércio do México com a União Europeia. Ressalte-se que os mexicanos estão, até por sua proximidade geográfica com os Estados Unidos, muito mais avançados na estrutura de seus diferentes órgãos para participar do comércio exterior do que qualquer outro país latino americano.

A COECE – Coordinadora de Organizaciones Empresariales de Comercio Exterior, centralizou todas as instituições que lidavam com o Comércio Exterior, coordenando todo o esforço empresarial, em consonância com o governo. Aqui no Brasil os esforços ainda são dispersos no setor privado e o setor governamental tenta centralizá-los na CAMEX. Não é assim de estranhar que o México seja hoje, juntamente com a União Europeia e Israel, o país com maior número de Tratados de Livre Comércio (com 27 países) e que tenha aumentado sua participação nas exportações em relação ao PIB, que deu um salto de 13% em 1993 para cerca de 30% em 1999.

Existiriam outros fatores capazes de explicar o distanciamento dos empresários brasileiros dos temas internacionais e do comércio exterior fora aqueles já anteriormente apontados? Comumente é mencionado que nosso isolamento, devido à distância que nos separa do Primeiro Mundo, seria uma explicação adicional, como também o fato de que o tamanho do mercado interno brasileiro e seu potencial de crescimento monopolizaram as atenções dos empresários voltadas para a proteção do seu mercado e a manutenção do "market share". O lobby quando se tratava de assuntos relacionados ao mercado externo, era feito principalmente em Brasília e não no exterior.

Raras foram as ocasiões em que tomei conhecimento que empresários brasileiros acionaram advogados no exterior e empresas de lobby para cuidar de seus interesses junto a diferentes grupos. Essa situação só mostrou alguma inflexão nos últimos anos, principalmente após a criação da OMC, que veio alterar substancialmente as regras do jogo. As disputas recentes ocorridas em Genebra, acabaram sendo dominadas pelos advogados das partes envolvidas, normalmente estrangeiros, com acompanhamento por parte do setor governamental.

A ALCA foi também um importante marco no posicionamento dos empresários vis-à-vis os acordos internacionais. A marcação de uma data limite (2005) para que um Acordo de Livre Comércio fosse celebrado entre todos os países da América, é um importante referencial. Irá colocar-nos frente a frente com a economia dos Estados Unidos, a mais dinâmica e competitiva do mundo ocidental. Isso obrigou a um diálogo entre governo e empresários que até então não existia. Particularmente aqueles setores que se sentiram potencialmente mais ameaçados pela concorrência de produtos norte-americanos.

A abertura do mercado brasileiro verificada a partir de 1990, com uma queda substancial das tarifas e o regime cambial praticado pós-plano Real até o início de 1999, foram argumentos usados e abusados pelos empresários para justificar uma postura de ganhar tempo para estarmos em melhores condições de concorrer com chances razoáveis nesse novo cenário altamente competitivo, justificando assim, uma postura mais defensiva. O que constatamos é que a atitude empresarial (sempre com as exceções de praxe) foi ganhar tempo. Ficou claro o que os empresários não querem, porém, nossa agenda não é muito clara olhando o futuro.

Outra mudança de atitude verificada em passado recente está ligada ao processo contencioso que aconteceu na fase mais recente do Mercosul. Passada a fase de "lua de mel" que caracterizou o início do Mercosul com ampliação substancial das correntes de comércio entre os países membros, sobreveio um momento de estabilidade, logo substituído por uma fase crítica, acelerada pela decisão brasileira, em janeiro de 1999, de alterar a política cambial. O que assistimos nos meses seguintes foi a uma sucessão de medidas protecionistas e retaliatórias tomadas pelo governo argentino (em final de mandato) fortemente influenciado por alguns grupos industriais que se sentiram prejudicados pela concorrência dos nossos produtos. O governo brasileiro, através dos órgãos competentes, tomou as medidas que seriam cabíveis e conciliatórias, enquanto aguardava o resultado das eleições e o novo governo para retomar medidas mais construtivas.

O que se observou nesse período foi a determinação de diferentes setores nacionais, onde se concentraram os maiores problemas, de buscar o diálogo com a parte argentina e encontrar fórmulas conciliatórias de convivência.

Foi inequivocamente uma clara manifestação de diplomacia empresarial. Quando se esgotou o diálogo entre os governos, o setor privado entrou em campo para encontrar uma solução que, mesmo não definitiva, serviu para superar a crise.

Outras manifestações da diplomacia empresarial têm sido constatadas envolvendo principalmente empresas transnacionais. E o caso recente das discussões entre o Brasil e México no que toca à indústria automobilística, e, também, num processo mais longo e ainda sendo finalizado dentro do mesmo setor em relação ao Mercosul. Essas manifestações indicam que, devido ao cenário mundial e à estabilidade que alcançamos internamente, a situação está se alterando e assinala um momento de transição.

Vemos os empresários mais participativos e atuantes, e as constantes visitas de delegações internacionais depois da abertura da economia brasileira nos obrigam a uma atitude muito mais ativa. Com todas as dificuldades imagináveis, o FEME continua avançando (a resistência europeia à agroindústria ainda é o maior obstáculo) e a CNI e as Federações regionais têm sido palco de grandes debates sobre o tema da globalização. O espaço aberto pelas diferentes mídias para tratar de temas internacionais ligados à integração, é também muito significativo.

Em conclusão, não creio que haja dúvida, por tudo que descrevi, de que estamos vivendo um processo de mudanças. A exata dimensão do que está acontecendo é que não ficou ainda claramente evidenciada. No lado governamental, o Itamaraty está mudando. Essa mudança é fruto não só da alteração da conjuntura mundial, como também da criação da OMC, que gerou um maior contencioso (que está obrigando inclusive o Instituto Rio Branco a reciclar seus cursos) e à escassez de recursos orçamentários motivada pela política fiscal do governo.

O setor de promoção comercial reformulou sua estrutura operacional, mostrando maior agilidade e agressividade para abrir mercados até então pouco explorados ou mesmo inexplorados. No caso Embraer, ainda em curso, o Itamaraty cerrou fileiras junto à OMC para defender as políticas até então praticadas pelo PROEX. Não se negam a participar em todos os eventos organizados pelo setor privado onde a temática das relações internacionais esteja em foco.

No entanto, parece-me que estamos distantes de uma política estruturada e de total sintonia com o setor privado. As reações são fruto de situações específicas e, portanto, atendem a um quadro circunstancial. Não vemos uma linha de diálogo que, sem prejuízo de discutir questões emergenciais, defina claramente uma agenda de relacionamento do setor público e privado. O Itamaraty é extremamente seletivo no que quer mostrar e a quem quer mostrar. Percebe-se também, dentro do Ministério, posições de pessoas que são mais abertas ao diálogo, e outras que, ainda preferem manter uma posição de isolamento. Não se pretende que o setor privado invada funções do Estado, no entanto, esse relacionamento poderia ser menos casuístico e mais organizado.

O exemplo mexicano parece-nos evidentemente aplicável. O CEP – Comitê Empresarial Permanente, poderia desempenhar esse papel de um diálogo mais estruturado. No entanto, não está dando certo. As reuniões não têm a frequência necessária pois dependem da disponibilidade da agenda do ministro. Além disso, são muito espaçadas e acabam sendo mais informativas do que verdadeiros debates, e sua agenda fica dominada por assuntos daquele momento. Do lado do setor privado, a representatividade é variada, pois nem sempre aqueles convidados principais comparecem e os novos participantes não usam a oportunidade de forma mais conveniente, utilizando-se daquele foro para defender interesses específicos da sua empresa ou setor.

Nos eventos diplomáticos em Brasília, os empresários não são lembrados com antecedência e dificilmente lhes é concedido um espaço para um diálogo mais aberto com quem nos visita. Algumas embaixadas ou consulados no exterior ainda não estão estruturadas para dar o apoio necessário, seja logístico ou de informação, ao setor privado na abertura de novos mercados. Independentemente de uma melhor estruturação, um diálogo mais intenso do Itamaraty com o setor privado seria muito proveitoso para as duas partes. Por exemplo, estágios de diplomatas do Itamaraty em início de carreira em empresas que estejam relacionadas por suas atividades com o exterior seria uma iniciativa, sem dúvida de parte a parte, proveitosa.

Do lado do setor privado, como dissemos, estamos longe de contar com uma estrutura empresarial compatível com a dimensão da economia brasileira e seu potencial de internacionalização. O esforço de mobilização das pessoas, seja para eventos locais ou fora do país, não é compatível com a importância relativa. A representatividade é deficiente, seja em qualidade ou quantidade. Vale citar como exemplo as reuniões do WEF, que se realizam em Davos, e que têm sido pouco frequentadas por brasileiros. Nossa representação, se comparada, por exemplo, a da Argentina, México e Venezuela, segue insatisfatória.

Portanto, uma melhor estrutura de representação, maior investimento em recursos humanos, treinamento e informações, criação de canais permanentes de intercâmbio, diálogo, presença mais representativa em foros internacionais, parecem passos importantes a serem tomados.

*USP - Carta Internacional, ano VIII, nº 89 - julho 2000*

## Política externa e papel dos empresários

O que foram esses dois anos e meio do presidente Luiz Inácio Lula da Silva na área da política externa? A primeira e óbvia resposta tem de ser a sua atuação proativa. Quando se discutia a sucessão do presidente Fernando Henrique Cardoso, que marcou fortemente sua presença externa não só como ministro das Relações Exteriores, mas também como presidente da República em seus dois mandatos, a atuação do presidente Lula era vista principalmente voltada para temas internos.

Lembro-me de uma entrevista do vice-presidente José Alencar, imediatamente após a finalização da contagem das urnas, em que, questionado sobre qual papel exerceria, deixou claro que não imaginava que o presidente Lula fosse viajar com frequência ao exterior e que, assim sendo, com seu perfil mineiro de total discrição, não via muito espaço para substituí-lo e seria o de um grande torcedor. Estava enganado! Não só o presidente botou o pé na estrada, como se diz na gíria, como José Alencar esteve muito longe de ter tido um papel discreto, quer como vice-presidente, quer posteriormente como ministro da Defesa.

O G-20, o diálogo Sul-Sul, fortalecimento dos laços comerciais com países da América do Sul, a coordenação do Grupo de Amigos da Venezuela, a busca de um assento no Conselho de Segurança, o malgrado episódio da disputa da direção geral da OMC, o diálogo com países que estavam distantes do nosso cenário político e social e a presença no Haiti como uma força de paz, são alguns exemplos dessa posição mais proativa, inclusive a polêmica concessão do "status" de economia de mercado à China.

A abertura de tantas frentes simultâneas, com uma limitação de recursos e de pessoal (mesmo com a qualidade do Itamaraty), foi comentada como prejudicial à nossa atuação em objetivos prioritários, como seria a questão do Mercosul, que passa por mais uma difícil fase, particularmente no que toca o diálogo com a Argentina.

Como ficam, nesse contexto, as emperradas negociações da Alca, bem como do Mercosul e da União Europeia? Critica-se também a questão obsessiva com que o Brasil busca um assento no Conselho de Segurança das Nações Unidas. O ativismo nos contatos com países do Oriente Médio e africanos teria basicamente esse objetivo.

Qual o objetivo maior de uma política externa? Marcar uma maior presença no cenário internacional para fazer corresponder ao nosso destino de grande nação e afirmação de grande potência? Ou, ao buscar uma política mais agressiva, facilitar e atrair fluxo de investimentos e maior comércio?

A atuação agressiva na área externa, que alguns entendem ter uma vertente mais de Terceiro Mundo, foi vista como contraponto a uma política econômico-financeira extremamente ortodoxa. A alternância de bons e maus momentos na relação com os Estados Unidos deve agradar às alas mais radicais do PT, não havendo também alinhamentos automáticos com a União Europeia.

O fato é que as críticas ao governo têm sido centradas na questão da política interna econômico-financeira. Somente aqueles mais voltados às questões relevantes da política externa têm levantado dúvidas sobre nossa atuação.

O ativismo empresarial é uma constante que marca esse novo cenário, seja por maior presença na área externa (empresas brasileiras investiram cerca de US$ 10 bilhões no exterior), por atuação na OMC (algodão e açúcar) e pressão de seus interesses junto às autoridades. A atuação do governo junto à OMC foi determinante na obtenção dos resultados, mas não foram pequenos os custos com a representação e a mobilização de interesses dos setores diretamente envolvidos.

Os resultados que vêm sendo obtidos na área externa, particularmente nas exportações, devem-se principalmente a uma posição mais agressiva dos empresários nacionais e das multinacionais, usando o país como plataforma de exportação, à continuidade de políticas de governos anteriores e à atuação de dois ministros oriundos do setor privado.

Finalmente, a questão da liderança do Brasil na região é um outro ponto controvertido. Quais as contrapartidas para exercer o papel de líder? Está provocando ressentimentos e distanciamento de parceiros tradicionais como a Argentina e o México? Algumas lideranças empresariais desses países com quem tenho estado dão mostras de uma certa inquietude com a agressividade brasileira e comentam, à boca pequena, que nos está faltando uma certa humildade e olhar um pouco mais para nossos problemas internos, sejam sociais, sejam de segurança e de meio ambiente, para citar os mais evidentes.

Ao terminar, lembraria o que Olavo Setúbal, nosso chanceler durante 11 meses, registrou durante sua passagem no Itamaraty: "A visão democrática projetada internacionalmente nos levou a uma reflexão crítica sobre o próprio sistema mundial de poder. Hoje, podemos reivindicar uma maior justiça na ordem internacional, a eliminação da miséria e do subdesenvolvimento, a diminuição das desigualdades entre os países, pois a dimensão social passou a ser também internamente um elemento importante de nossas políticas". Como se constata desde 1985, já marcamos uma posição diferenciada no cenário internacional.

*Folha de S.Paulo, 30.05.2005*

## As minhas impressões sobre a economia do Vietnã

Fazia algum tempo que alimentava a ideia de visitar o Vietnã e o Camboja. O primeiro pelo espetacular crescimento econômico dos últimos anos e o segundo pelo interesse em conhecer as ruínas de Anghor Wat, consideradas, justificadamente, uma das 7 maravilhas do mundo. A convocação da 10ª reunião anual dos curadores do IASC Foundation, realizada em Tóquio nos dias 19 e 20 de janeiro de 2007, ofereceram-me o pretexto de esticar minha viagem por mais alguns dias e assim poder visitar aqueles países. Por questões de espaço limito-me a concentrar meus comentários no Vietnam, que alguns analistas internacionais acreditam que continuará crescendo a taxas compatíveis com as da China. No ano passado cresceu 8,4% e até 2020 planeja deixar o grupo dos países em desenvolvimento. O país tem uma população de 84 milhões de habitantes que estão bem distribuídos num país de 329,247 km$^2$, onde suas principais cidades: Hanói, capital política, e Ho Chi Min City (ex-Saigon), capital econômica, tem uma população em torno de 4 milhões de pessoas. Portanto, para comparar, lembra um pouco Xangai, na China, há uns 20 anos.

O Vietnã, no que toca ao mercado de capitais, está passando por um movimento expansivo e de grande especulação em Bolsa. Os índices de mercado tiveram um crescimento espetacular e as informações disponíveis mostram que há uma grande quantidade de investidores aplicando em ações sem uma base de conhecimento razoável e do risco que estão assumindo. Para que se tenha uma ideia, em dezembro a relação preço/lucro das ações negociadas na HCM City Securities Centre era de 38 vezes. Em outras Bolsas da região estava entre 10 e 17 vezes. Os pequenos aplicadores queixam-se de que não são atendidos de maneira apropriada, enquanto há fundamentadas queixas com operações de "insider trading". A propósito, lembrei-me da crise que vivemos no Brasil a partir de 1971 com perversas consequências. Investidores estrangeiros também têm participado desse boom especulativo, muito embora não possam adquirir mais de 49% do capital das sociedades negociadas em Bolsa.

Já que falamos em China, um recente artigo no "Wall Street Journal" chamava atenção de outra bolha que possivelmente estaria se formando. Essa ainda mais preocupante. As próprias autoridades chinesas têm alertado investidores quanto aos riscos envolvidos. Assim, nesses dois mercados pouco sofisticados onde os reguladores ainda têm poderes limitados e os investidores são detentores de altas taxas de poupança, os riscos, pelo que pudemos registrar, são elevados. Esperemos que essas preocupações sejam absorvidas pelos mercados que venham a passar por reajustes não traumáticos. De qualquer maneira, lembrando-nos de 1997, quando estourou a crise na Tailândia, e que repercutiu em outros mercados asiáticos, é bom acompanhar de perto o que estará acontecendo nesses mercados emergentes para não sermos surpreendidos. Felizmente, hoje creio que nossa situação, sob todos aspectos, seja bem diferente da posição vulnerável que nos encontrávamos naquela época. No entanto, repetimos, é bom ficar atento e ressaltar as diferenças existentes.

Adicionalmente às minhas primeiras impressões sobre o Vietnã e o Camboja, onde estive entre 19 e 29 de janeiro, registro aqui algumas informações e impressões adicionais sobre o Vietnã. O país tem uma população acima de 84 milhões de habitantes, com um PIB de US$ 235 bilhões. Seu crescimento estimado para 2006 foi de 8,4%. Tinha uma taxa de inflação alta, na casa dos 8,3% e uma balança de comércio deficitária (em junho de 2006): exportações de US$ 32,3 bilhões e importações de US$ 36,8 bilhões.

Vale lembrar que estão em 20º lugar entre os maiores produtores de café, depois do Brasil. Faz fronteira ao norte com a China, ao sul com o Camboja ao centro com o Laos, muito embora tenham também grande proximidade com a Tailândia que historicamente sempre teve uma forte atuação sobre o país no plano político e econômico.

Além do café, o Vietnã é grande exportador de arroz, petróleo, vestuário e pescados. Hoje, os Estados Unidos é o principal parceiro comercial. O vietnamita é a língua oficial. O inglês é adotado nas escolas e o francês está em queda. O budismo é a religião prevalecente. Igrejas católicas são raras. O partido comunista é majoritário e tem forte influência sobre a mídia. O Ministério da Cultura e Informação controla os meios de comunicação. Os jornalistas que não respeitam as limitações, são fortemente punidos.

A questão da corrupção esteve sempre presente em todos os diálogos mantidos. Antes mesmo de perguntado, os meus guias, nas diferentes cidades onde estive, chamaram atenção para esse problema endêmico. Pelo que entendi, sem entrar em maiores detalhes, a escala de corrupção, inclusive de membros do governo, nos colocaria na posição de iniciantes.

A política de desenvolvimento traçada para o período 2001 2010 pelo partido comunista, tem como objetivo básico acelerar a industrialização e modernização dentro de um regime socialista. O objetivo buscado é o de criar condições para que o Vietnã seja um país industrializado em 2020. Com esse objetivo, querem criar, paradoxalmente, uma economia de mercado com instituições alinhadas com o socialismo, buscando liberar as forças da produção e expandir o mercado interno, e ampliando a atuação no exterior. As prioridades são desenvolver recursos humanos com foco no treinamento e na educação, ciência e tecnologia, renovar a organização e o financiamento do sistema político, principalmente por meio de uma reforma administrativa. Nesse contexto, o objetivo é manter uma poupança interna no mínimo em 30% do PIB.

O sistema bancário é pouco desenvolvido. Fazer empréstimos bancários não é uma prática habitual. Nas cidades que visitei não se nota uma presença marcante de instituições bancárias. De qualquer forma, a presença de bancos estrangeiros é vista de forma afirmativa como um catalizador de competição, aumentando a eficiência do sistema nacional. Uma lei sobre valores mobiliários aprovada em janeiro de 2007 é vista como fator de estímulo à ampliação do número de empresas negociadas em bolsa e de sociedades que negociam títulos mobiliários. No presente, o Vietnã tem 50 empresas de valores operando que representam um acréscimo de 35 em relação a 2006. É obrigatório um capital mínimo. Os critérios para novas companhias no mercado têm sido ampliados, mas houve questionamento quanto à sua eficácia. Capitais mínimos foram definidos e buscou-se maior transparência e publicidade de atos corporativos. Proteção a minoritários, no caso de fusões, também estão presentes.

A história do Vietnã é marcada pela guerra contra nações colonizadoras. Em 1858, o Sudeste asiático foi conquistado pela França, fazendo parte da Indochina francesa. Em 1954, o líder comunista Ho Chi Min derrotou os franceses, e o país foi dividido, pelo tratado de Genebra, em Vietnã do Norte, comunista, e do Sul, capitalista.

Nos anos 60, os EUA já apoiavam economicamente o Vietnã do Sul e passam a atuar militarmente na guerra contra o avanço comunista do Norte. Em 1973, os americanos abandonam a região, um tratado de paz é assinado e o Vietnã volta a se reunificar, sob o regime comunista de Ho Chi Min. Mas o país teve um pífio desenvolvimento, o que levou o governo a adotar reformas capitalistas em 1986, dando dinamismo à economia, baseada nas exportações e commodities. A entrada do Vietnã na OMC é uma das reformas que flexibilizaram o regime econômico do país. Nos diferentes contatos que mantive durante minha visita vários interlocutores sempre deram grande ênfase a esse fato.

Visitei suas grandes cidades: Hanói, Da Nang (Hoi Na), Cidade Imperial e Ho Chi Min (ex Saigon). A impressão mais marcante de quem viaja pela primeira vez ao Vietnã é o caótico tráfego de motonetas, motocicletas e similares. Nos perguntamos como um sistema tão desordenado de tráfego pode funcionar (o número anual de acidentes com morte é muito elevado!).

Os vietnamitas são abertos e simpáticos. Contrariamente ao que vi no Camboja, não vi pedintes de esmola nem miséria nas ruas. Percebe-se um povo trabalhando febrilmente. As construções não param durante o fim de semana!

Estive na China há 12 anos pela primeira vez. A impressão que me causou o Vietnã foi a mesma da China desse período. Inclusive, Ho Chi Minh, com duas lojas de departamento nos padrões ocidentais e uma rua de comércio com lojas de grife (Vuitton, Gucci, entre outras) lembra a Xangai daquela época.

Creio que vale a pena acompanhar de perto a evolução do Vietnã. A confirmarem-se os prognósticos, é uma China em potencial, porém em outra escala. Nossas exportações dobraram em 2006, mas pelo que pude perceber há potencial para ampliação. Investimentos localizados em setores específicos não podem ser desprezados.

*Perspectiva, 02.2007*

## Os perenes desafios para a América Latina

Em reuniões recentes com personalidades de grande conhecimento e vivência sobre América Latina, discutimos seus desafios nesse novo contexto pós-crise 2008. Quais os pontos em que parece haver uma certa concordância? Quais as divergências?

Talvez valesse a pena salientar inicialmente que cada vez fica mais claro que não existe total identificação entre os países da nossa região. Diferentes políticas implementadas, particularmente nos últimos de 10 a 20 anos nos tem diferenciado. Sua integração e o grau de sua dependência do comércio internacional são bem distintos. Para citar um exemplo, o Brasil e Argentina são muito mais dependentes da China que o México, muito ligado ao comércio com os EUA. O comércio intrarregional também tem se alterado substancialmente, haja vista as restrições impostas pela Argentina em suas importações. Essas restrições ampliariam as dificuldades para a consolidação de acordos comerciais, particularmente das uniões aduaneiras, como é o caso do Mercosul. As mudanças econômicas que já experimentaram na última década, e as que estamos vivenciando, nos levam a considerar que até 2030 indicará uma região cada vez mais diferenciada entre seus países!

Nossa região também vive mais de um tipo de democracia. Não podemos dizer que a democracia praticada no Brasil e Chile seja exatamente a mesma que vemos na Argentina e Venezuela, por exemplo! Há um consenso que democracia não implica exclusivamente eleições livres. É muito mais do que isso! O populismo, com diferentes nuances, continuará sendo um fator? Demandas das nossas sociedades que não poderão ser atendidas a curto e médio prazos vão dar margem a líderes populistas se projetarem? Frustração com seus governantes terão possíveis consequências políticas? Manifestações públicas agressivas?

Também, ainda não está muito claro qual será o impacto final da crise europeia, e a emergência dos países asiáticos, particularmente a China, na região.

Será que vamos ter instituições que terão regras próprias e que estão muitas vezes acima das legislações dos países com que operam ou estão presentes? Foi lembrado o caso da FIFA. Portanto, a democracia futura terá novas vertentes que irão ajustar-se a novas realidades que estamos experimentando.

A partir desses complexos cenários e de mudanças em curso, como as instituições que já conhecemos e que foram a base das democracias ocidentais, vão comportar-se? Foi levantado que as mídias sociais (Facebook, Linkedin, Twitter, Google e outros) terão enorme impacto nas instituições já existentes.

Também, qual o papel que a ciência e a tecnologia continuarão representando no desenvolvimento da região? Nesse quadro todos estão de acordo que o problema crucial continua sendo a educação que tem muito a ver com a nossa baixa produtividade.

Não adianta reclamar da globalização que é uma realidade e não ideologia. Veio para ficar e não se pode dizer que foi uma conspiração dos países ricos. Vamos ver o que ela nos oferece de positivo e tirar possíveis vantagens.

Qual o papel das instituições financeiras nesse cenário e das instituições multilaterais? Serão atores no processo de desenvolvimento e integração?

Justificam-se a criação de novas instituições de apoio à região. Foi lembrado simultaneamente nesse segmento, não só por causa da eleição de um papa argentino, o papel da religião, e, também, os valores de cada de nossos países afetados pelas mudanças. Falamos de cidadania, enfim, a questão de que tipo de sociedade estaremos vivendo!

Voltando a democracia, vamos viver uma democracia plesbicitaria em que qualquer tema é levado separadamente para ser decidido pelos cidadãos. Como acontece na Suíça? A democracia representativa ficará mais enfraquecida?

Por último não foi esquecida a questão migratória. A crise a partir de 2008, afetou definitivamente os ciclos migratórios. Muitos latinos estão voltando a seus países de origem e já vemos estrangeiros buscando oportunidades em nossa região, como estamos vendo no caso de espanhóis e italianos, em muitos casos acompanhando o investimento de seus países.

Os EUA efetivamente mudarão sua política a respeito? Como sua presença afetará valores locais? Serão colocadas barreiras para sua entrada? Como se pode concluir, são muitas as incógnitas e desafios, mas de qualquer forma, há um consenso que as economias-finanças dos países estão em bom estado. Também, vantagens comparativas e competitivas como água, energia e produtos agrícolas continuarão fazendo a diferença!

*Atualidades, 27.03.2013*

## O Brasil tem de descobrir o mundo

Em julho de 2008 escrevi artigo sobre os desafios de nossa política externa para o próximo decênio. Lembrava que o mundo passava por processo de transição, com a China em destaque, e os países da Ásia marcavam forte presença no cenário da globalização. Alertava para a fraqueza de lideranças mundiais, a questão energética não equacionada, e os desdobramentos da crise financeira. O cenário internacional iria requerer, como efetivamente vem ocorrendo, um constante acompanhamento.

Do ponto de vista do Brasil, alinhei dez pontos que seriam determinantes para a atuação de nossa política externa no seguinte decênio, 2008/2018: 1. Mercosul; 2. Consolidação da posição de amizade e diálogo aberto com os demais países da América Latina, e particularmente na América do Sul; 3. Amazônia; 4. Relacionamento com os Estados Unidos; 5. Relacionamento com a China; 6. Como lidar com o nosso maior protagonismo; 7. Diplomacia Empresarial; 8. Multinacionais brasileiras; 9. Questão Ambiental; 10. Maior engajamento da sociedade nos temas internacionais

Passados seis anos, não creio que os temas então levantados tenham perdido sua atualidade. Em sua grande maioria continuam na ordem do dia!

O Mercosul certamente é um dos mais relevantes. As dificuldades pelas quais a Argentina passa tem interferido diretamente em nossas relações bilaterais e na própria relação de seus países membros, quer no campo político, econômico ou institucional.

Um possível acordo de livre comércio com a União Europeia, que se discute há mais de dez anos, tem encontrado em nossos vizinhos do sul enormes obstáculos. Perde-se assim uma excelente oportunidade de realizar um acordo que, se bem construído, nos seria vantajoso.

Discute-se no setor privado se não seria mais producente reverter o Mercosul a um Acordo de Livre Comércio, abrindo mão assim da União Aduaneira, hoje cheia de exceções. Resta saber como esse processo seria conduzido, considerando o interesse de todas as empresas que a ele se associaram, dentro da lógica da união aduaneira, que lhes oferecia proteção contra a concorrência mundial nem sempre equitativa.

Quanto a consolidação de nossa posição na América do Sul, convivemos com países associados que rezam por outra cartilha e veem no bolivarismo a melhor forma associação para os países da região. Cria-se convívio difícil, pois regimes de mercado, abertura, liberdade da imprensa não coexistem com países onde essa situação se não é proibida é bastante afetada.

Com a Venezuela e Argentina vivendo cenários de crise, a situação se complica ainda mais!

Fato novo nesse cenário da região está a criação da AP (Aliança do Pacífico) que agregou Colômbia, Chile, México e Peru num projeto de integração bem mais ambicioso e harmonioso do que o Mercosul. Este por sua vez, vem demonstrando interesse em alguns tipos de aproximação com a AP que possa favorecer nossa maior presença no comércio mundial via Pacífico.

Mais recentemente, Equador e Chile assinaram acordo bilateral como parte de um plano que tem como objetivo criar um sistema de integração elétrica nos Andes. Esse sistema também incluiria a Bolívia, Colômbia e Peru, com o objetivo de estar em funcionamento em 2020. O acordo incluiria a aceleração da infraestrutura e mecanismos regulatórios que facilitassem a integração elétrica. Em geral, o anúncio dessa associação foi bem recebido pois, permitiria beneficiar economicamente o lado da demanda e oferta, diminuindo custos e trazendo benefícios ambientais. Assim, de uma forma ou outra, associações estão acontecendo sem a nossa presença.

O terceiro ponto é a Amazônia, que continua presente nas preocupações de analistas políticos internacionais preocupados com o desmatamento e questões ambientais. A questão da água ocupa fator de grande relevância em vista da consciência crescente que será cada vez mais um bem escasso.

Quanto ao relacionamento com os Estados Unidos, houve sensível esfriamento em nossas relações com a divulgação do acesso a conversas privadas de autoridades brasileiras e, também, de empresa estratégica por órgãos de inteligência americana, espionagem que o Brasil e outros países repudiaram com firmeza. Com isso, uma visita de Chefe de Estado de nossa presidente aos EUA foi cancelada e até agora não remarcada.

Do ponto de vista dos Estados Unidos, todos os depoimentos que recebemos indicam que a América Latina continua cada vez mais fora do radar das prioridades do seu governo. Os desafios que o presidente Barak Obama e seu governo têm em diferentes frentes externas, bem como sua perda de popularidade, podem explicar essa situação. Nas relações comerciais do Brasil com os Estados Unidos, mantemos uma boa presença, e muito embora a China em alguns momentos tenha superado os norte-americanos, continuamos a ser parceiros importantes.

O déficit comercial brasileiro com os Estados Unidos caiu 25% entre janeiro e agosto de 2014, saindo de US$ 7,7 bilhões para US$ 5,8 bilhões. É o segundo maior destino das exportações brasileiras com US$ 17,7 bilhões, ultrapassando Argentina com U$ 9,8 bilhões. O primeiro maior destino é a China. As vendas aos Estados Unidos poderiam ser maiores, porém está havendo um desvio de comércio devido a acordos comerciais com países vizinhos.

Quanto à China, diagnosticamos um tratamento inadequado, não compatível com sua crescente importância no cenário mundial. Aquela grande nação é um enigma que ainda não conseguimos decifrar. São importantes parceiros comerciais, grandes compradores de nossas commodities minerais e agrícolas e sua participação em nossas transações é fator determinante em nossa balança de comércio exterior.

Gradativamente os chineses também tem marcado sua posição como investidores estrangeiros. No período 2007-2013 os investimentos chineses anunciados no Brasil são estimados em US$ 56,5 bilhões, sendo que a metade já estaria confirmada. São 73 projetos, 23 anunciados e 50 confirmados. Os principais setores foram: automotivo, equipamento e maquinário e petróleo/gás.

Como dizia há oito anos, o diálogo com a China tem que continuar ocupando importante espaço na agenda internacional.

O protagonismo internacional que marcou a presidência de Fernando Henrique Cardoso e Luiz Inácio Lula da Silva, diminuiu sensivelmente no atual governo. Nossa presidente não é uma personalidade que tenha marcado presença no cenário internacional e, consequentemente, tem sido constatado que o Itamaraty perdeu relevância no campo externo. Nem mesmo em nossa região essa presença tem apresentado destaque, e quando aparecemos, são mais de apoio a iniciativas de outros países e sem tomar liderança do processo.

Continuo, até pelas razões anteriormente expostas, dando grande ênfase a uma maior relevância da diplomacia empresarial. Creio que alguns temas, que inclusive ultrapassam as barreiras do Mercosul, deveriam contar a participação ativa dos empresários no processo decisório, não apenas em temas relativos aos seus próprios interesses diretos como também aos coletivos do país. Foros adequados poderiam ser reativados.

E o que dizer das multinacionais brasileiras? Arrefeceram seu arrojo após a crise financeira de 2008, mas gradualmente voltaram a marcar maior presença no exterior. Dois fatos importantes merecem ser lembrados: a taxa de câmbio, favorecendo investimentos no exterior; e o baixo crescimento da economia interna que serve de estímulo para a busca diversificada em mercados externos que apontam cenários mais positivos de crescimento.

O governo não tem estimulado esse tipo de aplicação, a não ser para alguns setores privilegiados, como o da construção e alimentação que ficaram isentos de uma tributação de lucros gerados no exterior.

Quanto ao tema ambiental quero crer que as questões climáticas estejam acendendo uma luz vermelha nas preocupações dos grandes líderes mundiais. A experiência que estamos vivendo no Brasil, com a falta de chuvas, é bem exemplificativa.

A questão somente é debatida em momentos de crise e nos esquecemos de que o tratamento que a ela deve ser dispensado não deveria ser uma política de governo, mas sim uma política de Estado, tal como a questão da educação.

Finalmente, em 2008 falei sobre a necessidade de um maior engajamento de nossa sociedade nos temas internacionais. Nessa área muito pouco, ou quase nada, temos a acrescentar. Nosso Congresso continua mergulhado em temas internos e paroquiais, refletindo talvez a posição presidencial de distanciamento do cenário internacional. Agora mesmo na campanha de candidatos à Presidência, o tema da inserção do nosso país no cenário internacional passa ao largo!

É uma lástima, pois repito que um país como o nosso não pode, e nem deve estar alheio a fatos que poderão, direta ou indiretamente, nos afetar, e deve-se discutir com a necessária intensidade nossa posição. Isso se aplica também a ONGs e outros grupos que deveriam olhar esse cenário mundial e mirar nossa situação. Isso deveria ir desde acordos comerciais até conflitos internacionais, onde não podemos prescindir a dar nossa posição.

Complementando os comentários anteriores, gostaria de deixar registrado que o país não pode continuar distante de acordos bilaterais internacionais de comércio. A espera de um acordo multilateral liderado pela OMC parece cada vez mais distante. Estamos perdendo espaços importante para implementar acordos bilaterais como o fizeram Chile e México.

O Mercosul continua sendo um obstáculo para que esses acordos sejam negociados. Temos que encontrar mecanismos que nos permitam essa liberdade mesmo que tenhamos que rever o acordo.

O país precisa firmar suas convicções numa economia de mercado com um viés de benefícios sociais e diminuição das desigualdades. A intervenção do Estado deve limitar-se exclusivamente a áreas onde temporariamente o setor privado não possa atuar. Vínculo com países da região, que não se regem por tais critérios, devem ser limitados a relações comerciais essenciais.

Deve-se buscar uma aproximação com a Aliança do Pacífico, em termos de acesso a seus participantes. O projeto de ter uma América do Sul unida pelas mesmas políticas e ideais parece distante em vista das diferenças de percepção e de políticas pelas quais os países são regidos.

Na Amazônia, uma política eficaz contra o desmatamento deve ser prioritária. Seja isoladamente como país ou em associação a todos os países que conosco compõem a Amazônia, não devemos dar nenhum pretexto para que sejamos atacados, quer por negligência ou por tolerância. Estímulos ao povoamento da região devem ser defendidos, assim como a melhoria nos serviços de saúde e de educação.

Nossa política externa deve priorizar relações com os Estados Unidos e China, sem distinção. No caso norte americano, nunca esquecer que somos parte da América e que, portanto temos que nos entender bem, quer com os vizinhos do extremo norte e do sul. Para isso, os Foros de debate que incluam representantes do setor privado público devem ser incentivados, pois podem, e devem, desempenhar importante papel na relação bilateral. Teremos que superar a questão da espionagem de uma maneira que não implique uma relação entre desiguais. Diria o mesmo em relação à China! O que ouço daqueles que estão mais próximos desse relacionamento bilateral, é que precisam buscar um maior entendimento e compreensão de parte a parte. Certamente não é um processo fácil, por questões culturais e de forte presença do Estado na China, que tornam a busca de entendimento bem mais complexa. Algumas iniciativas com o Instituto Confúcio na FAAP merecem ser estimuladas e replicadas. Insisto que a participação empresarial deve ser estimulada.

Quanto ao protagonismo externo, não podemos ficar alheios a debates que nos são muito caros, principalmente aqueles da nossa região, o Itamaraty deve ter seu foco principal em temas que nos afetem diretamente e seria desejável um diálogo permanente com o setor privado para que houvesse harmonia de interesses e de total solidariedade em posições assumidas. Um Comitê Empresarial Permanente reunindo lideranças empresariais com o Ministério das Relações Exteriores, e que existiu no passado, poderia ser revisto. Isso também abarcaria os representantes dos políticos no Congresso, principalmente aqueles das Secretarias de Relações Exteriores do Senado Federal e da Câmara dos Deputados.

Essas ideias se inserem no contexto da Diplomacia Empresarial. É extremamente desejável que em alguns temas mais sensíveis o governo e os empresários trabalhem a 4 mãos.

O governo também não pode punir e criar dificuldades para uma maior presença no exterior. Sei que na fase atual, falar em incentivos parece descabido, mas também tributar lucro de empresas brasileiras que operam fora de nossas fronteiras é desestimulante.

Finalmente, na questão ambiental, o país não pode deixar de ser um protagonista importante nas discussões como o foi no passado. Nossos interesses são de tal ordem que temos que estar na linha de frente dessa temática.

Bato novamente na tecla que no mundo globalizado não podemos ficar isolados. O Brasil tem de adotar uma visão ampla, abrangente, que nos permita fazer escolhas que acelerarão nosso desenvolvimento.

*11.09.2014*

## O pêndulo da América Latina

Os próximos 18 meses (meados de 2006), seja do ponto de vista econômico ou político, serão de grande relevância para a América Latina. No aspecto econômico, será fundamental a possibilidade de consolidar os avanços experimentados em 2004, ano em que Brasil, Argentina, Peru e Venezuela tiveram bom desempenho. No campo político teremos um período de efervescência. Não que tenhamos tido recentemente céu de brigadeiro, mas a proximidade das eleições em diferentes países esquentará os debates.

Recordemos o calendário das eleições presidenciais: Chile, em dezembro deste ano (2005); Peru, em abril de 2006; Colômbia, em maio de 2006; México e Venezuela, em julho de 2006; Equador e Brasil, em outubro de 2006.

Lembremos, de início, que acabou de tomar posse no Uruguai um homem de esquerda, Tabaré Vázquez, quebrando a hegemonia de Blancos e Colorados, que dividiam o poder havia quase uma eternidade.

Vivemos uma situação de grande incerteza e crise de governabilidade na Bolívia. O presidente Carlos Mesa apresentou sua renúncia ao Congresso, que não foi aceita, mas seus opositores, liderados por Evo Morales, que representa o importante sindicato dos cocaleros, não dão nenhuma indicação de que se conformarão com a situação, e seguem os bloqueios nas estradas. A tentativa de antecipar eleições foi rechaçada.

O presidente Kirchner, na Argentina, fortalecido a curto prazo pelo reescalonamento da dívida, não aparenta abandonar posições que sustentam sua popularidade. Abriu uma luta contra a Shell devido ao aumento do preço da gasolina. A questão inflacionária na Argentina vai tomar maior dimensão no curto prazo.

Quanto a Hugo Chávez não há muito mais o que falar. Em recente reunião em Caracas, à qual compareci, um "politicólogo" de reputação deixou claro que, na sua opinião – e na de muitos outros analistas –, Hugo Chávez não é unicamente um problema da Venezuela e sim de toda a América Latina.

Será mesmo?

O fato é que o presidente da Venezuela tem provocado verbalmente cada vez mais os Estados Unidos. Até que ponto quer chegar? A encomenda de armamentos (fuzis da Rússia) criou preocupação nos Estados Unidos.

No Peru há o temor da volta do populista Alan Garcia (presidente em 1985 e 1990, antecedeu Fujimori), hoje o principal político da oposição e que perdeu por pequena margem a eleição anterior para Alejandro Toledo -este com baixíssima aprovação, malgrado os números macroeconômicos do país serem positivos.

No cenário das eleições de 2005, os chilenos provavelmente elegerão um candidato da "concertación", devido ao bom desempenho de Ricardo Lagos. As pré-candidatas Michele Bachelet e Soledad Alvear são vistas com muita chance. Na Colômbia, no ano que vem, Álvaro Uribe tem grande chance de se reeleger. O Congresso abriu essa possibilidade, que não estava prevista na Constituição. Agora cabe à Suprema Corte referendar. Ele tem um apoio de aproximadamente 70%.

No México, o prefeito da Cidade do México, López Obrador, do Partido Democrático Revolucionário, é outro líder populista e que tem grande apoio na capital. Teria hoje cerca de 40% dos votos. No entanto sua candidatura corre o risco de ser impugnada. O PRI (Roberto Madrazo deve ser o candidato) e o PAN (partido do atual presidente, Vicente Fox) apresentarão candidatos, e certamente haverá uma eleição bastante disputada.

Finalmente, aqui no Brasil, a menos que haja uma alteração substancial no quadro externo ou um novo improvável descarrilamento da economia, as chances do presidente Lula de se reeleger são grandes, pois ele mantém índices elevados de aprovação, embora ainda muita água vá passar por baixo da ponte.

Qual a posição dos Estados Unidos em relação a nossa região após a reeleição do presidente Bush?

As indicações até o momento não sinalizam nenhuma modificação de curso, e sim uma reafirmação de políticas do primeiro mandato. Portanto a questão da segurança continuará com a primazia. O multilateralismo não parece estar priorizado na agenda. Mesmo considerando um certo distanciamento (alguns preferem "desinteresse") dos temas de nossa região - a exceção será a questão da segurança na Colômbia - e com relações estremecidas com a Venezuela, certamente a relação com o Brasil ganha maior dimensão.

Malgrado algumas provocações ou colocações que poderiam ser mal interpretadas, o diálogo flui. As negociações sobre a Alca não podem se desviar de uma discussão que esteja ligada exclusivamente à defesa de nossos interesses comerciais.

No geral, a posição do nosso país tem sido de equilíbrio nas questões mais polêmicas; temos atuado como moderadores em discussões envolvendo países da região em algum tipo de litígio. O pleito brasileiro de um assento no Conselho de Segurança da ONU será um bom teste para as nossas relações.

A visita do secretário Rumsfeld e a possibilidade da vinda de Condoleezza Rice e do próprio presidente Bush ao Brasil, atendendo a um convite verbal feito pelo ministro José Dirceu, indicariam um novo interesse?

De qualquer forma, nossa região corre o risco de que, nas próximas eleições, acentue-se um movimento pendular para a esquerda -esquerda que, no entanto, quando no poder, tem demonstrado moderação e bom senso. No âmago da questão, não dispõe ela, em seus programas, de alternativas viáveis e não tem sugerido soluções mágicas e demagógicas.

A globalização impôs regras de conduta em políticas macroeconômicas que não dão margem a experiências exóticas ou demagógicas.

*Folha de S.Paulo, 28.03.2005*

## As Relações internacionais e o papel dos empresários

Nos últimos 30 anos venho me dedicando à temática da política externa e à participação empresarial no caminho da internacionalização do Brasil. Por meio do CEAL, do CEBRI, do Foro Iberoamerica, do Gacint, ligado ao IRI/USP, e também do Interamerican Dialogue, de Washington, tive oportunidade de participar proximamente à nossa atuação internacional e à contribuição do setor privado. O sentimento que adquiri é que nossa projeção no cenário internacional não mostra compatibilidade com a dimensão do País, seu mercado interno, sua população acima de 200 milhões de pessoas e sua projeção no contexto da América Latina, mais especificamente no Mercosul.

Estou mergulhado num estudo sobre a internacionalização das empresas brasileiras e sua interface com os empresários privados. Tenho escrito a respeito e participado de diversos eventos locais e internacionais que me permitiram formar uma opinião sobre esse relevante tema. Meus primeiros artigos datam de 2005 e hoje devo reconhecer que desde então não constatei mudanças importantes do que anotara no passado. Nossa atitude em relação ao envolvimento no cenário internacional é, no mínimo, tímida.

Percebo existirem alguns pontos que estão presentes nos diferentes diálogos que mantive com diferentes públicos e, também, em resposta ao questionário que encaminhei a diversos empresários e formadores de opinião, no que toca à nossa inserção nas relações internacionais. O distanciamento dos empresários e formadores de opinião referente à nossa participação nas relações externas é notório, seja no aspecto institucional, com interesse na política externa, ou como vetor na comercialização de produtos e serviços. Uma constante ligada aos comentários que anotei é o tamanho do mercado interno. Também registrei que, num país com a dimensão continental do nosso, não é exceção privilegiar o mercado interno, como é o caso dos EUA. No entanto, a China, em sua nova política de crescimento, está buscando mais o mercado interno do que o externo, para favorecer a manutenção de seu crescimento. No nosso caso, creio que não temos essa opção, temos de atacar os dois mercados. Foi citado também com frequência o custo Brasil, a excessiva burocratização no comércio exterior, a falta de convergência entre os setores público e privado, a inexistência de acordos que evitem bitributação, a falta de maior suporte para presença internacional de entes governamentais, a menor presença do Itamaraty no diálogo público-privado, enfim, a falta de cultura integracionista com o mundo desenvolvido. Esse serão temas que aprofundarei nessa pesquisa.

Como aperitivo, reproduzo alguns pontos que escrevi em 2005 e chamei de Decálogo Empresarial.

1) Domínio de línguas estrangeiras, principalmente inglês.

2) Cursos universitários, ou mesmo profissionalizantes, devem dedicar espaço cada vez maior a questões relativas ao comércio internacional e à nossa inserção nas discussões sobre política externa. Deve haver um estímulo para que as empresas abram oportunidades para os recém-formados.

3) As empresas devem continuar fazendo um grande esforço na área de qualidade e custos, para serem internacionalmente competitivas. A localização do nosso país nos obriga a ganhos de produtividade que possam minorar o distanciamento dos grandes mercados.

4) Os conselhos das empresas devem demonstrar interesse pela área externa. Sem isso dificilmente a empresa terá forte presença no exterior. No mundo globalizado não há como concentrar-se na proteção do mercado interno. As empresas multinacionais aqui instaladas devem olhar não somente para nosso mercado interno, mas nos ajudar no esforço exportador, inclusive com produtos de maior valor agregado, ampliando assim nossa pauta.

5) As empresas com potencial exportador precisam continuar investindo na formação de técnicos versados em assuntos referentes às relações internacionais. Quando nos defrontamos em reuniões com profissionais de empresas estrangeiras que operam no setor, é transparente a qualidade do seu conhecimento e seu treino negocial. Programas de treinamento poderiam ter o apoio de instituições educacionais, como a Fundação Dom Cabral, e também do BNDES e/ou Apex.

6) A presença em reuniões e foros internacionais é obrigatória. Sem esse comparecimento dificilmente o principal executivo sentirá o ambiente externo e estabelecerá as relações importantes para suas atividades. Nas reuniões de que participo, os principais executivos de empresas multinacionais marcam presença sempre acompanhados de excelentes assessorias. Devemos ser os embaixadores do setor privado no cenário internacional.

7) É fundamental ter uma agenda comum e postulante. Reuniões preparatórias são fundamentais para o acerto de posições. Devemos evitar sentar-nos à mesa sem uma posição definida. Deve ser estimulada a troca de experiências entre as empresas que já foram para o exterior, bem como com as que estejam considerando tal possibilidade.

8) As entidades de classe precisam se equipar com o material informativo e humano capaz de nos colocar em nível compatível com os nossos congêneres internacionais.

9) É importante entender a transcendência dos acordos de livre-comércio e da união aduaneira, reforçando assim a chamada geopolítica continental.

10) Na nova economia mundial é fundamental buscar uma cooperação com todas as autoridades envolvidas na área internacional. Não adianta só ficar criticando. É mister buscar uma colaboração construtiva e dar as respostas quando solicitadas em tempo hábil e saber o que queremos e ter uma postura mais ofensiva.

Esperemos que, nesse processo de mudanças que estamos vivendo após as eleições de outubro, possamos ter uma nova postura do nosso país no contexto internacional.

*O Estado de S. Paulo, 10.12.2018*

## "One Belt, One Road" – a tática chinesa na América Latina

A perda da importância relativa dos EUA e a presença crescente da China na América Latina, particularmente na América do Sul, são evidentes. Enquanto Xi Jinping defende fortemente o livre comércio, Donald Trump, com sua política "A América em primeiro lugar" está colocando em risco todos os princípios que os EUA defenderam, por muitos anos, para seus parceiros e aliados na América Latina, isto é, livre comércio e o fim do protecionismo.

A Parceria Trans-Pacífico foi abandonada e a revisão do Nafta pode terminar sem um novo acordo e sem um final feliz. E, também, a ideia da construção de um muro na fronteira que separa os EUA do México é uma indicação clara de como o presidente Trump vê as relações com um dos principais países da região.

Mais recentemente, quando preparava sua viagem à América do Sul para visitar México, Peru, Argentina, Colômbia e Jamaica (o Brasil foi excluído!), o secretário de Estado norte-americano Rex Tillerson alertou sobre a crescente presença da China e da Rússia na região, dizendo numa entrevista coletiva que a América Latina não precisa de "novos poderes imperiais" cujo único motivo é seu próprio benefício.

Ele disse que os países da região precisam de forte soberania institucional contra "países que são predadores potenciais" e que a China está ganhando espaço nas Américas, usando seu poderio econômico e financeiro para atrair países para sua órbita e não está claro a que preço. Ele disse ainda que o modelo chinês de desenvolvimento estatal é algo do passado. Qualificou de alarmante a influência da Rússia e afirmou que nossa região deve se proteger contra poderes distantes que não compartilham nossos valores fundamentais.

Foi a primeira vez que saiba que os EUA fizeram tais observações sobre a crescente importância da China na região. Eu estava nos EUA na segunda metade de 2016 e acompanhei bem de perto a campanha de Donald Trump para a indicação republicana à Presidência, pela qual foi eleito. Em todas as discussões privadas ou públicas de que participei, nunca notei qualquer preocupação sobre o espaço que a China estava ocupando no comércio ou investimento na região. Não éramos um fator importante na campanha para os candidatos à Presidência dos EUA. Vamos nos lembrar também que durante o governo de Barak Obama pouca atenção foi dedicada à América Latina. Rex Tillerson disse ainda que "os EUA têm uma parceria multidimensional que será benéfica para ambos os lados", referindo-se aos países latino-americanos.

Entrementes, de acordo com o Transactional Track Record (TTR), em 2017, houve um recorde de 22 transações envolvendo compras chinesas de ativos brasileiros num total de R$ 27,1 bilhão. Desde 2009, a China tem sido o maior parceiro comercial do Brasil e, em 2016, representou 20% do comércio exterior do país. Entre 2016 e 2017, as exportações do Brasil para a China aumentaram 35%, alcançando o valor de US$ 47,5 bilhões.

A agência noticiosa Reuters informou que a China convidou no início de 2017 os países da América Latina e do Caribe para entrar na sua iniciativa "One Belt, One Road", um exemplo da divergência de Beijing da opção cada vez mais protecionista dos EUA.

O ministro chinês das Relações Exteriores Wang Yi disse que a região é uma parceira natural para a iniciativa que a China idealizou para o aprofundamento da cooperação econômica e financeira com os países em desenvolvimento em todo o mundo. "A China estará sempre comprometida com o caminho do desenvolvimento pacífico e com a estratégia ganha-ganha da abertura comercial, e está pronta para compartilhar seu desenvolvimento com todos os países", disse Wang na abertura de um encontro entre a China e os 33 membros da CELAC, a comunidade de países da América Latina e do Caribe, em janeiro de 2018. A iniciativa "One Belt, One Road", proposta em 2013 pelo presidente chinês Xi Jinping, prevê a expansão das relações entre a Ásia, África e Europa, com bilhões de dólares em investimentos em infraestrutura.

A China tem procurado um papel maior no exterior desde a eleição do presidente Donald Trump, apresentando o seu acordo comercial, conhecido como Regional Comprehensive Economic Partnership, como uma alternativa para a Trans-Pacific Partnership, que os EUA abandonaram.

O país já está testando o domínio dos EUA na América Latina, oferecendo para a região US$ 250 bilhões em investimento para a próxima década. É o principal parceiro comercial de muitos países na região, incluindo Brasil, Chile e Argentina.

A China descarta a ideia de uma corrida para influência, mantendo sua política de avanço gradual. "Não tem nada a ver com competição geopolítica. Segue o princípio de alcançar crescimento por meio da discussão e colaboração."

Os chineses alinharam várias áreas de cooperação sob um acordo potencial com as nações da América Latina e do Caribe, inclusive uma melhor conectividade por terra e por mar, e citaram a necessidade de projetos de logística, eletricidade e informação.

Faz sentido considerar a participação da América Latina na iniciativa "One Belt, One Road"? Considerando as diferenças entre os diferentes países da região, a possível inclusão do Mercosul na Parceria do Pacífico e a inacabada negociação entre a União Europeia e o Mercosul que se arrasta há 18 anos, fica difícil imaginar que nossa região esteja preparada para entrar na "One Belt, One Road". Mas buscar negociações sem prejudicar o que já foi conquistado, mesmo considerando as dificuldades, parece-me que vale a pena o tempo investido. E, também, vai mostrar aos EUA que estamos no mapa geopolítico.

*06.02.2017*

## A visão de um visiting scholar na Universidade de Columbia

Em meados do ano passado tomei uma decisão, que para muitos foi considerada corajosa e ousada. Conclui que seria de grande utilidade ausentar-me por alguns meses do nosso cotidiano e passar um período no exterior. Teria um duplo objetivo: ausentar-me do acompanhamento diário do processo político-institucional que vínhamos e continuamos atravessando, o que me bloqueava de ter uma visão de médio-longo prazo para onde deveríamos caminhar; e, também, ter tempo adicional para, afastado do cotidiano, refletir sobre as possibilidades do mercado de capitais como instrumento fundamental para o desenvolvimento econômico de um país emergente.

Depois de uma difícil escolha entre três possibilidades que se abriram, escolhi o convite da Universidade de Columbia em Nova Iorque, como 'visiting scholar' no período de setembro a dezembro de 2016. Sob todos os aspectos, creio que fiz uma escolha acertada.

Em primeiro lugar, Columbia oferece ao 'visiting scholar' uma gama de eventos do mais alto nível, com professores da própria universidade como também de visitantes. No período que lá estive, foram cobertos os mais variados temas. Como exemplo, gostaria de citar o debate sobre a União Europeia com o Ministro de Relações Exteriores da França, bem como outro painel com o Presidente do Banco Central da Itália. Dois fascinantes painéis com a ex Ministra da Islândia e outro sobre a Grécia e seus atuais desafios. Além disso, para não ir muito longe, a relação México-

EUA; o painel sobre o populismo e suas consequências (antes da eleição de Donald Trump). O processo de paz na Colômbia por quem dele participou, as consequências da eleição de Trump para relação Estados Unidos x Japão x América Latina, no contexto de um painel de mudanças.

A recente visita do juiz Sérgio Moro, que lá esteve no dia 6 de fevereiro, numa concorrida apresentação mostra a relevância da Universidade como local de importantes temas a serem discutidos.

Independente desse aspecto desfrutado em Columbia, estive também em um seminário de 2 dias na Universidade de Harvard com estudantes brasileiros que frequentam universidades americanas (além de Harvard, Columbia, Illinois e Stanford). No tempo disponível aproveitei para começar a escrever um livro que provavelmente se intitulara: Mercado de Capitais, Passado, Presente e seu Futuro, e que aqui de volta, estou terminando.

Também imaginava que poderia acompanhar de perto o processo pré e pós-eleitoral dos Estados Unidos. Essa experiência se mostrou muito mais rica do que inicialmente imaginara. Não somente pela surpreendente eleição de Donald Trump, como também seus possíveis desdobramentos que ainda continuam na ordem do dia. Para iniciar cito um aspecto curioso: jantei com um banqueiro inglês no dia da eleição, e às 19h, quando as pesquisas eleitorais se mostravam favoráveis a eleição de Hillary Clinton, ao chegar no restaurante ele disse-me que as informações que vinham de Londres indicavam que Trump seria eleito. Retornei ao hotel às 21h30 e somente então começaram as apurações e progressivamente o que parecia quase impossível acabou se confirmando!

Durante o processo pré-eleitoral participei de 2 debates com experts em política de diferentes matizes, e as constatações foram de que até então Trump tinha ido longe demais. Nesses debates não houve qualquer menção, em termos de política externa, ao Brasil e América do Sul. Com aquele que seria o possível Ministro das Relações Exteriores de Hillary, fiz uma provocação perguntando se ele já teria ouvido falar de uma região chamada América do Sul. A resposta, com um sorriso, foi: We will talk about this in another occasion". Nesses encontros, em termos de política externa, os temas centrais eram referentes a relação com Rússia; questão migratória e num terceiro plano a China.

Mas voltando a eleição de Trump, dois dias após sua eleição, a SIPA – School of International na Public Affairs, realizou um debate com 6 professores de diferentes cadeiras de Columbia para analisar os resultados já confirmados da eleição. Os comentários variaram em torno de certa perplexidade pela sua eleição, e o despreparo dos formuladores da política de Hillary em avaliar possíveis mudanças no comportamento daqueles eleitores que estavam insatisfeitos e queriam mudanças. Quando iniciado o período de perguntas (em todos os eventos que participei sempre foi respeitado um amplo espaço para debates) fiz a última pergunta é que em síntese era o seguinte: tendo em vista que havia sido ali discutido pelos debatedores e por tudo que tinham lido, ouvido e participado durante o período de Columbia, e entendendo que o Presidente seria incapaz de cumprir tudo o que prometera, perguntei quais as chances de um 'impeachment'. A gargalhada foi geral, mas um dos professores respondeu-me. Ele indicou que que o não cumprimento de promessas não seria motivo de impeachment. Porém, se o assunto Wikileaks e interferência da Rússia no processo eleitoral poderiam ter sido uma possibilidade, àquela altura já afastada.

De qualquer forma, não foram poucos aqueles que comentaram que entre discursos de campanha e governo teríamos tempos diferentes.

No entanto, antes de voltar ao Brasil, em meados de dezembro, tive oportunidade de ouvir alguns dos discursos do presidente eleito quando fez um 'tour' de agradecimento aos principais

Estados que o elegeram. E o que ouvi estava muito longe de uma possível mudança de rota. Muito pelo contrário, ele reafirmava e dava maior ênfase às promessas eleitorais afirmando sua disposição de colocá-las em prática.

E apesar de muitas reações contrárias, o que temos visto até agora é que apesar das manifestações de diferentes segmentos da sociedade norte-americana, ele continua reafirmando e enfatizando o que prometera e mantendo a guerra aberta contra a imprensa.

O que ouvimos como conselho aos novos governantes é que devem estabelecer prioridades e não atacar, simultaneamente, em várias frentes. Não é o que estamos vendo o Presidente Trump fazer. Sua maneira de exercer o governo é tão paradoxal que fica difícil, mesmo para aqueles acostumados a avaliar os primeiros passos de um governante, o que efetivamente irá acontecer. Quais serão as forças que irão a ele se opor? A minoria democrática poderá criar dificuldades para aprovações, mesmo com a maioria republicana nas duas casas? E dentro do seu próprio partido haverão dissenções? Como seus Ministros irão se comportar caso não esteja inteiramente de acordo com seu estilo monocrático de decidir? E os tradicionais aliados norte-americanos no mercado ocidental poderão ter um peso em suas políticas internacionais, particularmente na área de comércio?

O que não podemos deixar de reconhecer é que sua eleição tem que ser analisada com muita atenção e cuidado. Afinal de contas , quem consegue se eleger vencendo toda oposição de seu próprio partido; não tendo o apoio da grande imprensa (muito pelo contrário!) e com os grandes dirigentes mundiais se posicionando contra ou rejeitando suas ideias, chegar ao poder é algo que se deve respeitar.

Do nosso lado, como dizia um amigo, vamos nos fazer de mortos por aqui e ver se podemos tirar algum benefício desse quadro de mudanças, que certamente será um acelerador com sua eleição. Se já vislumbrávamos um processo de alterações em padrões tradicionais preestabelecidos antes mesmo de sua eleição, mais do que nunca temos que nos preparar para um novo cenário que ainda está muito embaçado.

Como dizia um empresário mexicano em uma das reuniões do CEAL – Conselho Empresarial da América Latina: 'ahora que teníamos todas las respuestas, cambiaron las preguntas!'.

*05.02.2017*

## Realismo esperançoso

*"Recuperar a confiança perdida é como tentar tornar inteiro um papel cortado"*

*"A incerteza é a mola propulsora da criatividade"*
Marcelo Gleiser

Acredito ser precipitado tirar conclusões definitivas a respeito do início do governo liderado pelo presidente Jair Bolsonaro, no Brasil. Acho que projetar o comportamento futuro do governo pelos seus primeiros meses não parece razoável. No Brasil, é sempre melhor ver o filme e não a fotografia de momento. Muitos erros poderiam ter sido evitados, mas, muitos deles, em boa parte, podem ser atribuídos à inexperiência da nova equipe de Governo. Os últimos oito anos foram destrutivos, com raros períodos de calmaria.

O ponto alto é certamente a equipe econômico-financeira, chefiada por Paulo Guedes. Como em qualquer nova equipe, há certo desequilíbrio entre seus diferentes componentes, com algumas deficiências nas indicações, que espero serão corrigidas com o tempo.

Há confiança que as reformas econômicas sejam aprovadas, com destaque para a reforma da previdência social e a reforma tributária. Existe a expectativa de que será viável obter maioria no Congresso, com um grupo de deputados favoráveis às reformas. As demandas dos eleitores são muito fortes.

Os desequilíbrios presentes há muitos anos e acentuados no período da presidente Dilma Rousseff levarão algumas décadas para serem corrigidos. Alguns problemas brasileiros são estruturais e não conjunturais. Devido à situação das contas públicas, o governo não pode aumentar o gasto público para ativar demanda com uma política contra cíclica.

Algumas posições prévias do presidente Bolsonaro têm sido revistas, como a questão do Mercosul, que acaba de assinar um acordo com a União Europeia, que vem sendo discutido há vinte anos. O acordo tem ainda de ser aprovado pelo nosso Congresso e pelo Parlamento da União Europeia.

Há uma preocupação de que a RETOMADA DO CRESCIMENTO depende de fatores conjunturais internos e externos, difíceis de serem projetados. A questão da baixa PRODUTIVIDADE é outro fator crucial.

O saldo comercial no primeiro semestre foi de US$ 27,1 bilhões e a projeção para o ano é de US$ 56,7 bilhões, de acordo com "O Estado de S.Paulo". A situação cambial continua assim equilibrada, mesmo com a queda do superávit comercial com relação a 2018. O mesmo com a balanço de pagamentos

A taxa de investimento é a menor em 50 anos. Em 1990, a taxa de investimento como porcentagem do PIB chegou a 23,8% (em 1980 era 22,6%). De lá para cá, tem oscilado com tendência de baixa, chegando, agora em 2019, a 15,5%. Sem aumentarmos a taxa de investimento, ficaremos patinando sem sair do lugar.

A inflação vem se comportando em torno da meta para 2019 - 4,5%. O mês de junho, com uma inflação de 0,06%, menor taxa em 13 anos.

A inflação domesticada e a consequente queda na taxa de juros, na casa de 6,5%, mas com potencial de queda adicional, tem estimulado os investimentos em ações, com a Bolsa chegando aos 120.000 pontos (Ibovespa), também favorecendo o mercado de lançamento de ações (IPO's). Os investidores brasileiros já subscreveram R$ 18 bilhões em ofertas esse ano, que se compara a R$ 4,6 bilhões em todo ano passado. Como, desde 2014 a economia não cresce, o desemprego gira em torno de 12%.

Para concluir essas reflexões sobre as perspectivas da economia brasileira sob o governo Bolsonaro, recorro ao "realismo esperançoso" de Ariano Suassuna, que assumia esse posicionamento, cutucando os otimistas convictos os otimistas convictos e os pessimistas permanentes.

E uma palavra final: a questão da CONFIANÇA continua sendo fator crucial para a retomada dos investimentos.

*Interamerican Dialogue - Washington - junho 2019.*

# Gratidão

*Roberto e Cacilda são um casal abençoado. Criaram os filhos e as filhas com amor, amizade e dedicação, formando uma grande família, com a chegada de noras e genros e, a vinda da terceira geração do clã, os adoráveis netos e netas.*

*Para orgulho dos avós, uma das netas colabora neste livro. Trata-se da designer Regi Agatha, o nome artístico de Maria Luísa Teixeira da Costa e Freitas, 22, autora da ilustração, "A ponte do vovô", da página 2. Filha de Maria Fernanda, a primogênita do casal, estudou Artes Visuais na FAAP (Fundação Álvares Penteado).*

*Um de seus ensinamentos a quem ainda vai atravessar a ponte é que a cortesia é uma marca tão importante de um cavalheiro como a coragem. E esse cavalheiro fino e valente, a quinta-essência da gentileza e da perseverança, agradece, aqui, em dez pontos, com humildade, o abençoado quinhão que a vida lhe proporcionou.*

Antonio Carlos Seidl

1. Aos filhos e filhas, netos e netas que tivemos e que constituem a estrutura familiar, extensivos às noras e genros que hoje estão conosco.
2. Saúde – para vencer as dificuldades que tivemos e teremos com a paciência e determinação de superá-las e sem nos queixarmos dessa realidade.
3. A capacidade de amar e saber e poder retribuir esse carinho.
4. Astral positivo para encarar as dificuldades com realismo, e saber entendê-las como parte do processo do que é a vida.
5. Ter tido a sorte do nosso lado não desperdiçando as oportunidades que nos foram oferecidas e sabendo administrar a vaidade.
6. Não ter eleito ganhar dinheiro com objetivo de vida e ser generoso em doar, sem esperar que haja retribuição.
7. Ter acumulado recursos financeiros que nos permitem encarar essa fase de nossa vida sem maiores percalços.
8. Ter formado um grupo de amigos(as) de muitos anos com quem nos relacionamos com muito carinho e compreensão, mesmo quando não nos encontramos regularmente com a frequência desejável.
9. Aos nossos pais que nos deram uma educação com valores e princípios que foram o suporte de nossa vida. Não posso deixar de citar minha irmã, com quem sempre tive uma relação amistosa e carinhosa e meus sobrinhos.
10. Finalmente, agradeço a Deus por tudo que nos proporcionou.

*11.02.2019*

# Sobre o autor

ROBERTO TEIXEIRA DA COSTA nasceu no Rio de Janeiro em 1934. Foi o primeiro presidente da Comissão de Valores Mobiliários, em 1977, e, também, o precursor da defesa dos interesses dos investidores minoritários e da utilização do mercado de capitais pelas empresas. Foi também fundador do Conselho Empresarial da América Latina (Ceal), do Centro Brasileiro de Relações Internacionais (Cebri), do Foro Iberoamerica, além de participar do Interamerican Dialogue de Washington, do GACINT e, também, do Instituto de Relações Internacionais da USP (IRI).

# Sobre o organizador

ANTONIO CARLOS SEIDL é jornalista e escritor. Trabalhou no Serviço Brasileiro da BBC, foi correspondente em Londres e repórter especial da Folha de S.Paulo, e assessor de imprensa do HSBC Bank Brasil. É autor do livro "Do Palácio ao Bordel – crônicas e segredos de um jornalista brasileiro em Londres" (Grua Livros -2018).

# Referências

COSTA, Roberto Teixeira da. *Mercado de Capitais: uma trajetória de 50 anos*. São Paulo: Imprensa Oficial, 2006.

COSTA, Roberto Teixeira da. *Valeu a Pena!: Mercado de capitais, passado, presente e futuro*. Rio de Janeiro: FGV Editora, 2018.

FERREIRA, Aurélio Buarque de Holanda. *Dicionário Aurélio da Língua Portuguesa*. 5 ed. Curitiba. Positivo, 2010.

FOLHA DE S.PAULO. *Novo manual da redação*. 6 ed. São Paulo: Folha de S.Paulo, 1996.

____ . Manual da redação. 21 ed. São Paulo: Publifolha, 2018.

OXFORD. Concise Dictionary of Proverbs. 3. Ed. Org. de John Simpson e Jennifer Speake. Oxford University Press, 1988.

SEIDL, Antonio Carlos. *Do Palácio ao Bordel: crônicas e segredos de um jornalista brasileiro em Londres*. São Paulo: Grua Livros, 2018.

Alameda nas redes sociais:
Site: www.alamedaeditorial.com.br
Facebook.com/alamedaeditorial/
Twitter.com/editoraalameda
Instagram.com/editora_alameda/

Esta obra foi impressa em São Paulo no outono de 2020. No texto foi utilizada a fonte Minion Pro Regular em corpo 10,5 e entrelinha de 15 pontos.